親愛練習

張耀仁

獻給
外婆與母親

外婆與我

名家推薦

文學評論家陳芳明：

張耀仁的小說《親愛練習》置於桌上時，還格外強調這是一冊關於外傭的故事。他的風格介於現代與後現代之間，一方面挖掘內心世界的想像，一方面又利用符號的可塑性完成情節銜接。跳躍的節奏出人意外又入人意中，簡直是在預告一個重要寫手的誕生。他擅長自我調侃的筆式，也酷嗜活潑反諷的句法，不能不使人暗自讚嘆。他的人道立場與人文關懷，使淡漠的社會不致喪失溫情。請傾聽，張耀仁的聲音裡，讓人儼然發現後鄉土的姿態勝過後現代的矯情。

名作家胡淑雯：

瘀：血液凝滯不通。

這本小說中的女人，身上個個帶著瘀痕。施暴的是愛人、丈夫、父親、因心病而迷亂的母親、女雇主（施暴於那個名叫瑪麗亞、信仰基督宗教的菲律賓女工）。

受傷的女人於絕望中呼喊愛，追問「愛，如何可能？」生命化做淤滯不通的一團血塊，連懷孕也像情感崩壞之後殘餘的、血的重負。張耀仁以書寫推散血瘀的毒熱或陰寒，安慰著一個個血氣枯殘、卻依舊信望著愛的、世間女子。

名小說家東年推薦〈瘀〉：

從外勞女傭這樣的角色切入台灣的緊張生活，這篇小說很有創意。一九八九年以來，台灣引進近四十萬外勞，也多有落地生根的；這樣，從一種新的台灣族群來看瑪麗亞在台灣的生活，也別具意義。瑪麗亞孤獨在台灣勤奮工作，正是所有台灣移民祖先的遠古背影，也就值得回味。

名小說家李喬推薦〈另一個太太〉：

「另一個太太」竟然未出現，而「這個太太」等她卻困一生！妙！

名作家張曉風推薦〈監視〉：

原是監視外傭的監視器反而加害兩個人，其一是母親——她也成不雅的覻測對象；其一是作者我，他被迫受窺探之試煉，因而失去其天眞少年的幸福。

名教授廖炳惠推薦〈並不存在的香氣〉：

圍繞著蜜雪兒的女性身體、氣味、情欲、人際關係，展現出愛欲與身體無意識之多重關連，令人眼睛一亮。

名作家鐘文音推薦〈孕事〉：

在閱讀這篇小說時，明顯地感到這是一篇出自於非小說新手的作品，很多橋段鋪陳經過巧思與對照，環環相扣。生物老師與學生，母與女，貓咪，上課影片，男友話題……全環繞在和「孕」有關或者依此延伸的世界，從女性觀點來描寫對於「孕」的種種，集中主題的書寫使得這篇短篇小說閱讀起來順暢，毫無澀滯。十足的「小說感」，節奏掌控不錯，輕盈中帶點小小的孩子氣，蘊含情韻的小說，結尾不俗。

【推薦序】

後鄉土的考掘學

陳芳明

後鄉土小說的崛起，使台灣文學的版圖又向前推進一步。在新世代、新勢力的行列中，張耀仁是受到矚目的一位。他所依恃的世代與世紀，是網路書寫全面到來的時期。在這無法命名的歷史階段，書寫（script）似乎已漸漸淪為歷史名詞。當他們埋首疾書，耳邊響起的不再是刷刷不絕的墨筆，而是起落有致的鍵盤。他們取得知識與資訊的速度，既迅捷又精確。他們的人生觀與價值觀，不僅建立在廣博的書籍閱讀，也藉助於深邃的網路空間。這個世代的思維、見解、感受，已經不能以苦難的歷史來定義，也不能用迂腐的道德來規範。「新人類」、「新新人類」曾被用來形容上世紀八〇、九〇年代的青年，但是拿來概括二十一世紀的年輕世代顯然已過於陳舊。

全球化資本主義席捲而來之際，台灣社會曾經被性急的知識分子視為後現代的到來。如果後現代一詞是依照紐約、倫敦、東京的生活標準來形塑定義，則台北的實質內容恐怕才剛剛抵達現代時期。縱然國際都會的風尚也在台北街頭可以發現，但終究都是屬於遲到的、零碎的現象。對台灣而言，後鄉土的命名可能較接近現階段的社會實相。

相對於一九七〇年代的鄉土，這小小海島確實經歷過時間的淘洗與空間的改造。即使未曾遠離台灣，這島上住民也可感受到三十年來的巨變。張耀仁這輩作家擁有的鮮明歷史記憶，可能再也不是遙遠的二二八事件或南京大屠殺，取而代之的是美麗島事件、九二一大地震，甚或是八八水災。不同歷史記憶往往造成不同族群之間的誤解、猜忌、衝突。但是，對於一九七〇年代以後出生的世代，族群之間的緊張與摩擦應該已大量降低，畢竟他們承擔的是共同歷史記憶。

張耀仁面對的二十一世紀台灣，消費社會已然成形，資訊多元而豐富，人際關係卻反而變得淡漠疏遠。小說集的命名《親愛練習》，是取自全書的最後一篇，似乎是為這系列作品的主旨定調，又好像是對冷感的新世紀提出忠告。肌膚之親、倫理之愛，正是這冊小說集反覆求索的主題。

這冊作品既可歸類為短篇小說，也可視為長篇小說。每篇小說各具獨立主題，小說人物卻是橫跨各篇。人物與人物之間都是有機的連繫，但情感的割裂使每篇小說的主角都處在孤立狀態。一個家庭的祖孫三代，一位來自菲律賓的女傭，構成系列小說的主軸。阿公臨老的困境，必須依賴外傭的照顧；離異夫妻的怨懟，全然不能割捨親情；成長中的姊弟，吵嘴之餘又相互取暖。看似互不相干的家人，背後牽動著千絲萬縷的情感。每個角色都懷著焦渴的心，期待獲得愛，卻又不知道如何愛。希望在愛中獲得諒解，卻往往在愛中創造誤解。親愛需要練習，全然根源於此。

小說中滲入許多福佬語言，是張耀仁作品的主要特色。他的風格不免使人聯想到一九七〇年代的鄉土文學運動。第一波鄉土文學的崛起，有其特殊的歷史環境。當時台灣受到釣魚台事件、退出聯合國、上海公報的衝擊，脆弱的海島在一夜之間必須承受巨大挑戰。危機感沉重壓在島上住民之際，文學氣候也在瞬息中產生質變。鄉土文學運動的釀造，在最短時間之內以最快速度巍然成形。從一九七〇年到七九年，台灣文壇見證鄉土詩、鄉土散文、鄉土小說的次第問世。台灣這片土地第一次以尊榮的姿態出現在大量的文學創造裡。草根民主運動與鄉土文學運動的雙軌發展，終於造就了台灣意識的高漲，從而加速使台灣威權體制發生動搖。

二十一世紀的鄉土文學，與一九七〇年代的性格確實存在極大差異。台灣社會的危機感不再來自內部的威權體制，而是來自洶湧襲來全球化浪潮。兩個時代縱然都是在處理資本主義的問題，但是當年的台灣仍然處於封閉狀態，今日台灣則是站在門户全然洞開的時代。因此，一九七〇年代的鄉土，多少是傾向本質論。當時的作家至少還相信鄉土是屬於高貴的信仰，意味著一種純樸、善良的價值，同時也隱喻著一種理想的寄託。

張耀仁筆下的鄉土，典範似乎煙消雲散，理想也杳然無蹤。這冊小說顯然預告，作為後鄉土作家的張耀仁就要投身介入，為新世紀的鄉土給予全新的詮釋。他的文字表現可能流露某種程度的虛無，在故事深處則暗藏了高度的憧憬。他筆下破碎的家庭背後，寓有他無限深情。菲傭瑪麗亞的登場，印證了小說家敏銳的筆觸。外勞與外傭的現象，是台灣社會捲入全球化資本主義的重要特徵。他們是社會學研究者的文化議題，卻罕見於文學作品。張耀仁容許瑪麗亞進入他的小說，恰可反映他細緻的觀察。更為不凡之處，在於透過監視器的窺探使外傭看護的生活細節全然曝光。窺視是對於私密的刺探，這樣的筆法恰其如分彰顯了外傭的人權問題不受尊重。

小說中的瑪麗亞，帶出更複雜的意義。她是小說中年輕主角性啓蒙的對象，也是破碎家庭生活實相的一個反射。外籍女性與本地女性以互為他者的形式出現於單數、雙數的小說裡，交替的秩序使情慾問題鑑照了文化認同與身體歸屬的差異。位於東北亞國際地理位置的台灣，可能曾扮演被殖民的角色，但是在全球化的分工下，台灣又同時扮演支配東南亞的上游國家。誰是受害者，誰是加害者，是張耀仁在行文之間埋下的緊迫質疑。小說家揭發這樣的問題極為深沉，如果家庭倫理發生傾斜，則種族倫理也不可能獲得扶正。其中的微言大義，值得深思。

長期以來反殖民、反帝國的論述氾濫於台灣社會，在歷史上曾經受到傷害的記憶總是保持特別鮮明。但是，面對台灣的弱勢者，或是來自東南亞的新娘與外傭，卻往往報之以歧視與貶抑。這種文化態度也漸漸成為一種習慣模式，視為一種理所當然的行為。小說中的女性與外傭，便是處在如此不平衡的文化生態裡。在抑揚頓挫的故事情節之間，小說的筆調特別冷靜，但是把全部小說匯集起來時，竟隱然傳出震耳欲聾的抗議聲音。這正是後鄉土小說的重要特質。

初識耀仁，是在政大校園。他以傳播學院博士生的身分出現在研究所的課堂，無論是提出問題或撰寫論文，往往都能展現非凡的格局。他的思考極富邏輯，文字則精鍊準確，留下的印象令人難忘。他的小說《親愛練習》置於桌上時，還格外強調這是一冊關於外傭的故事。他的風格介於現代與後現代之間，一方面挖掘內心世界的想像，一方面又利用符號的可塑性完成情節銜接。跳躍的節奏出人意外又入人意中，簡直是在預告一個重要寫手的誕生。他擅長自我調侃的筆式，也酷嗜活潑反諷的句法，不能不使人暗自讚嘆。他的人道立場與人文關懷，使淡漠的社會不致喪失溫情。請傾聽，張耀仁的聲音裡，讓人儼然發現後鄉土的姿態勝過後現代的矯情。

——二〇〇九年十二月十三日政大台文所

（陳芳明教授，文學評論家，現任政治大學台灣文學研究所所長。著有文學評論集《危樓夜讀》、《深山夜讀》，散文集《昨夜雪深幾許》、《陳芳明精選集》，學術論著《探索台灣史觀》，主編《余光中跨世紀散文》等多種。）

【自序】

似水年華，勿忘初衷

終究，我們還是來到了這樣的時光。

這樣單薄的，稍一碰觸稍一擁抱就要碎了逸散了的時光。真是怪。怎麼一個人說瘦下去就這麼瘦下去呢？我撫摸著那手，手背是扎針過度的紅腫、紫藥水，以及女性們慣常的冰涼，冰涼是醫院亮晃晃不知所終的長廊，而我們坐在盡頭，輕聲交談：「沒辦法啊，一個多月沒吃囉。」

母親說，不知道還要拖多久欸。

母親說，醫生下個禮拜才會來。

母親說：「希望不要再讓她痛苦了。」

母親說話的時候，外婆好不容易睡著了，細細的鼾聲從她好瘦好瘦的身脊浮起來，生出細細的夢，不夠柔軟也不夠溫暖的床鋪忽而膨脹、忽而陷落。下午時分，窗口湧進南方才有的氣味：揉雜了草與泥土的錫澀，一點點風，一點點這座小城偷閒的慵懶的片刻，那樣忍不住喘息忍不住呵欠，無可無不可。

眼前那塊種著甘蔗的小農地，睡著了，自顧做著它的夢。

母親説，晨起推輪椅至此，外婆還問：「啊耀仁考過（博士）了沒？」又問：「咁是要來去換個尿布，嘸等下耀仁來，無好味？」言下之意，意識猶清醒得很呢。

母親説，你外婆從年輕起就愛乾淨，愛漂亮。

母親還説，頂擺手術前，猶擱念講咁是要先去洗個頭欸。

母親説，不知她還要受多少苦？

視線裡的彼端，幾名孩子奔跑著，試圖甩開身後那隻米格魯，惹得犬聲又急又響。他們很快被追上了，笑著鬧著，逗弄牠、抱牠，一會兒又放開手疾速奔跑，反反覆覆、樂此不疲。灰淡的天空下，他們乾脆地笑，他們乾脆的笑是這個午后悠緩的夢的點綴。

多麼使人放鬆的南方。

我這麼激動著，想起從前和弟弟一同挨著外婆，一同盯住天花板那盞鵝黃色小燈，憂心虎姑婆會不會突然出現？突然間，弟弟叫起來：「阿嬤放屁！」外婆因而忘了繼續往下説，像個害羞的孩子自顧抓起被角搧著搧著。或者，要求我遞上一把裁縫用剪刀——刀口又鈍又重——邊剪邊笑：「老囉，厚皮厚樣，老囉。」

老了的外婆照例牽起我的手，照例問我要吃乖乖否？她嚷著：「啊你哪攏不轉來找阿嬤蹓跎？有查某朋友不就要帶來給阿嬤看看欸？」她的眼睛瞇瞇的，看我看了好一半晌，髮絲銀灰，像這個冬季的日照服貼於額。靜靜靜靜，她握住我的手，靜靜靜靜，闔上了眼，眼前那株木瓜樹同樣輕輕顫動了一下。

外婆睡著了。

外婆睡著後，我緩緩撫摸她的眉心，屬於年歲的紋路皺擠在一塊。我不由低喚：「阿嬤——阿嬤——」然後，不知道該怎麼往下說了。倒是一旁的母親連忙提示：「啊你不就要講：『阿嬤，我耀仁啦，我轉來看妳啊。』」但我仍說不出口，兀自握著外婆的手，小心翼翼深怕捏碎了什麼。

於九十四歲的老人而言，就連睡覺也是一場困難了。

痛。足痛。外婆呢喃。

「佗位在痛？」我不假思索，惹來母親笑罵，你外婆之前才發脾氣呢，說是佗位也攏在痛，全身軀莫爽快！

瑪麗亞見狀，盡責地按壓起外婆的臂膀，眾人因而哄將起來：「不痛啦，かあさん（母親），瑪麗亞給妳抓抓欸，不痛啦。」外婆不耐煩揮揮手：「伊，預顢！」舅媽姨媽欣慰笑著，以為還能夠罵人不正意味氣力勃勃？於是我上前試著揉捏她的肩頸，它們變得又瘦又小，一點也不若印象中之巨大——一直以來，外婆便手長腳長，高出外公半個頭的——那一瞬，我想起照片裡還很年輕的外婆（其實也已六十好幾囉），穿在她身上的那件洋裝可真好看。

（一直以來，她在我們眼中，就是個又時髦又端莊的長輩）

（再後來，某個瞬間她就老了，被瑪麗亞攙扶著面對鏡頭時，猶努力自持：「莫攝啦，歹看啦，頭毛攏沒整理！」）

（再後來……）

是啊，不過幾年的時光，時光竟將我們拗折形塑成難以預料的樣子。

原本我的腦海當中，想說說關於這些年來經歷的那些：對於小說創作依然懷抱的不確定，幾段告吹的戀情，以及不斷不斷吞噬意志、力不從心的生活──或者，我還想說說，關於這本小說創作的發想、篇章的安排、瑪麗亞之於母系系譜的意義，以及那個作為敘述原型的外公家二樓，每每夜底，角落堆堆疊疊的陳舊的書籍（它們大部分是我讀中文系的表姊留下來的小說），皆發出窸窸窣窣鬼魅似的暗語……

甚至我也想說說──但這一刻，它們似乎都不重要了──也許不是不重要，而是在面對近乎蟬蛻近乎描圖紙燃燒的脆薄時光裡，該如何向世界向時間喊停？該如何將那一點一滴即將遺忘潰散的什麼加以挽回？

阿嬤。阿嬤。

兩位前來探視的師姐持續誦念著：南無觀世音菩薩，南無觀世音菩薩……她們的聲音又遠又近，彷彿通過狹長而陰闇的甬道，怔忡撞見外婆更衣的那個小男孩，他看見依稀光度裡那對晶亮的眼神，它們同樣怔忡地望著他，而羞赧不知所措的老人且哄慰道：

啊過年，有歡喜否？

啊外婆，這世人您有歡喜麼？

儘管，時光已經走到盡頭了。

儘管，那掌心的溫度遲遲未嘗溫暖起來。

但我始終牢牢記得，那麼多年以前，某位師長語重心長的叮囑：「似水年華，勿忘初衷。」

那些迢遠的現在的未來的——那些，它們走進我的生命，走過我的身邊。它們走下去。走下去。在這靜靜靜靜的時刻。

靜靜靜靜。

勿忘初衷。

（序言寫妥，母親來電話說，你外婆過世了。她說，你外婆這輩子最愛乾淨，所以，我幫她洗了頭、幫她擦澡、換尿布，全身弄得乾乾淨淨，然後，她就這麼在我面前嚥下了最後一口氣……）

張耀仁　二〇〇九年十二月台北中和

目錄

瘀

對於天生黝黑的瑪麗亞而言，學會不去在意那些不鏽鋼上倒映的黑影，是她進入我外公家幫傭的第一步認知，也是唯一的認知。

——鍋子、鏟子、刀、電冰箱——如果不是瑪麗亞提起，恐怕永遠不會有人注意：我們長期以來的生活，居然已經被這些終日發光的金屬所包圍！更令人吃驚的是，由於瑪麗亞的勤奮刷洗，使得我外公有一天氣極敗壞地從廚房裡「逃」出來：

「夭壽命！是誰在冰箱那丟了一個老皺皺的尪仔仙？要我雙腳緊伸直、早日去西方念佛是否？」

爲了這件事，我和我表哥竊笑了好幾個禮拜，因爲我們從來沒見過我外公慌慌張張的樣子——如果在平時，他會斥責瑪麗亞動作太慢、煮的菜太鹹、拖把怎麼老是沒有擰乾——然而那一次，他什麼也沒說，一個人默默坐在大廳裡，取出茶葉、燒開水，嗚嗚的沸騰宛如四周生出團團哀傷的情緒。

瑪麗亞在一旁囁嚅道：「阿公……阿公你ㄅㄨ要生氣啦，我幫你弄『一隻』蘋果，好嗎？」

我外公沒有答話。

瑪麗亞又說：「那我幫你剝『幾條』花生好不好？」

我外公搖搖頭，叨上一根長壽菸。

「我——」瑪麗亞還要說，迎面而來的煙花嗆得她咳出淚來。

只見我外公撇過頭去，對著那尊被香灶燻得又黑又亮的觀音嘆口氣：「欸，老囉，老啊……」

那是我外公第一次意識到年歲的殘酷。

根據我母親的說法，直到瑪麗亞來家裡幫傭前，我外公始終認為他是鎮上「最少年」的男子漢——每天天一亮，他就抹好賓士髮膏、一身花襯衫，喀噠喀噠上街去吃一碗十塊錢的豆菜麵——有人私下對我們提起，說是曾經目睹我外公和一名女人糾纏不清，但我母親堅持不信，她認為就算是「ㄆㄚˇ小姐」，我外公也會很優雅地說「請」、「謝謝」、「對不起」。

「因為他自細漢就出來趁食了嘛。」我母親咬了一口菜脯蛋說。

言下之意，少年子弟江湖老，我外公豈有不明世事的道理？

也就是那一天清晨，我外公的「癮頭」又犯了，照例頭髮油亮亮地準備出門去王公廟埕前，不料被瑪麗亞從背後叫住：「阿公——阿公，ㄅㄨ要再去吃那個只有豆菜和ㄐㄧㄤ油啦！不好、不好！」

「咳咳咳！」

我外公急欲辯駁什麼，喉頭一陣激動——他拍拍胸脯、喘口氣，瞥了一眼瑪麗亞，問她衣服洗好沒？牛奶泡啦？佛壇擦乾淨嘍？屋外的木瓜樹澆水啦？昨晚吃剩的破布子有沒有拿菜罩蓋好？還有還有，待會要拿去給我外婆的雞湯記得不要加鹽吶，啊？

瑪麗亞扭乾手中的抹布，牢牢盯著逆光裡的人影，好一半晌說：「阿公，你眞像是我ㄅㄚ——ㄅㄚ——」

家裡的環境早就井然有序，那塊懸在客廳裡的匾額更是閃閃發亮，屋後的甜味像一碗放大的荷包蛋加熱豆漿，溫暖地浮現其上凝凍的薄膜。我外公一隻腳佇在屋內、一隻腳佇在屋外，下巴尖尖地望向天空，然後脫下襯衫，甩開瑪麗亞從旁的扶持，一面走一面將甬道裡的電燈一盞一盞捺熄：

「無采電！」

沒有人明白我外公如何被說服——大部分的時候，我們皆不太理解瑪麗亞的言語——不單是她身為菲律賓人的奇異口音，還包括她來自「另一個世界」的思考方式：好比我始終納悶著：「像我ㄅㄚㄅㄚ」這句話究竟意味著什麼？為什麼我外公居然這麼輕易被瑪麗亞打動了？

那時候，我十五歲，寄住在我外公家準備重考高中，身外的一切彷彿封存於一具保特瓶底，透過塑膠材質的堅韌變形，四周景物時大時小，恍恍惚惚的錯覺往往令我生出「無論如何掙扎都沒有意義」的自棄。

每天，我埋首於數字與英文字之中，偶爾放下書本，望著鏡子裡的自己：唇上的鬍鬚又黑又軟，剛剛冒出的喉結有一點點尖、一點點硬，嗓門還沒有眞正打開，一種食物吞嚥不完全的艱澀感橫阻在喉嚨，以致幾次淋浴唱歌時，我外公緊張兮兮地跑來敲門嚷：

「品啊，啊是安怎？卵葩擱在唷？」

我默不作聲，任由水花流過腹肚、兩胯，蒸騰的熱氣附於耳後、眼睫，擾得我雙頰一陣紅燙

——而我外公猶不死心地在門外大喊：「好啦好啦，全欉好好就好啦！較晚我叫瑪麗亞給你燉一碗鴨公湯，補一下，啊？」

我的臉更燙了。一隻手伸到腹部底下有意無意摸著，神祕的黑茸蔓生成倒三角形，奇異的顏色似乎不屬於我身上的一部分。我試著移動腳步，滑腴柔軟的觸感倏忽竄湧上來——太過於柔軟了，使我不由得想起我表哥曾經說過的，關於女孩子的身體——

他說，就是那種感覺嘛，好像把手放在裝滿水的氣球上——也許更軟一點——更軟一點，你能想像嗎？笨蛋！不是像棉花那樣啦！泡沫……也不像泡沫那個樣子！欸呦，要怎麼解釋咧？難道你從來沒有看過那個瑪麗亞：像是她換衣服啦、洗澡啦？你從來沒有偷牽過她的手？

我在心底暗咒一聲，覺得我表哥總是口沒遮攔。然而，也正是這一盤旋不去的遐想，一股堅硬的念頭卡在我的胸口，在往後面對瑪麗亞時，很難不去意識到，她其實正是一名年輕女人的事實。

「阿弟，你的臉，不太好喔——」

「你看這個鍋子，我們的影子在這裡啊！」

「今天菜鹹嗎？要不要加一點點糖？」

瑪麗亞端上來一盤破布子，廚房裡滿是煙幕，我的眼鏡也沾染了一層矇曖。矇曖中，瑪麗亞在抽油煙機前忙碌著，手臂一上一下拿起鍋鏟來回攪動，胸前的曲線也一上一下；粉紅色的T恤被汗濕透了，隱約可見其中的內衣，彷彿兩只怯怯張望的眼睛，也彷彿炎炎夏日裡，擾人的紅頭蒼蠅。

然而準確說起來，瑪麗亞生得並不算漂亮：黝黑、捲髮、門牙微凸，走起路來有些外八字的——我把目光逐漸往下移，終究落在那對凸起的胸脯上——光線自窗外滑落，突然旋起嘩嘩嘩的嬉笑，我趕緊低下頭去扒起飯來，對於自己體內拚命抽長的慾望感到無比恐懼。

我外公在一旁嘶嘶喝湯，似乎瞧出了一絲端倪，他輕咳一聲：「品啊，最近有考第一名否？」

我又偷偷瞥了瑪麗亞一眼。

「欸欸欸，我在跟你講話，你是有聽到冇？」我外公拿起筷子指指我：「啊你是在看佗位？呷飯呷得滿四界！你喲，以後就莫去娶到一個貓仔面！」

我把掉落的飯粒一一拾起，不知怎地，指尖抖得異常厲害。

這時候，瑪麗亞放下鍋鏟，端過來一碗黑色湯汁：「阿弟……」她比劃著：「要補啊！看看你的影子……來，喝這個！」

抽油煙機早已停止運轉，熱氣伴隨著煙霧爬上牆壁、爬上瑪麗亞微微冒汗的嘴角，她的頸部有濕潤的光澤，胸口浮上一小片晶亮，晶亮的湯汁映出我羞赧的表情，一陣微風吹皺了臉，也把碗口的熱氣吹得不知所蹤。

「品仔，緊飲啊！」我外公放下筷子，好整以暇地剔起牙來。

「這個東西很苦耶！」我抗議。

「苦才好！」

「有什麼好？」

「阿憨，飲下去就緊大漢、轉大人啊！」

「以前沒飲，我也是同款大漢嘛？」

「嬰仔有耳無嘴！」我外公聲音突然粗起來：「你喔，今嘛不飲，後擺找無某，不當怨嘆阮沒給你補！」

「好啦、好啦！」瑪麗亞甩甩沾滿泡沫的手，收走我外公的碗：「阿公，你就ㄅㄨ要這麼多煩惱！阿弟，你快喝，ㄅㄨ然你的身體，會壞掉！」

我外公起身道：「你看你，人家年歲輕輕就生囝，現在離鄉萬里在這裡趁食，啊你咧？」

我又氣又詫異地望著瑪麗亞，南台灣的熾熱緊貼附於她的側臉：汗涔涔、亮晶晶，她彎下腰去扭乾拖把：一滴、兩滴，滴滴答答、滴滴答答，彷彿永遠沒有盡頭的夢，廚房斑駁的四壁朝我壓擠過來，而我不知所措，一逕盯著牆上的鐘——

「腳！」濕漉漉的拖把在我腳下抓出一條濕漉漉的爪痕。

「瑪麗亞……」我思緒紛亂，結結巴巴喊了她的名字。

瑪麗亞頭也不抬，低俯的背脊浮現隱約的內衣痕跡，成年女性的臀部包覆於緊身牛仔褲之下——不算圓，也不算癟，就是比洪曉玲的臀部多了些什麼——我又瞥了一眼牆上的鐘，心底惶惶地，感到額角的汗水一寸一寸爬到下巴來。

瑪麗亞抬起頭，見我飯也沒吃、湯也沒喝，叫起來：「阿弟，要上課啊！」

一陣一陣的溫風鑽進紗窗，狹仄的廚房充滿了黏膩，瑪麗亞的胸前完全濕透了！內衣上的蕾絲吸收了水份，活力旺盛地抽出枝葉伸展至腋下、頸部，一朵朵小花在她身上開得到處都是！白色的花瓣像雪一樣嘩嘩嘩嘩飄進我的眼底，惹得我忍不住大喊——

「起來！起來！」

「平生無大志，只求上台大！」

「再拚一點！再拚一點！『不行』是男人的大忌！」

嗤嗤嗤嗤。嘩嘩嘩嘩。似乎有什麼聲音從遙遠的地方傳過來？

「喂！」我衝上前去，試圖撥開那些不斷湧出的小花，卻始終不見瑪麗亞黝黑的面孔，只有大塊大塊旋落的雪片——嘩嘩嘩嘩、嗤嗤嗤嗤，嗤嗤嗤嗤、嘩嘩嘩嘩——越來越厚的花叢朝我蔓生過來，我的胸口同樣開出一朵又一朵的小花……

嗤嗤嗤嗤。嘩嘩嘩嘩。

麥克風突然失控的尖銳捅進我的耳底，乍醒的心跳如斯飛快，以致坐在冷氣強烈的補習班裡，我竟一臉汗水。

「啊你是昨晚打手槍打得太累了喔？」我表哥以手肘抵了抵我的腰眼：「怎麼今天睡得像條死豬？」

我沒說話，抹了抹臉。

「小心喔！一滴精，十滴血啊！」我表哥搖搖頭。

我把保特瓶裡的水喝光，把我的苦惱告訴他，包括我外公在餐桌上嘮嘮叨叨的那一番話。

我表哥拍拍我的肩膀，露出極其欣慰的表情——他覺得整件事情是一個再好不過的啓示：那就是，我眞正「發育」了！而且發育的情況非常良好，包準可以長到一百八！

「爲什麼？」我表哥嚼起口香糖：「那還用說，願意爲女人煩惱，表示你是一個正常的男人嘛！」

「可是……」我囁嚅道：「你也爲女人煩惱，爲什麼你的身高只有一百六？」

「是一百六十五！」我表哥幾乎叫起來：「你唷——告訴你，你那個是『爲情所苦』，我是『談戀愛』，我們兩個不一樣！」

他解釋：「苦惱是需要思考的，思考需要更多的腦力，腦力來自體力，你的『發育』就是這麼來的，了解了沒？」

我搖搖頭，告訴他，我很羨慕他有勇氣向女孩子告白，還有和女孩子接吻不知是什麼滋味？

我表哥不耐煩地悶哼，你幾歲，我幾歲？在你這個年紀，我的鬍子還像毛毛蟲一樣在那裡亂爬！我表哥神情嚴肅：「你聽我說，女生嘛，就像一杯白開水，愛是方糖，方糖丟到水裡不一定會融化，必須用力攪拌——攪拌啊，你懂不懂？」

我點點頭，又搖搖頭，想起全身開滿小花的瑪麗亞——我該怎麼「攪拌」她呢？

「算了、算了！」我表哥顯然放棄了，他說：「待會下課，我帶你去一個地方！」

往後的日子裡，我經常想起這一段，一段堅硬得看似無法被穿透的時光，一段夢遊似的白茫茫的日子，而我暈頭轉向被我表哥帶著到處亂闖亂晃——在那個「面對瑪麗亞而感到臉紅」的撞擊點背後，是否有一絲絲裂縫，可以讓我看清楚青春究竟是怎麼回事？而瑪麗亞呢，她的青春早已結束，或者正要開始？生了二個小孩的她，會怎麼看待青春期的我？

這一刻，我來不及多想，我和我表哥神色緊繃地貼在一扇氣窗前。

從俯瞰的角度看來，我們趴下的姿態肯定像極了兩隻靜止不動（且無法被理解）的青蛙。我表哥輕輕推了一下氣窗，玻璃與窗框之間居然「裂開」了，他小心翼翼卸下其中一角——顯然，從他熟練的動作看來，已不是第一次這樣做了。

「噓！」我表哥壓低了嗓音。

我的臉湊近那個缺口，眼睛半睜半閉：「真的沒有問題嗎？」

「你真的很吵耶！」我表哥豎起食指抵住嘴唇，示意氣窗下有人。

模模糊糊的人影透過模模糊糊的隙縫移動著，我的眼鏡很快蒙上了一層水漬，嘩嘩嘩嘩的水聲遙遠地拍打著地面，帶有一種空洞的回音，可以聞到海馬牌沐浴乳特有的香味、絲逸歡洗髮精、黑人牙膏……我表哥冷不防回過頭來對我說：

「喂，你哭什麼哭啊？」

「我哪有！」我頂開他搭在我肩上的手，取下眼鏡、捲起袖口——實在太熱了！汗水流進我的眼窩、我的鼻孔、我的唇角——那個細長的洞口成為熱水沸騰的出口，我臉上的每一寸毛細孔都積滿了一窪窪水漬，但我並不打算哭泣，雖然無法確定，我是不是激動地流出眼淚而不自知？

四周被大片大片的空白佔滿了，瑪麗亞的頭髮、雙手也是大片大片的白，臀部更是白得厲害！她很快低下身去，露出背上更多的白，使得我的眼前產生一次近乎爆炸性的曝亮，完全無法置信——這就是瑪麗亞的身體！這就是這陣子以來，經常出現在我夢中，遠了又近了的，無法被觸摸、被擁抱，稍一接近就消失得無影無蹤的女體？

瑪麗亞很專注地搓洗著大腿、腰身，似乎摸索了好一陣子——突然間，她尖叫起來！

我差點也叫出聲來！下意識地拔腿就跑，沿著防火巷朝我外公常去的王公廟飛奔，一路上跌了好幾次跤！

怎麼會——爲什麼，瑪麗亞的身體那麼白？

我表哥從背後追上來：你跑什麼跑？精采的還在後頭啊，她根本沒發現我們好不好？你這樣乒乒乓乓，她才會發現！而且，我表哥喘口氣：哪有，哪有像你這樣的，偷吃還忘記擦嘴！至少，也要把那片氣窗，恢復成原狀嘛，實在是——你！

我沒答腔，一雙手緊緊交握，手心又濕又熱，彷彿握著一隻剛剛出生的活物，那樣柔軟得令人不知所措。

也就是從那天起，我發現瑪麗亞的大腿外側，有一小塊灰淡的，像是墨汁跌入宣紙而暈開的瘀痕。

每每塗抹肥皂時，她總是小心翼翼檢視那瘀痕，偶爾把腳擱在浴缸上，拱起的背脊可以看見穿戴內衣所殘留的粉紅痕跡——凸起的肩胛溢散出透明光澤，泡沫，水花，嘩啦嘩啦——通過那狹長的、幽暗的視野，我輕輕呼吸著，生怕稍一不慎，這一幕美好就會像水珠一樣蒸發。

儘管，我內心的恐懼與罪惡感不斷發出這樣的吶喊：

我。在。偷。窺。

我在偷窺瑪麗亞洗澡！

我低頭坐在桌前，發現那些密密痲痲的數字、英文全變形——一個女人的形體逐漸浮現於我面前：這是眼睛、這是鼻子、這是嘴——黝黑的面孔朝我緩緩貼近，但我並不接觸她的眼神，只是貪婪地望向她的胸口、她的腹肚……我外公目睹我面紅耳赤，忍不住道：「品仔，啊你最近怎麼三魂走七魄？」

「少年不會想，呷老不成樣喔。」

我外公平靜地說：「古早人在講，『無讀冊，娶無某』欸。」

讀冊！讀冊！越讀越怨嗟！

我在心底大喊，恨不得往外衝——躍過這個鎮上最熱鬧的中正路、穿越最杳無人跡的乞丐寮，也許途中聞到市場旋起的惡臭、也許看見風箏始終懸浮的悠閒——但我動也不動，壓抑著下腹燥熱的欲望，日復一日躲在暗處窺視瑪麗亞入浴，光照將我的影子分散於牆上，遠遠看去，像一隻凌亂的獸。

有一次，瑪麗亞突然澡洗著洗著，仰起頭，一雙大眼覷瞇，不知盯住什麼，嚇得我不由貼緊了氣窗，以爲這次眞的逃不掉了！然而只見她坐在馬桶上：雙腿叉開，一隻手撐住牆壁，另一隻手滿是泡沫地伸進兩胯間——彷彿寂靜被瞬間刺穿，從哪裡生出的蕨類窸窸窣窣，可以聽見四壁輕顫的喟嘆，越來越劇烈、越來越劇烈，最終整個浴室盈滿了翠綠的顏色！

我感覺到自己正在劇烈地往下墜！

然後，我返回房間，手心不聽使喚地，發抖，直到我回過神來，胸口竟已是一片濕黏。

那究竟意味著什麼呢？

我揣度著：瑪麗亞微蹙的眉、微露的唇齒，往前挺起的胸口垂掛著白色的泡沫，大腿甚至抖動了起來——那一刻，我的雙手雙腳同樣在半空中抓著踢著，白色的世界無限開展！但說也奇怪，自始至終瑪麗亞未嘗出聲，四周跌入凝凍靜止的異質世界，只有極其細小的刮磨，自排水孔底部發出幼獸般掙扎的哀鳴——

（她為什麼這麼做呢？）

（她——）

面對冰箱上倒映的那個黑影，我出神地想起那一次，我外公被自己的影子嚇得奔出廚房的窘況。那時候，一切都還很平常，除了瑪麗亞剛剛踏進這座房子時，頸後香水輕輕搖晃的流動感，以及她轉過身去猛然看見不鏽鋼上的黑影的驚呼：

「啊。」

（一如後來在浴室裡，每每碰觸到那個瘀痕的單音）

（或者更接近於無意識的震顫）

（或者……）

我從冰箱裡取出一瓶礦泉水，將瓶身按壓在臉上，希望藉此降低內心的煩躁。然而瑪麗亞的笑容揮之不去，她興沖沖地拉著我的手，要我凝視鍋碗瓢盆上的臉——擴大的、扭曲的，金屬光澤透露出黑色的眉眼——對她而言，它們是新奇的經驗，是不同於往昔生活又冷又硬的「現代科技的」環境。

「所以說，離開故鄉，很不習慣吧？」明明知道是多餘的問句，我仍忍不住脫口。

「沒辦法啊，阿弟，錢很辛苦的，沒錢更辛苦啊！」站在流理台前，瑪麗亞手裡持續剝著豌豆，綠色的汁液嵌入她的指甲中，形成半月形的鮮豔。

「那妳丈夫呢？他爲什麼不一起來？」我彎下腰去撿拾掉落的一截豌豆，不經意瞄向瑪麗亞腿上，那塊淡淡淡淡，胎記似的瘀痕。

「他在家看小孩啊。」

「孩子很大了嗎？」

「我去機場的路上，他們一直哭、一直哭啊……」

「那妳有帶著小孩的照片嗎？」

「……」

「丈夫對妳好不好？」

「……」

瑪麗亞的睫毛一眨一眨，浮現了一絲絲不確定的恍惚感，手裡的豌豆莢同樣一上一下，懸盪，懸盪。我的思緒因而飄遠了。再度鑽入那道細長的玻璃缺口，氣窗上有我黑色的眼睛：浴室裡的女人舉起腳來打量著關節交會處的那個瘀痕，然後輕輕抹起肥皂，試探性地捺了捺——沒有尖叫，也沒有無可告人的舉動——像大腿上生出的一只灰色眼睛，半開未開地對著外面的世界靜靜窺視。往上看去，瑪麗亞的下巴高高仰起，不見眉眼，胸前的泡沫不斷滑落，白色的身體就這麼一點一滴，一點一滴，冰塊溶化似地往下流，流了一地的水。

「啊是發生什麼事？」我外公這時候從甬道走進廚房，賓士髮膠的油膩頓時佔滿了四周空氣。

「阿品，你給人家糟蹋喔？」近看之下，我外公的西裝後襬皺起一張笑臉，也就是一張老舊的笑臉。

「冇啦！」我站起身，拉開另一張椅子給我外公：「阿公，你穿得這麼緣投，是要出去是否？」

我外公點點頭，欲言又止。

「阿公，你又要去吃那個豆菜和ㄐㄧㄤ油是不是？」瑪麗亞將豌豆莢一把抓起，放在流理台下清洗，嘩啦嘩啦的水聲掩蓋了她哭泣後的鼻音。

「今天要去病院吶，」我外公想起什麼地，叮囑瑪麗亞：「記得欸，等下雞湯不當加鹽，啊？」

聽他這麼一說，我央求著：「阿公，今日我也想去病院看看……」

「你嬰仔去做啥？」我外公抽了口菸：「恁阿嬤現此時莫爽快，你去了伊也不會較睏活哇。」

「品仔，」我外公整了整領口：「你聽我講，在厝裡認眞讀冊知否？千萬不當像你四舅同款，一世人撿角！」

我四舅……我在心底哀嘆一聲。有一片刻，我外公陷入凝塑不動的沉思之中，表情顯得如斯嚴肅而蒼老，凹陷的眼窩在陽光底下透出格外濕潤的光澤，彷如我外婆始終水氣汪汪的目珠，說著說著眼淚就這麼流了下來。

我有多久沒見到我外婆了呢？

自從她住院以來，這個家便浮動著一股空洞的意味，大廳裡的電視機很久沒扭開了，也很久沒聽見晨間的念佛聲了。頂樓佛堂發出潮濕而沉悶的氣味，有一兩次推開門，從蒲墊上飛出幾隻歪歪斜斜的白蟻，牠們爬在鋪滿了灰塵的佛桌上，以致我外公責備地睖了瑪麗亞一眼。

「是阿嬤，阿嬤叫我ㄅㄨ要、ㄅㄨ要……」瑪麗亞絞著衣襬，怯怯辯解。

大人們來來去去，總是聚在甬道盡頭不知談些什麼，偶爾可以聽見：「就講伊那邊和咱這邊是兩個款欸……」

「那個富仔也眞是，要伊出個錢請護士來照顧かあさん（母親）……」

「就是講啊，手心手背攏是肉，五隻指頭伸出來攏莫平截，誰的心肝不是歧一邊？」

「眞正是好心給雷驚哇！」

我問我娘，外婆到底什麼時候可以出院？現在是誰在照顧她？爲什麼家裡的氣氛「怪怪的」？我娘頭也不回，只簡單說了句：「無嘴話治家。」然後擦拭起那本《王公本願功德經》與佛桌，佛桌桌腳被白蟻侵蝕得那樣厲害，一小撮一小撮白色粉末堆積於地上，彷彿一座座小山。

每天每天，我外公由瑪麗亞陪著，提起雞湯去醫院探視我外婆，然而每天每天，雞湯最後都進了我的肚裡。

我憂心地問瑪麗亞：「情況怎麼樣？」

瑪麗亞皺起眉頭，似乎思索著該用哪個字眼比較恰當，眼睛睜得又圓又大。

我想起我外婆還未病倒之前，經常對著瑪麗亞說話——無論她是否明白——好幾次，談到我外公後來娶進門的「另一個太太」，說是他決定要把財產平均分配給「她們（我外婆還有那個小妾）兩個人」，爲此，我外婆哭得撕心裂肺：

「擱安怎講，我和伊艱苦這麼多年啊！」

「這麼多年妳知否！」

「這麼多年！」

那時候，瑪麗亞被我外婆的激動震懾住了，一邊聽，一邊同樣流下淚來——或許是想到那一場來到異地的辛酸過程吧，或者是對家鄉的強烈思念？她和我外婆彼此拍撫著對方的背，擁抱的姿態如斯親愛，宛如母獸與幼獸相濡以沫。

「阿嬤她……」

「怎麼樣？」

「她好像……她……」

我無法理解瑪麗亞的話語，只覺得她微蹙的眉頭飽含了許多心事，彷彿再度墮入那個將手伸進兩胯的私密——無聲無息，又輕又重——只有我知道，在那樣封閉的時刻底，她是那般無拘無束，釋放自己內心底層的祕密：並非爲了激發慾望，而是不得不面對生命最深切的寂寞。

寂寞塞滿整個房間。

寂寞在瑪麗亞的心底留下顫抖的烙印。

寂寞是無底的例行公事。

那些日復一日的燉煮雞湯、掃地拖地、洗碗洗衣服洗廁所的規律機械，她也有浮現一絲絲疲倦的時刻，也會想起生命中的某段風景、某一個她傷害的、被她所愛的人嗎？長期分隔兩地，她丈夫還會等著她回去嗎？每個月她匯回家的錢，家裡都如何運用呢？丈夫依舊愛她嗎？

我感到頭痛欲裂。

「瑪麗亞……」

我終究指著她大腿上的那塊灰淡顏色：「爲什麼，它一直，一直沒有消失啊？」

「這個啊……這個……」

瑪麗亞抬起頭來，望向窗外，遙遠的天空有乾淨的雲，雲層飄過她的臉龐、牛仔褲——褲腳沾了一小塊暗紅色的污漬——「這個……」斷斷續續的聲音顫抖著，太陽已經落到地平線的另一端，天色很快就要暗了。

「因爲……」

瑪麗亞沒把話說完。一滴淚水掉到我的嘴裡，鹹鹹的滋味——原來她的眼淚也是鹹的！我這麼詫異著（我還以爲她的眼淚有點不一樣哩），伸出手去拍拍她的肩膀，針織薄衫特別柔軟，底下凸起的內衣肩帶格外堅硬，我的掌心生出又刺又舒服的奇特觸感，忍不住往下摸、再往下摸——

「不可以！」瑪麗亞拉住我的手。

也就是這麼一拉，我們倆雙雙往後跌入白色無涯的深淵裡！快速下墜的掙扎中，我緊緊抱住瑪麗亞，發覺她的眼睛異常澄澈，偏黑的皮膚發出細緻的光澤，奇異的是，我的手腳竟不斷抽長、再抽長，直到整個空間塞滿我的身軀！

墜落的速度實在太快了！我和瑪麗亞因而分散開來，看見她在遙遠的一方露出勉強的笑，瘦小的臉龐變得更加瘦小，腿上的那個瘀痕越來越明顯、越來越碩大！一如風雨欲來前的陰鬱，灰澹的雲層沉重積壓，最終卻未降下雨來——瑪麗亞的那個瘀痕同樣保持著不變的灰淡，不流血也不紅腫，只是牢牢地「存在」，像我外公和我外婆，以及「另一個太太」、那些孩子們（我母親、我舅舅、姨媽……），他們之間存在的傷害從未被明白檢視，但他們的內心（屬於這個家庭之間的）都深深浮現了那個半大不小、不輕不重的瘀痕——

瘀痕必定會從灰淡轉爲青紫，再變成赤紅嗎？

（所以說，瑪麗亞腿上的那個瘀痕究竟是怎麼造成的呢？）

許多年後，面對冰箱上的倒影，我想起瑪麗亞第一天踏入我外公家的詫異表情，還有後來我在我表哥帶領下，養成的偷窺習慣：在浴室裡，在無可名狀的情緒裡，那個如影隨形的瘀痕牢牢貼附於瑪麗亞的大腿上，直到她不再在我外公家幫傭前，它都像一只凝結的傷口那樣，隱隱約約彰顯著它灰色的力量。

想到這裡，下意識地，我在自己的腿上摸索著，赫然發覺不知從哪冒出來的瘀痕——我略略吃了一驚！把腳擱在浴缸上，仔細打量著它，手裡撥動水花，搓出一團又一團的肥皀泡沫。

然後，我試探性地，朝著那個瘀痕捺了下去——

另一個太太

從小到大，我聽過許許多多關於「那個女人」的故事。

最初的說法其實相當簡單：「那是你外公的『另一個太太』！」——說話的人是我娘，她一面細聲細氣地叮囑我們：「後擺不當輸給『那些嬰仔』知否？」一面瞟著那群陌生而沉默的男女——他們圍坐在遙遠的另一頭，和我們形成壁壘分明的兩個區塊：他們安靜挾菜、他們嚴肅、他們的眼神越過斑駁的牆面，彷彿要看穿在那之後的凌亂。

凌亂的油煙跌落在我四舅的頭髮上——那一天，毫無預警地，我四舅突然返回古厝底，在場的大人們見狀，全鬧哄哄地擁上前去，既要賴又孩子氣那樣地拚命拉住我外公轉身欲走的身影嚷：「多桑、多桑，啊人回來就好了啦——好啦？好啦！」

「就是講欸！」我外公的大弟，也就是經常對我們講述日本時代如何如何神勇的三叔公趕緊勸道：「大兄，初一早、初二巧，你莫過年過節就氣撲撲——阿雄，啊擱不緊過來敬恁爸一杯？」

那是每年年初二，我外公照例宴請女兒回娘家的日子。窄窄的前院擠滿了大紅桌子，四處是震天價響的划酒拳、切菜剁肉、爐火烘烘，幾位身穿廚衣的歐巴桑在人群中高嚷：「出菜囉！出菜囉！佛跳牆燒喔細膩欸！」──我娘的睫毛刷得又黑又翹，幾位姨媽身上同樣穿著大紅牡丹開叉旗袍──我和我弟弟奔跑著穿越甬道時，撞見我外婆正在房間裡更衣，衣服褪到手肘，米白色的胸衣顯得暗黃的皮膚更加暗黃，未嘗開燈的門洞口透出淡淡淡淡的玉蘭香。

「阿嬤……」我囁嚅著，手裡一具無敵鐵金剛掉到地上。

我外婆聽見聲響，轉過頭來，瞇起眼，像是通過狹長的陰闇而發現對面不確定的來車，車前燈映照出那一張困惑的表情：不知該繼續脫衣抑或趕緊將衣服穿上？我外婆就那樣動也不動地和我對望了好一半晌，然後帶點羞赧的語調道：

「過年，有歡喜否？」

我點點頭，又搖搖頭，想起我的紅包全在我娘那兒，我也沒有我想要的藍色小精靈，更別提當時最流行的金獅王組合模型了。倒是我外婆，她的兩只眼睛在昏暗裡發出晶亮的光芒，彷彿兩盞晶亮的小燈，突然匡啷摔個粉碎！只聽見低低的啜泣的嗓音：

「他說他要分……」

「他說他要分……財產……」

「……分……『伊們』……」

那時候，我僵在原地，看見我外婆的下巴生出又深又長的皺褶，它們蔓竄至脖子至頸窩至胸口──迅速攀沿的姿態宛如不顧一切奔跑於乾涸的土地之上，每一腳步皆形成巨大的龜裂！紋路從我外婆的腳脛擴張過來，牢牢攫住了我，像一則影子在我面前形成聳立的森暗，而我就那樣不知所措地打量著我外婆一顫一顫，近乎光裸的上身。

（所以說，這是第二個，關於「那個女人」的說法嗎？）

（所以說，我不能輸給「他們」，「他們」是來搶財產的？）

許多年後，翻閱大廳公媽桌上的那本《王公本願功德經》，我外公呼出一口長長煙花，煙霧繚繞中，他悄悄撇過頭去——不知出於懺悔抑或出於純粹的疲倦——總之，他用力抹了把臉說：

「愛夫爲夫煩，愛妻爲妻苦啊。」

他說：「要不是爲了阮阿母，誰人愛做二十幾次的老父咧？」

「第一憨，做皇帝，第二憨，做阿爸嘛！」

我外公嘆口氣：「不過實在沒法度，恁阿嬤那時陣直直生查某嬰仔……所以那個最細漢的有沒有？那個『小阿姨』啊，最後只好分給別人吶……」

我外公一句接著一句說個不停——大部分是重複的故事，不外乎是他如何遵從我外曾祖母臨終前的遺言，「不得不」娶了另一個太太，以及如何生兒養家、如何打拚……每每說到這裡，我會偷偷瞄一眼我娘的表情——這一刻，她已經不再年輕了，每年年初二的聚會上也很少穿上大紅旗袍了；眼睫毛變得有些稀疏，黑密的頭髮逐漸浮現點點星白；笑起來的時候，皺紋全一波一波湧向兩鬢，像一副過於用力揉捏的面具，不是醜，也不是美，而是一種不甚眞確的恍惚。

「如果，當初不是爲了阮阿母……」我外公還在大廳裡感嘆。

那時候，我娘穿了一襲中國式仿古折枝花連身裙，和我外婆有一搭沒一搭地聊著，聊得那樣不甚專注，以致旁人也能夠輕易發現，她從頭到尾其實皆留心著我外公對我陳述的那一番話——我娘似惱非惱地側過臉來，打斷我外公的話頭：

「多桑，你莫一直講這些嘛，人生海海，你和かあさん（母親）對阮的栽培，厝邊隔壁攏有看到，你想這些有的沒的做啥？」

「又不是我愛想……」我外公像個小孩，不高興地撇撇嘴，吸口菸，突然把話停住。

我母親還想勸些什麼，被我外婆示意制止了。

我仰起頭，端詳我外公的臉。這些年來，越來越多的斑點出現在他起皺的兩頰、後頸，凹陷的眼窩不再具有光澤，老式假牙的不舒適感使他經常抿緊了嘴，胸口也塌癟了，短刺的頭髮讓他看來像極了一株瘦小而方正的鐵樹。

一株倔強，卻不再威嚴的植物。

有一、兩次，天氣實在太熱了，我望見他穿著一件汗衫，倚在屋外矮牆抽菸。眼前是一小塊花圃，圃裡頭有幾朵小花，還有一棵生得頗為健壯的木瓜樹，而我外公動也不動地盯著它們，手臂孤伶伶地懸在兩髈之間，整個人像面前投射的扁薄暗影，似乎稍不注意就要淡下去、永遠不再被注意地，成為土地的一部分了。

這樣一位老人呵，很難讓人聯想起：年輕時可以極其輕易地扛起五、六包白米，每次送貨，女孩子的目光皆有意無意瞟著他發亮的臂膀；或者在新營火車站賣便當的那幾年，他飛快將飯盒遞給車上的旅客，再飛快收錢、找錢，奮力奔跑的背影與年輕的笑容為他帶來不同於其他同業的吸引力，甚至曾經有一位漂亮（我外公說：「靚秀。」）的女乘客，在塞錢的同時偷偷捏了他手心一把……

「眞的？」我詫異著，我外公居然也有這般電影情節似的「豔遇」!?

他不斷述說著，彷彿只有藉由說話的形式，才能夠挽留那些已然逝去的時刻。不幸的是，沒有人願意耐心聆聽，他的孩子——也就是我舅舅、姨媽、阿姨們——他們來去匆匆，長年於北部發展，偶爾過年過節拿紅包給我外公：「多桑，這給你呷百二！」

也因此，我成爲我外公唯一傾訴的對象。經常，他又提起那些神情激動的「事蹟」，我聽得煩了，像要總結出一個最終的答案，反問我外公：明明知道阿嬷會生氣，你幹嘛還要娶「另一個太太」呢？

「講正經的，眞正不是我愛娶細姨耶！」我外公大概也覺得煩了，這麼無力地辯解著。到後來，他連解釋的理由也一併放棄，只是大著嗓門，一而再、再而三地嚷：

「第二憨，做老父啊。」

我因而想起許多年前，當我母親帶著我返回這棟古厝時，在廚房裡，我外公飯吃著吃著總會想起什麼的，對著一旁的牆面喊：「秀儀欸，是秀儀是否？我阿公啦，呷飯唷？」

他這麼一嚷，我外婆和我娘原本興高采烈的交談便頓時安靜下來，狹仄的空間只聽見扒飯、舀湯的碰撞聲，匡噹匡噹、嘶嘶嘶嘶，以及隔壁細細傳來一句：「阿公……好。」

好幾次，我娘向我外公抱怨：「當初這個灶下爲什麼要在壁邊留一排氣窗？隔壁炒菜的油煙轟轟叫，攏嗆過來哩！」

我娘當然是明知故問。這一式兩幢的建築物，恰是由我外公親手設計：它們使用同一張地基、同一面牆、打理同一方庭院；他們共同生兒育女、共同做月子、共嘗喜怒哀樂——「另一個太太」就住在隔壁的屋子裡，而我外公和我外婆則住在這邊的這一棟，等於說，我外公根本就是光明正大地坐享「齊人之福」嘛。

我娘聽了，毫不猶豫地巴了我後腦袋一掌。

據她說，由於我外公堅持的緣故（他畢竟不是專業的建築師），這兩棟房子可說是「冬涼夏暖」！只消穿過甬道，便能夠感受到夏天熱浪之襲人，而冬季更是冷風颼颼的恐怖片音效——其中，不知是我外公為了便於聯繫「兩家人」的情感，抑或考量通風起見，總之，廚房和隔壁房子相鄰的那一面牆，刻意於上方鑿開了一排由欄杆隔成的小氣窗，如同形成彼此通話的「一條管道」。

「阿儀欸，呷飽沒？要呷飽唷，等一下，咳咳，等一下阿公拿符仔給妳，保祐妳趕緊大漢！」

我外公依舊說著，說得那樣平常。

那時候，我並不了解，為什麼我娘和我外婆的臉上必然蒙上一層暗澹？為什麼她們的眼裡盈滿了大於沉默的怨憎？而我外公明明清楚她們的表情，為何還那樣不顧一切呢？

許多年後，照例坐在廚房裡吃飯，我外婆已經不再切菜剁肉，雇請的看護瑪麗亞來自菲律賓：她年輕、熱情、有著一雙大眼，但她永遠無法看穿這個房子以外的世界核心，一如我納悶著，我外公究竟如何兼顧「兩家人」的生活呢？他會固定到「隔壁」去嗎？（可是，他不都每天待在大廳裡？）我外婆呢，遇見「另一個太太」的時候，她是什麼表情？她是否清楚對方的一舉一動？（再怎麼說，他們住得那麼近啊！）

「嬰仔愛過年！」我娘沒好氣地瞅了我一眼，打斷我繼續追問。

我坐在飯桌前，手裡端著一碗鹹粥，粥上熱氣裊裊，凌擾之間，居然生出了另一個空間！有電冰箱、瓦斯爐、有女人——我眨眨眼，看見水泥牆後的那個「她」！她和我外公同樣佝僂著，身上罩了一件鬆垮垮的碎花長褲，眉梢低垂，靜靜扒飯。在她身後是一具放置碗筷的老舊木櫥，還有流理台、雕花餐桌、八角尼龍菜罩……擺設和我外公這邊幾乎一模一樣！

我驚詫不已，亟欲看清楚對方的面貌，然而無論如何，始終隔了一層毛玻璃的矇曖，只依稀分辨出女人星白的頭髮，無法明確記下她表情的輪廓——也因此，我忍不住問我外公：她，究竟長得什麼模樣呢？

我外公照例倚在矮牆旁，雙腳叉開蹲在那一方花圃前，盯住那一棵木瓜樹，一隻蜜蜂振翅在其上鑽來鑽去，底下的長春花隨風擺盪，一種閒適的午後氣息沉降於我們之間，明亮異常的日頭使得我外公的白髮更爲蒼白，也更加深了他「老了」的事實。

「伊……」我依舊鍥而不捨：「啊『伊』到底是……」

我外公沒有接話。仰起頭，望著陽光從樹蔭間篩落，在一整片搖晃的光點裡，小心翼翼摘掉多餘的雜草、枝葉，又檢視剛剛綻放的幾朵木瓜花，青綠色的花瓣微微翹起，蕊心吐露，卻沒有預期中的香味。

「伊啊——就親像木瓜花同款嘍，」我外公一面抽菸，一面說：「就是去相親相識……講話比恁阿嬤較幼聲……」

我外公把菸捺熄，停了半晌，想說些什麼，終究沒說出口，只是閉起雙眼，任由南風輕拂，連帶吹散了他緊蹙的眉心。他的下巴抬得高高的，很享受的樣子，有一片刻似乎睡著了，泛黃的領口掛著搖晃的線頭：一起一伏、一起一伏，眼前的那棵木瓜樹同樣搖晃枝葉，四周是油綠的小草……

（所以說，這是關於「那個女人」的第幾個說法呢？）

那一刻，我跟著閉上了眼，靜靜感受風在臉上揉著捏著，陽光溫暖，花圃的青草味發出淡淡清香。我揣度著，如果這時候有人從旁走過，肯定不會注意到，這樣一位白髮蒼蒼的老人從年輕起，即擁有「兩個太太」，並且蓋了兩棟一模一樣的房子讓「一家人」（或「兩家人」？）能夠緊密地生活在一起——誰會料想得到呢？

他畢竟是一位全身爬滿許多皺紋的老人了啊。

（我娘說，你阿公今年都八十幾囉，也不知道有沒有那個福氣喝到你的圓仔湯哩！）

「阿公，」一個念頭突然閃過我的腦海：「為什麼大家都說，四舅是去給『伊』帶壞的？」

「為什麼？」

然而，我外公眞的沉入夢中了。細微的鼾聲像投入樹海裡的小石子，四周漾起極輕極輕的回音與漣漪。風旋起這個午後凝滯的雲層，大塊大塊灰淡堆積，眼看就要下雨了。

這樣一點一滴累積起來的印象，在腦海中留下關於「那個女人」的模糊輪廓：狐狸精。苛刻。臀部窄小（據說當年難產過）。夏天始終穿著一襲碎花裙子。頸後總是散發出淡淡淡淡，和我阿嬤房裡一模一樣的玉蘭香——那樣遠了又近了的身影，長久以來，成為我娘「這邊」的一個陰闇面，大夥彼此心照不宣，卻又相繼猜測：我外公的心思是否比較偏向「那一邊」呢？是否偷偷對「他們」好？對於「另一個太太」是否比較照顧？

說也奇怪，不知是我娘刻意冷落，抑或從小到大被耳提面命「不要接近『他們』」——在聽了那麼多人的講法之後，每每返回古厝，我依然沒見過「另一個太太」，甚至連「他們」也很少遇見——偶爾，經過隔壁，只能從低矮的紗門間隙窺見在那之後晃動的人影，黯澹的屋內傳來低低交談的聲響，無法確定那是否就是人們說話的語調？

它們聽起來更接近於反覆無盡的梵音，或者一次突然闖入的動物性低喃。

「天公有目珠！」我娘捏著我的耳朵：「嬰仔無嘴，靜靜坐著聽！」

那時候，我娘已經開始學著染髮。每個月的一天下午，她會從化妝檯取出染髮劑，將它們擠在小碟子上，然後拿梳子沾取，梳頭，頭上包覆著一圈又一圈的保鮮膜，頭髮白而稀疏，很具透明的質感——嗆鼻的阿摩尼亞味牢牢盤旋於我家各個角落，使得我以為：年紀其實就像各式各樣的染劑，終究會被用力攪拌、調和——調和成統一且灰濛濛的顏色與氣味。

一如到了這一刻，我娘的說法依舊未嘗改變的：「莫輸給伊們，知否？」

（究竟為什麼不可以輸呢？）

「莫讓人見誚！」

（我們丟不丟臉，和「他們」有什麼關係呢？）

「莫……」

時光被拉成迢遠的甬道，原以為穿過一連串黑暗之後，將看見光，哪裡知道迎面而來的竟是一陣風暴！暴風越過小鎮的上空，旋起嘩嘩嘩嘩的街道、水果、汽車，還有我外公挑眉斂目地在半空中打轉，嘴裡嚷著：「叫妳莫安仍嘛！」

他撥開我外婆的手，氣沖沖道：「就叫妳莫直直放糖，妳係臭耳是否？」我們全被砰咚的捶桌聲嚇了一跳，沒料到一個老人會發這麼大的脾氣——我外公的脾氣越老越壞、越老越固執——我娘臉色暗沉地喝著湯，我和我弟弟則趕緊扒飯、挾菜，然後聽見我外公突然轉爲柔軟的語調道：「秀儀欸，秀儀有呷飽沒？」

隔著一堵牆，傳來細微的喀喀喀喀——也許有人應聲、有人點頭，但終究是日常生活的互動，誰會眞正留意？更何況是「另一個太太」的回應？對此，我娘和我外婆的眉心早就不再緊皺，她們的臉上除了固定的面無表情，話題始終圍繞著：「今日的菜脯哪會這麼死鹹？」「かあさん，這鱸魚妳多呷點……」「高麗菜太咬嘴了啦！」——藉由更多更多的交談，她們已然對「隔壁」的沉默習以爲常。

因爲這樣「從未見過」的好奇，終有一天，我忍不住穿過廚房後邊的那條防火巷，從雜蕪惡臭的水溝蓋上踮起腳，透過老式玻璃窗上的木板間隙，屏息往內窺探：一張八角餐桌、桌上一副八角尼龍菜罩、一旁的木櫥沒有關上——我抽了抽鼻子，可以聞見其中糅雜了一絲絲腐敗、一絲絲酸甜，像是擱置太久以致不太新鮮的食物；角落喀啦喀啦，不知是電扇抑或什麼發出沉重的聲響；流理台內滴得滴得……看不見是不是有人移動？只嗅到一種老去而荒涼的氣味，我的腳尖開始發麻，陽光豔豔，刺癢的汗水自額頭流到頷下。

我甚至有想要大喊的衝動。

最後，我快跑著離開那個地方！

我再度想起關於「那個女人」長久以來被訴說的形象：苛刻的手段、高高盤起的髮髻、偶爾胸口露出神祕深邃的黑溝——儘管講法那樣多，然而仔細回想起來，「那個女人」之於我的印象竟是那樣遙遠，幾乎停留在抽象的層次而無法更逼近踏實的核心，於是，我問我外公：

「你……你眞正愛，愛『伊』嗎？」

我還問：「爲什麼『伊』攏不來咱這邊走走？」

「還有啊，」我說：「『伊』到底生得什麼款？眞正這樣壞？」

我外公沒有說話，照例在陽光錯落的晶亮裡檢視那株木瓜樹，慢條斯理抽了好一會菸，從褲袋裡摸出一個老舊的皮夾，翻找了好一會，終究取出一小幀照片，遞過來——表情帶點體己、帶點受到委屈而打算與我分享及辯解的倔強。

我小心翼翼捧著那張照片，深怕它突然掉了、破了，它是那樣老舊哩：照片中的人影極其模糊，霉斑如蟻，或疏或密地佔據了大部分的畫面，似乎稍一用力，就會將那女人的笑容給吹散了——或者將照片裡的草木給掀起！

我吃力地看著這張必須依賴「想像力」的照片，第一個感覺是陌生；第二個感覺是「啊」；第三個感覺則是「欸」——從失望而至荒謬的心情，我想：原來這就是導致我外公被人指指點點的女人啊？原來她不過就是個如此普通的女人嘛？

「空憨咧，」我外公撇撇嘴：「『伊』啊，一生就係五個後生，啊恁阿嬤咧？」白花花的頭髮在陽光底下發出白花花的光芒，鼻孔撐得老大，看來他是很不高興的了。

我第一次面對我外公的憤怒，不知該對他說些什麼好？畢竟，和他坐在花圃前曬太陽、吹風的時光，是我們祖孫倆一同經歷最快樂的回憶：往往端著剛泡好的菊花茶，一小口一小口啜飲著，品頭論足這一季金鳳花開得可眞美、那一朵蜘蛛百合還要再多施點營養劑啊；或者，一整個下午不說話，只是倚著牆，叉開大腿抽著菸——我甚至記得我外公第一次把菸遞給我的模樣，他努了努嘴，幫我把菸點燃，並且告訴我：下次要握拳圈住打火機，並且以小指敲敲對方的手，表示對點菸者的尊重。

那一刻，我深深意識到，原來十七歲的氣味帶有那麼一絲絲嗆鼻、一絲絲苦澀。

「欸，『生菜夾餅，由人所愛』，擱安怎講，我和『伊』也是尪某啊。」我外公不甘地嘆口氣——這些話，他依舊無從向別人說起，唯有我是他得以託付的聽眾。

「第二憨做阿爸啊！」我外公大著嗓門嚷。

搖晃的光點像海水一樣，我外公閉起眼，眼角似乎有一些濕亮，許是光痕許是淚水，總之，他此刻的表情如斯寧靜，如斯肅穆，彷彿放盡了力氣，決定棄絕那些身外之事，只想好好地、好好地做個夢。

我注視著我外公不帶感情的臉，想起那些從小到大，關於「那個女人」的陳述——在不斷流轉遞嬗的耳語間，誇大、捏造、攻擊、想像——她逐漸成為一具懸浮的「流言航空母艦」，一會遠了、一會近了，從未辯解，也從未聽過「他們」那邊的耳語（不過誰知道呢，這麼多年來，我外婆說不定也是另一具流言的載體哩）——更因為言語與揣度的緣故，「另一個太太」成為我娘這一家人的暗傷（但誰又曉得，我外婆會不會也是「他們」禁忌的話題呢）。

「欸，阿品欸，你知道怎樣分木瓜樹的公母否？」這時候，我外公突然睜開眼，這麼問我。

不知是否聽了太多不著邊際的話語，或者我的好奇已經溢出了胸口，這一次，我沒有回應我外公，霍然站起身來，朝我們眼前的另一棟房子逕自走去，任憑我外公在花圃前大喊我的名字！

我告訴自己，該是去面對那個長期以來，「另一個太太」（或說「另一個阿嬤」）在我心底所形成的深切的困惑了。

我站在房子的大門前，門上的斑駁像一張鬼臉，這麼近一看，才赫然發覺那扇大門上，竟已爬滿了稍一觸碰便如毛絮飄落的浮塵與鐵鏽。從屋內傳來又是模糊、又是清楚的聲響，唧唧喳喳的音調聽來彷如鼠類抑或其他私語……

我先是猶豫了一會，然後奮力拉開門——

像是廢置過久的什麼，我的手中沾滿了大片大片無以名狀的黑魆，逆著光，空氣中亂舞的光粒浮升、沉降，我忍住咳嗽的欲望，發覺腳下鋪疊著因爲風沙而形成的黑澹，一小點、一小點像貓或狗移動的印子，似乎暗示著在這之前有什麼走過？

公媽桌上同樣包覆著一層灰；電視螢幕輕輕一刮，指腹盡是油膩的髒污；一副茶几歪斜地躺在地面，時鐘傾斜，裂開的鐘面生出淡綠色植被，時針指著三點零一分……我很快穿過甬道，一路撥開飄浮的蜘蛛網與闇影，直直朝那之後的廚房奔去！

我推開紗窗——一架老舊的電風扇沾滿了厚重灰塵，喀啦喀啦來回運轉；流理台的水龍頭滴滴答答爬著水珠，裡面的碗盤全覆蓋了一層稀薄的、翠綠無比的顏色，薄軟的霉斑延著水漬攀沿至那張八角餐桌上，使得整個廚房浮動著一股近乎蕨類的陰鬱氣息——

我驚愕著，無法置信長期以來，被我娘、我外婆、我舅舅舅媽，甚至我外公所陳述的、關於「另一個太太」的形象、關於「那個女人」的模樣——關於「他們」——它們竟已是一個早已架空了的，無人居住的海市蜃樓？

（「他們」，從什麼時候起不在的呢？）

（「他們」，搬走多久了？）

（那些久遠的、不再具備光澤的氛圍，生靈逸散的空洞意味著，我外公始終不斷追述的「她」，難道僅僅是一場美化之後的回憶嗎？）

（或者，這其實是一場被建構的，屬於我娘他們共同的夢境？）

這時候，我聽見身後傳來蹣跚而沉重的腳步聲，沙啞的嗓音在耳邊響起：

「我眞正……」

「我不是……」

「我眞正……」

（關於「另一個太太」……）

（如果當初不是阮阿母……）

（第二憨啊）

這時候，我外公頹坐在地上，抓著頭髮，低低低低地說：「我眞正，眞正好想好想伊啊……」

（所以說，這是關於「那個女人」的第幾個說法呢？）

監視

母親說，好好看著她。

於是，我的電腦螢幕上出現瑪麗亞豐腴的身影，略顯僵硬而不連貫的動作——俯角、仰角、側拍——影像分割成數個畫面，近乎琉璃萬花筒效果，眩目，眩目。

突然間，瑪麗亞抬起頭來直直盯住鏡頭，彷彿洞悉全部的細節，嘴角露出一抹微笑。

我立刻按下螢幕開關，啪一聲眼前瞬忽墜入一片黑暗。

「啊你這是在幹麼？」母親訕訕道：「看啊，隨時都要盯住她啊。」

「可是，」我低聲辯解：「瑪麗亞不是說了，這件事和她沒有關係嘛。」

「『關西』？『關西』在新竹縣我跟你講！」母親一面塗指甲油，一面嘟起嘴來輕輕吹氣：「如果不是她，東西會自己長腳走掉嗎？」

因此，畫面再度亮起，照例是牛仔褲底下圓潤的臀部：瑪麗亞彎下腰不知擦拭些什麼？等到外婆的臉也露出時，這才看清楚，瑪麗亞正拍撫老人的背，爲她抹臉、搓手、倒水——嘴唇一張一闔，窸窸窣窣、窸窸窣窣，完全的默片效果——瑪麗亞再次拉了拉內衣肩帶、再次扭動腰肢，惹得我緊握滑鼠的手心大塊大塊冒汗。

怎麼會，這樣這樣熱？

我納悶著。十月天，理應涼爽的秋日，我的運動衫卻濕滑貼背，汗珠爬進了兩胯，引起一陣痙攣與刺癢。我反問自己，到底怎麼了？怎麼胸口好像燒起一團火？我趕緊喝下一口珍珠奶茶，粉圓柔嫩，連帶電腦螢幕裡的身影也被我一口一口咀嚼：圓手臂、圓腿、圓胸脯……這時候，母親走過來對著桌上的鏡子撥了撥瀏海：「啊你在看哪裡？專心啊！」

又說：「我出去一下，晚上記得叫瑪麗亞多做兩個菜。」

「聽到沒？」母親的皮包嘩啦嘩啦。

我知道，她又要去巷口打麻將了。

自從我父親外遇曝光之後，母親便自暴自棄，不僅歌廳表演荒腔走板，口紅眼影索性也不塗了，逢人便問：我是不是很醜？是不是哪裡做得不好？又隔了幾日，大概聽膩了那些千篇一律的答案，抓著人問：你說你說，是不是我也要出去交一個？是不是這樣他就會死心？

最後，她放棄了，和我們這條街成天到處相親的王阿姨邊打牌邊罵：「剪你個老不死的鳥啃。」

我揣度著，她今晚肯定又要三更半夜才會回來了。

也就是這時候，樓下爆出母親氣急敗壞的嗓音：「妳是不是腦筋有毛病啊！」從鏡頭看上去，母親站在玄關咬牙切齒，只見瑪麗亞在一旁低頭不語，直到母親走後，這才鬆口氣地聳聳肩、雀躍起來——那晃動的胸脯呵——我的耳根想必紅透了，整個腦袋好熱好熱！

我長長吁口氣，起身準備扭開冷氣時，砰咚撞倒一地珍珠奶茶。

——唉啊，小心！

——我來擦我來擦，小心！

——你別動，髒髒！

瑪麗亞的動作俐落極了，完全沒聽見她進門前的腳步聲。

我連忙扯掉電腦螢幕的電源線。

「我來擦就好啦！」我慌了手腳。

她沒有接話。厚實的背脊在床腳下來回移動，像一隻忙碌啄食的鳥，鳥頭圓滑，一顆斗大的黑痣於其上左搖右晃，看得我都暈了，隨手拿來遮住下腹的書本險些掉落。

「小心啊。」瑪麗亞說：腳——我挪了挪腳讓她擦去殘留在縫隙間的茶漬。又說：手——我伸出手來讓她查看受傷與否。還說——我沒聽清楚，出神打量起那棉質T恤底下隱約浮現的蕾絲花邊：隆起而渾圓的美感，書本上說，那是人類的第二性徵。

性徵。我低喃，念咒一般：性徵。

瑪麗亞扭乾抹布，帶點詫異的：阿弟啊，你的臉，紅啊。

「哪有？」我反駁：「哪有什麼紅？」

眞的眞的，瑪麗亞怕我不明白，指指擱在一旁的水桶：紅啊。她說，你是不是生病哇？

「才沒有！就已經跟妳說沒有紅了嘛！」我的聲音尖起來：「天氣很熱啊！很熱妳知不知道什麼意思？」

我坐回桌前，胸口怦怦怦，不明白爲什麼這般憤怒？爲什麼總是在面對女性時感到渾身不自在？我緊緊盯住螢幕上的瑪麗亞——攝影機安裝的角度肯定有死角，否則怎麼會看不見她的腳呢？我困惑著：女人的身體爲何讓我這般激動？我懷疑：我是不是眞的生病啦？是不是哪裡不正常？我甚至瞧不起自己：怎麼可以，怎麼能夠，對於這個來自菲律賓的女人，產生一絲絲「不軌」的念頭呢？

我想起瑪麗亞初至家裡幫傭時，身形瘦小，牙微凸，笑時唇角濕亮，鄉俚氣息間竟浮現幾許媚態——有一片刻，我彷彿看見那個一直以來我所暗戀的、眼睛大大的洪曉玲。我馬上壓低了臉，努力克制內心那亂衝亂撞的情緒——怎麼可能？我搔搔頭：洪曉玲那麼美、那麼白，無論如何不可能和菲律賓人有任何交集嘛！

「你這個嬰仔！」母親扳了扳我的肩膀：別看瑪麗亞年紀輕輕，其實已經是二個孩子的媽囉！又說，人家工作勤快啊，二年多沒返鄉哩，現在又要照顧你外婆，說起來也是可憐人……母親喝口水繼續說，聽說啊，過年打電話回家，全村只有一支電話還要靠村長廣播，你看——你們多幸福！

瑪麗亞聞言淺淺一笑，俯身提起行李時，領口露出一道神祕闇影，兩團異常白晰的肌膚隱隱浮動。

等到瑪麗亞走進房間，母親臉色旋即暗下來：要小心啊，他們會虐待老人和小孩啊。母親悄聲道：落後國家啊。手腳不乾淨。

「那幹麼還要找她來呢？」我困惑著。

「不然你外婆怎麼辦？你要照顧她嗎？」母親瞪了我一眼，似乎察覺自己失言了，隨即補充道：「再怎麼說，大家都有事要忙啊，你外婆年紀大了，有人照顧我們也比較放心。」

「那你又說她會虐待阿嬤……」

噓。母親示意我放低音量。你看，報紙上天天都有寫啊，她指著其中一則新聞，又指著另一版——照片裡的人物清一色黝黑深目、白T恤、藍牛仔褲——所以說，要小心啊，母親再三強調：要多注意她的行動，知否？

言猶在耳，母親的結婚戒指就這麼不見了！

那陣子，她剛在一家汽車旅館逮到我父親的「姦情」，據她說，我父親當時衣衫不整和女人躺在床上，臉不紅氣不喘辯解他們是爲了「談公事」——「你看看！你看看！」母親歇斯底里：「現在你相信了吧？」

她吼：東西就是被她偷走的！東西就是被她偷走的！

我抹掉飛濺至桌上的零星唾沫，反問：「妳有認眞找過嗎？」

母親朝我的手臂擰了一把：到現在你還爲她講話！

「唉唷！」我抗議：「我們又沒有證據證明是她偷的？」

還需要什麼證據？母親大約憤怒極了，一股腦將所有的不順遂全推到瑪麗亞身上：「搞不好——」母親說：「你爸爸會跑出去，也是因爲她！」母親咬牙切齒道：「電視新聞不是常常有在報？『她們』會向男人拋媚眼啊！狐狸精啊！大面神！」

我不相信這就是瑪麗亞的形象。

每每坐在電腦螢幕前，看見那些因爲機器運作不順而形成宛如慢動作的鏡頭，總使我以爲瑪麗亞其實不是忙於家事，而是安靜、優雅地跳著一場又一場的舞——從外婆臥室到廚房，再到她的房間到客廳——瑪麗亞輕巧地穿過狹長的甬道或樓梯，窄緊的衣服領口一起一伏，如蕩漾之漣漪，如飄浮之蕈孢，啊，啊啊啊啊，我想起國文課本裡那些熱情不羈的詩人們，忍不住興起一陣謳歌的衝動。

啊你是在發什麼神經？這時候，母親又重重擰了我一把，你也被她迷去啦？她嚷著：果然！你們父子都不是好東西！

我擔心她接下來又要上演親情倫理大悲劇，連忙試著安慰她：「戒指掉了也很好啊，說不定這是在暗示妳，早就該和老爸『一刀兩斷』啦。」

我說：「畢竟，你們的感情早就名存實亡了嘛？」

也就是從那天起，監視器的畫面便連接到我的電腦螢幕上。母親諄諄教誨：你啊，別忘了你的責任是讀書，千萬別看電腦看到目珠壞掉！反正，我們也不是要害她！

我在心中嘀咕著，卻又禁不住好奇心驅使：目睹平常再熟悉不過的外婆乍現於螢幕上，怎麼看，就是比實際歲數老上許多——或者，瑪麗亞走進廚房切一盤水果、炒一碗麵，再度返回臥室餵食外婆，原本一張扁臉竟變成了窈窕佳人!?

偶爾，我會任意將監視器的焦距放大、縮小，顯微鏡似地觀察生物細胞分裂、再分裂——瑪麗亞在我眼前形成好幾個片段：一個晚上撥瀏海二十次，搔癢六次，打呵欠十三次，調整內衣肩帶三次；哄外婆吃藥費時四十五分，擦桌抹地二小時，爲外公捶背揉腿一小時又五分七秒……我甚至發現，一個眨眼、一個上廁所的空檔，瑪麗亞的腰肢居然增胖了好幾寸！手臂撐寬袖口、胸脯像氣球膨脹，就連蓬蓬裙亦成了緊得不能再緊的窄裙！

「哪有可能？」母親悶哼一聲：「她原本不就是這樣胖嘟嘟的嘛？」

我不由想起初次和瑪麗亞相遇的模樣——洪曉玲的模樣！手臂纖細，臉蛋尖尖，整個人單薄得像要飄起來那樣，奇怪的是，我的記憶始終停留在她俯身那一霎——那樣瘦伶伶的女人，胸口會有一道「神祕的闇影」嗎？我困惑著，又打量起螢幕上的瑪麗亞，她的臀部看來似乎更加圓翹了，突如其來地回過頭來，面對鏡頭眨了眨眼，笑。

母親有些不悅：「我是叫你看她有沒有亂來，你注意她肥不肥幹啥？」

半點不假。我親眼目睹了瑪麗亞由瘦小至豐滿的變化，過程僅僅一彈指！我百思不得其解，在讀書讀累的片刻，習慣性地抬起頭來看看螢幕裡又發生什麼事？好幾次，瑪麗亞露出又是快樂又是痛苦的表情，眉心時而緊皺、時而舒坦——我看得出神了！彷彿能夠聞見她身上糅合了香茅與花露水的濃郁，可以穿過這一層鏡面隔閡觸及那一張嬌媚不已的五官——她究竟在做什麼呢？我將臉貼上螢幕，奈何鏡頭並未透露出那腹部以下的動作！

也因爲這個緣故，我的健康教育成績突飛猛進，尤以〈女性身體構造〉一章爲最。

我揣度著，這就是「愛」的力量嗎？成天監看瑪麗亞的結果，已經使我產生無法失去她的依賴？不，不可能！我告訴自己，我暗戀的對象應該是洪曉玲才對！再怎麼說，瑪麗亞已經是二個孩子的媽了，怎麼可能——我的臉龐倏地漲紅起來，不知聯想至情感深邃之不可測，抑或肉體神祕之難以言喻——總之，「人妻」兩個字赤啖啖地闖入我的腦海，頓時燒得我眼冒金星、口乾舌燥！

於是我起身伸展手腳，一邊觀察電腦裡的人影，一邊擔憂內心渴望親近一名女人的欲望是否「有毛病」？畢竟，多少強暴犯的念頭皆由此而起！我故作鎮定地提起筆寫下：千萬不可再沉淪下去！專心爲成功之母！哪裡知道，瑪麗亞端夜宵進來時，我再度慌了手腳，再度打翻桌上一杯水——

瑪麗亞連忙將雞湯擱在桌上，取來抹布彎下腰去擦拭地面，而我則在一旁吃驚著：怎麼——她的模樣怎麼和螢幕上相差十萬八千里，似乎缺少些什麼？

瑪麗亞問：是ㄅㄨ是鹽放得不夠？

我悵然若失，無法不去正視她濕亮的牙齦與菜渣。

瑪麗亞又問：那要ㄅㄨ要撈一點薑出來？

我只顧嘶嘶喝著雞湯。

你喝慢啊，阿弟——唉唷！你看你——瑪麗亞又彎下腰去，職業性地抹地、扭乾抹布，領口處透散出一股酸澀，連同白色T恤沾有大片大片泛黃的污漬，腰帶綻線，褲管褪色，全然不若監視器裡的鮮豔！

我激烈地咳起來，咳出了淚，淚裡的瑪麗亞生出巨大而凸的門牙，忽忽欺過身來：你讀書喔，眞好——湯還要ㄅㄨ要喝？

我咳得更厲害了。（瑪麗亞拍拍我的背：你喝慢啊）沒料到終日傾心的佳人竟是這般油鹽醬醋！等到瑪麗亞一離開房間，我頹坐桌前，歪著頭，照例目睹她走進廚房、走進客廳、走進我外婆的臥室，胸脯飽滿地佔據了大部分視線——那樣自然，就連我外婆摳腳咬指甲的舉動也很平常，獨獨房間裡揮之不去的，不知是雞臊或者汗腥的氣味——

難道，我的「初戀」就這麼結束啦？

看看時間，已經夜裡二點了，樓下仍未有母親扭動門把的聲音。我在房裡來回繞圈，心底煩得要命，如果可能的話，我很想問問母親，當初如何遇上父親，如何決定「就是這個人了」？「愛」是怎麼回事，我每天這樣在乎著瑪麗亞的一舉一動，這算是「愛」嗎？

我忍不住起身下樓，走進廚房扭開電燈，桌上的飯菜覆蓋於寶藍色菜罩底下，還冒著熱氣等待被挾食——今晚，母親恐怕是不回家了——我想起從前一家人坐在這裡吃飯，那時候父親好年輕啊，偶爾出其不意擰了一把母親的腰肉，惹來母親唉唷唉唷一陣嬌嗔……我不由抬起頭來嘆口氣，隨即意識到隱藏於角落的攝影機，於是坐直身子，對著鏡頭笑了笑。

我摸摸座墊——幾個小時前，瑪麗亞才在這邊活動過，仍然可以感受到那微微的溫度：女人的溫度，母性的溫度——瑪麗亞是否知道她正被監視呢？她突如其來的微笑意味著什麼？她對於這一切了然於心，或者，她只是忙裡偷閒喘口氣，思念起故鄉裡的丈夫與小孩？

此刻，她想必沉入夢鄉了，寂寥形成大塊大塊的海，時緩時急拍打著我的心口、我的四肢、我的眼，直到滅頂之際，我依舊無法理解「感情」之於我的意義？我甚至搞不清爲什麼我必須如此在意瑪麗亞？我發覺體內湧起一陣巨大的寒意，拚了命想泅回岸邊。

沙沙沙沙，沙沙沙沙。

——所以，心理輔導老師說，理性的分手是戀愛的第一步，你做得很好，很gentleman。

——「但是，」我說，「我恐怕和她分不開……」

——輔導老師極為緊張地睜大了眼，怎麼會？你先別衝動啊，慢慢來，你可以試著告訴她：妳是個好女孩，妳很好的，我們都很好，只是，只是我們不該——

——我聳聳肩：「我也不知道怎麼說，有時候她看起來很好，有時候看起來又很……」

——怎麼樣？輔導老師著急了：你不能這樣想啊，分手不出惡言啊，百年修得同船渡！

從輔導室返回教室，一路上我頭痛欲裂。下課時分，洪曉玲和她的死黨們倚在窗口竊竊私語，她的身形還是那樣纖細，酒窩還是甜甜地懸在嘴角，黑亮的短髮讓人忍不住想要細細撫摸。我恍然大悟：想必是成天盯著監視器，看得頭暈了！否則怎麼會那般關心一位年紀比我大的女人呢？我應該喜歡洪曉玲才是嘛，我應該為了這樣一位青春活力的女孩茶不思、飯不想，不是嗎？

我現在有些後悔了，也許當初根本不該安裝監視器的。

「袂生牽拖厝邊！」母親聞言嚷：「誰叫你看這個？」母親恨恨地連珠砲：就叫你看她有沒有什麼異常狀況有沒有偷打家裡電話有沒有對你阿嬤大小聲有沒有偷吃水果有沒有弄壞東西——結果咧？母親頓了頓：「你啊，你這是在幹麼？你最近成績退步很多哇！是不是看電腦看到忘記讀書，還是真的被她迷得頭昏昏？」

母親卸下一只耳環：「我就講嘛，這些菲傭真正大面神，連你也偷偷去！」

我很不服氣，亟欲反駁，瞥見螢幕上出現瑪麗亞怔怔揑著照片的肅穆神情，衛生紙在手裡揉著揉著，手背全是淚水。我將鏡頭焦距移得更近一些，隱約浮現照片上的人影：幾名孩子笑得極為開懷——肯定是想家了！我揣想著，憶及幾日前在餐桌上，母親轉述瑪麗亞的說法，說是小孩在電話裡哭啊，她也哭啊，不過，離開那邊她其實很開心，否則天天被老公打哩。

那時候，瑪麗亞在流理台前洗碗的手勢漸漸慢了下來，肩頸一顫一顫，也就是一位傷心母親的形象——母親走到化妝檯前：「誰叫你想那麼多？眞是會被你們父子累死！只是要你好好看著她嘛。」

事實上，我不只「看見」了瑪麗亞，也「看見」了母親。有時候是她臥倒在沙發上的酒醉姿態，有時候是罵罵咧咧的披頭散髮，或者坐著坐著突然流下淚來——更多是無法理解的表情——和瑪麗亞一樣神祕的表情：既痛苦又快樂，眉心緊皺，臉龐粉紅，專注的神情似乎暗示著只有她能夠理解的世界。靜默。靜默。寧靜變成一隻碩壯的獸，隆隆衝撞著監視器鏡頭，攪得我的手心險些抓不住滑鼠！

那一刻，母親彷彿年輕了好幾歲，彷彿變成一個極其陌生的女人。

我沒有勇氣再往下看，啪地關掉螢幕視窗。

那些不明所以的影像牢牢糾纏著我，我的腦海裡盡是母親皺眉的神色、瑪麗亞濕亮的唇……爲什麼她們都露出相同的表情呢？爲什麼她們這麼快樂又痛苦？母親難道未嘗想過，在瑪麗亞入鏡的同時，一不留神，我們不也暴露在被監視的目光之下？

「那乾脆什麼都不要看好了！」母親將指甲刀重重扔下。

我大吃一驚，意識到有什麼東西即將被剝奪的恐懼——我即將失去「目睹」另外一個人生活的權力？也許不，而是——該怎麼說呢？是我已經習慣透過鏡頭來確定瑪麗亞的存在，或者，純粹是依賴電腦螢幕不斷切換的流動感？儘管每日每日的監視帶給我愉悅也帶給我焦慮，但隔著一層液晶畫面，世界被寧靜緊緊包覆，絕對的控制與窺視竟令我湧起一絲絲幸福：我深深記得瑪麗亞最細節的衣服紋路、不經意的小動作——怎麼可以，說取消就取消呢？

「你那是什麼表情？」母親沒好氣地打量我。

我囁嚅著。

她叫起來：「你說什麼？你說——我對她還不夠好？我對你們還不夠好！你看看你爸爸，出去像丟掉，我問過沒有！上次段考你考幾分我有沒有問！」

母親越說越氣：「我對你們還不夠好？我告訴你！從小我對你期望有多大，你說！你說啊！什麼叫『趕盡殺絕』？」

乒乒乓乓。乒乒乓乓。最後聽見砰地摔門聲。

我癱坐桌前，腦袋一片空白，瞥見電腦螢幕出現一條一條紛亂的光束：瑪麗亞在臥室、瑪麗亞在廚房、瑪麗亞在客廳、瑪麗亞在自己的房間——我看見四個忽大忽小的瑪麗亞同時起身、同時回眸一笑，笑意流出眼角，像淚，流個不停，連帶那條紗籠裙上的蕾絲竟載沉載浮！

突如其來的水花傾盆而下！這一刻，瑪麗亞繼續呵呵笑著，一頭長髮一綹一綹貼附於額，眼睛變得又細又長，手腳窸窸窣窣生出黑密之毛，如獸，一隻會笑的獸！不知笑些什麼，牙齒尖利而濕亮，目光直直望向鏡頭！

我以為是自己連日熬夜所致，揉揉眼，畫面倏忽寂寥：桌椅靜默、窗簾靜默，光粒懸浮，沉降，慢慢慢慢。我快速移動滑鼠，試圖切換監視器角度——上下左右、俯角仰角側拍——望見外婆於枕上閉目養神；望見母親面對電視斟起紅酒；望見廚房瓦斯爐火苗熠熠橘金——獨獨不見瑪麗亞蹤影！我來來回回檢視，空洞依舊空洞，圓手臂圓臉圓胸脯皆不復見！

我趕緊下樓，不料在甬道撞見坐輪椅的外婆，她的身後站著瑪麗亞逆光的身影，兩個人一老一少正準備出門。外婆見狀笑著對我說：呷飽沒？你哪愛哭臉、愛哭臉？

我氣喘吁吁：「阿嬤、阿嬤，你篤才不是在休睏？怎麼——」

我外婆啪一聲擊掌道：沒唷！那時陣外面槍聲咻咻叫，新營火車站那邊沒？血啊！血！唉啊，你在學校是不當胡亂講欸？

記憶之失貞。監視器之失貞。這時候我才明白，剛才所見乃是機器停格之影像：時光暫止，電腦螢幕暫止，一切皆在「虛擬世界」裡停擺——然而，瑪麗亞變身為獸人的那一幕該作何解釋？是我這幾天太累的緣故嗎？

這一刻，我亦趨亦步跟在外婆與瑪麗亞身後，陽光亮晃，我仔細打量著瑪麗亞裸露在T恤外的手臂，那細細的汗毛在光照中浮現一層細細的薄金，高高盤起的頭髮同樣亮澄澄——獨獨小腿脛上生出驚人的濃密毛髮，兀自在風中飄飛，每走一步便褪去一寸，直到公園裡再度恢復成原本光滑的肌膚。

這是怎麼回事？我反覆思量，難道是連線遊戲的半獸人形象真正走進了真實世界（那銳利的犬齒呵）？抑或一直以來，瑪麗亞的體質即異於常人（否則怎麼會在監視器裡一下子變胖、一下子變美呢）？又或者，我真的病了（我發覺我的腋下生出越來越多的毛髮）？為此，我再三打量瑪麗亞，發覺她今日穿了少見的牛仔短裙，腿脛白而修長，不若螢幕上的圓胖；手臂肌理分明，不若監視器裡的鬆弛；臀部翹起，腰線玲瓏，窈窕的姿態簡直判若二人！

她回過頭來說：「阿弟，怎麼有空出來走啊？」

我爲之一愣，只顧留心那手、那腳、那頸——那些平滑的汗毛逆光浮動，展現出極其尋常的女人味——我不由鬆了口氣，隨即又感到一陣莫名的緊張，也許是第一次這般近距離和瑪麗亞走在一起，也許是監視器裡那一獸人形象還未完全離去，我稍稍放慢腳步，側眼窺視：瑪麗亞的嘴角儘管掛著笑意，眉心卻透出淡淡哀傷，指尖於輪椅把手上敲著敲著，心中似有千千結。

會不會，其實她已明白一切？會不會，母親早就準備好將她趕出家門，監視只是一個藉口？

我們經過公園顛簸的石磚路，來到涼亭旁的廣場上，一具具輪椅排列成半弧形，輪椅上的老人們眼神空洞、沉默不語，大部分是身後那些擔任看護的女孩們嘻嘻哈哈：她們黝黑深目、說著只有她們能夠理解的語言，偶爾興高采烈踢起毽子或者打起羽毛球，兩頰染上紅撲撲的顏色。

外婆見狀，不耐煩道：莫去人多的所在！小心槍子胡亂彈！

瑪麗亞沒有接話，仰起頭來盯住樹梢——那是一個從底部看上去像是箱型的鳥巢，層層疊疊的枝葉在風中輕輕搖晃，一隻黑鳥於其上來回盤旋，許是焦慮於雛鳥的乞食，許是突如其來掀起一陣強風，啾啾的哀鳴在我們頭頂不斷迴響，伴隨著傍晚滿地奔跑的落葉，寂寥間竟透出細長的淒清。

瑪麗亞抬起手來揉了揉眼。

——阿弟……

——我沒有……

——我沒有。

我不知該說些什麼，總覺得眼前的一切如此遙遠、如斯陌生——少了電腦螢幕的世界看來就是不夠眞實——有多久的時間，我沒來過公園了呢？雲層一寸一寸迫近過來，一寸一寸陷入橘金帶藍的餘暉裡，偶爾有慢跑而過的人們、小可愛滑板褲的女孩，他們皆有意無意朝我們這個方向淡漠一瞥，眼底盡是不言而喻的輕蔑，惹得我又是羞赧又是憤怒：早知道，也許不該和瑪麗亞靠得這麼近！早知道……唉啊，我究竟怎麼搞的？爲什麼眞正與瑪麗亞靠得這麼近的時刻，我反而感到怯懦且厭煩不已？

我猛地起身，打算離開，忽忽覺到手心傳來一股無以名狀的溫熱：粗糙的、厚實的，一顆顆硬繭摩娑著手背，像是熟悉得不能再熟悉的姿態：每一指節、每一紋路皆細細撫摸、揉捏，貼近，遠離，再貼近，微尖的指甲摩挲著虎口，最終掌肉咬合著掌肉，再緊一些，再緊一些。

我不敢稍動，任由遠方的雲層迅速包覆大地，黑墨湧入公園，路燈亮了起來，更遠的大樓帷窗瑩澈光潔，只有不確定的光照圍繞著小蟲嗡嗡嗡嗡，三三兩兩的輪椅老人正準備返家，渺小的身影越形渺小，青草的腥澀越形腥澀，風滾過腳邊，沙沙沙沙，沙沙沙沙。

昏闇中，我遲疑了一會，同樣緊緊握住那手。

許多年後，我持續監視著各式各樣的瑪麗亞——俯角、仰角、側拍——日復一日，女人搬演著同樣的舉動，幾乎下一秒、下一分鐘的行爲皆能夠被我預測；圓手臂、圓腿、圓腰，沒有哪一部分再値得大驚小怪，一如健康教育的解剖圖，我皆了然於心。

我坐在主管辦公室裡，盯住那些女孩們：她們或點鈔或刷存摺或身穿短裙，她們有時出現在監視器裡、有時消失——更多時候，她們不經意抬起頭來瞥一眼牆上的電子鐘，甚至，她們會長出一張毛茸茸的臉，對著鏡頭這兒搔搔、那兒抓抓，打呵欠時，嘴角咧至耳際，牙齒尖銳而駭人。

對此，我視若無睹，啜飲著每日必飲的無糖咖啡，繼續檢視手中那些無止無盡的簽呈、證明、文件，偶爾想起遙遠的那一次——那一次的震動、羞赧、欲望——我深深懷念著，如果時光能夠以電腦螢幕內的「另一個世界」的速度重新來過，那該是多麼令人激動的一件事？

然而，來不及來不及了！畫面啪地墜入一片黑墨，微熱的液晶螢幕倒映出我清瘦的五官：毛髮濃密、牙齒微尖、笑——獸一般的笑——一隻會笑的獸！這時候，我已經不再年輕了，我抓抓這兒、搔搔那兒，未嘗料到歲月加諸於肉體的傷害、負荷，而我竟從未好好端視這一切的變化——吼！吼！吼！我不由憤怒地叫了起來，叫聲虛弱且沙啞——吼。吼。吼。

我想起母親說，「好好看著她。」

我正在，好好看著自己。

失聲

我姊姊再也發不出聲的那個下午，天空突然落下一陣叮叮咚咚的冰雹。

那是我第一次目睹小小的冰塊也能夠砸碎一扇扇玻璃，我和我阿嬤趕往頂樓收衣服的片刻，忍不住哇哇亂叫：頭髮、臉龐全像被雨水淋濕那樣——不是一般「柔軟的」浸潤，而是「堅硬的」敲打！是確確實實被拳頭迎擊、被尖刀劃傷那樣的疼痛！

那時候，我阿嬤抬起頭，嘆口氣：「嗐，歹年冬，天公嘛空空！」又說：「夭壽命，你看、你看！」「裳都破得濫糝囉！」

粗啞的嗓音穿過狹長的甬道，掀起啪啪作響的木質紗門、掀起滿地亂跑的報紙，以致屋內一時充滿了無比凌亂的喧囂！反倒是我姊姊在一旁靜靜地攤開那件淡藍色洋裝，撫摸其上斑斑的破洞，破洞裡是她黑白分明的眼睛，一如屋外黑白分明的天際，冰雹戛然而止，碎裂的玻璃窗發出嗚嗚哀鳴，彷彿房間也有自己的情緒，一種壓抑的、低低的哭泣自四壁幽幽浮湧。

我注意到，我姊姊那一刻流下淚來，淚水懸在下巴遲遲不肯滴落，頸部的紋路一抖一抖，連帶鎖骨交會處凹陷了一大塊暗影，影子皺擠著一張扭曲的臉，沒有鼻子、也沒有嘴，就是一副模糊而激動的輪廓。

沒有人發現，我姊姊哭得那樣那樣傷心。

她的哭泣，無聲無息。

●

無聲無息。

那一年，我姊姊三十二歲，短髮，單眼皮，薄唇，正進行著一場無聲無息的戀愛。無聲無息。並非指他們不相愛，或者相對無言。而是意味著他們的愛情無法聲張、無法對外公開，宛如夜裡貼附於腳踝的漆闇，稀薄卻帶有重量，下床走動的時刻，可以清楚感受到黑夜「眞實」的存在，然而甩甩腳，腳依舊是腳，並不因此被囿限，也不因此而變形。

夜色所包圍的，僅僅是一種詩意的想像。

我姊姊就這麼沉浸在自我構築的詩意裡——關於她和一位有婦之夫的藝術家情人、他們出軌的愛情，以及關於她如何扮演一名沉默的第三者——

「我才不是第三者！」我姊姊激動地這麼說。

那時候，她的喉嚨還沒有長出隆起的硬塊，她的頸子在逆光裡浮動著薄亮的細毛，光線將她的側臉暈染得如斯柔順，而且深具生物性誘惑。

我不知道該如何定義我姊姊和她男人的關係——也許「關係」這樣的字眼太過浮濫了——有一、二次，我撞見那個留著長髮的男人，他站在玄關等我姊姊一同外出，圓胖的臉上有黑拓的鬍渣，髮渣底下是粗短的脖子，乍看之下，彷彿緊緊聳著肩，彷彿冬季在他身上永遠無法過完。

他側過頭來，朝我笑了笑。

我一時慌了手腳，只是敵意地，結結巴巴地發出無意義的叫聲。也就是這時候，我姊姊走下樓來，喀登喀登的腳步又輕又重，男人見狀很快背過身去了，等到我姊姊站穩腳步，男人已經在車上不耐煩地按著喇叭。

「姊……」我不由叫著。

我姊姊望了我一眼。淡藍色的洋裝在她身上逸散出淡藍色的光澤，像天空中無限擴大的澄淨，只見我姊姊嘴角牽動、欲言又止，細長的法令紋在她鼻翼兩旁像遮掩不住的闇影，凌擾，並且深邃。

「姊……」我又叫了一聲，指指她的頭髮，一枚粉紅色的鯊魚夾忘記取下來了。

我姊姊淺淺一笑，帶有一絲絲羞赧，一絲絲無可奈何。

然後我再次發覺，她的裙角不知何時沾染了一小塊暗紅，如血跡凝固之後的陰鬱。如藍色的天空裡睜開了一隻紅色的眼睛。

動物性的眼睛充滿了恐怖的意味。

●

我母親睜開眼。

她的眼睛血絲赤豔，眼角有許多米黃色的顆粒，臉龐因爲過久的睡眠好似發酵並不完全的麵團，使得她整個人看來又腫又垮——她今年究竟幾歲了呢？

（我這麼近距離地端詳著這張熟悉而陌生的面孔）

（媽媽……）

（媽媽……）

「秀雲？秀雲——」我阿嬤俯身在一旁輕聲喚著，想起什麼的，旋即回過頭來：「恁也作夥喊啊！要講：『媽媽，緊轉來喔，阮來看妳囉！』」

我母親的眼睛半睜半閉，一會兒盯著我，一會兒望向我弟弟……最終留下一小縫隙看似未闔緊的眼白，沒有反應了。

白色的房間再度回復成原本的靜默，只剩下嗡嗡嗡的冷氣規律運轉，顯得這個白色的世界更接近於漸層的透明感。我阿嬤仍不死心地朝我母親喊了幾聲，有些洩氣地坐回椅子嘆：

「一人孽一項，愛到沒法度啊！」

蒼白的嘴唇，蒼白的兩頰，就連手心也不具備一絲絲紅潤——我在一旁沉默地望著我母親，終究沒把話說出口，只覺得我母親的腳板怎麼能夠這麼黑，這麼直呢？白色的床單將她削瘦的臉龐襯托得更加削瘦，有一片刻，我甚至以為她就要無聲無息地成為這個房間的一部分了。

「啊另日看是要怎麼辦？」我阿嬤還叨念著：「自從和恁爸爸離了後就變成這款樣……那是有某的人欸。」

「當初就跟伊講過，不當和歌廳裡的那些查甫交，結果咧……」

窗外一株野山櫻緩緩落下粉紅色的花瓣，飄進我母親的髮窠、飄到她的肩上——過於戲劇性的美感——我因而意識到，這是我母親第幾次的尋短呢？那個男人，他正在趕來醫院的途中，抑或被老婆小孩纏住了無法脫身？

「你嬰仔問這麼多做啥？」我阿嬤沒好氣地打斷我。

她拿起刀，很仔細地依著順時鐘方向，一刀一刀將蘋果皮削成一圈一圈，紅豔的果皮是一條紅豔的小蛇，蛇身懸在她的腕下：一會蜷縮、一會伸張，輕柔的動作彷彿正專注雕刻一件什麼，皮膚在陽光裡發出黃蠟的顏色。

突然間，我阿嬤以嘴吮指，腳邊發出金屬碰撞的清脆。

「阿嬤，割到手喔？有怎樣冇？」我趕緊抽了張衛生紙遞上去。

一滴血落在白色的床單上，落在我母親的手腕間，像窸窸窣窣開出的一朵紅色小花。

●

我姊姊並不懂花，儘管她喜歡花。

最早的時候，她在陽台上栽種一盆小花，花冠呈五瓣星形，桃紅，葉圓，富有濃綠光澤的葉片極具塑膠感，我還特地嗅了嗅，一股淡淡的香氣惹得我不由打了個噴嚏。

之後，陸陸續續又增加了許多花，大部分是我姊姊叫不出名字的植物，反倒是我阿嬤如數家珍地對我說：這是半夏。這是圓仔花。這是金露仔。這是日日春……我阿嬤的表情如此認真，以致有好長一段時間，我根深柢固地以爲：每一種植物都有它們的名字可供指認，就算沒有名字，只要能夠形容出它們的模樣，它們就算存在了。

我阿嬤聽我這麼說，帶點苦笑的：「憨孫，擱安仍種落去，咱厝就要整個崩落囉！」

滴滴答答的水聲從盆栽裡流出來，仔細看，陽台地磚上有一處微微裂開、凹陷成一枚不規則的闇影，從我阿嬤腳下延伸出去的影子牢牢堆疊其上。

但我姊姊並不打算停止。面對客廳裡那些發出枯敗的氣味——那些無法被分辨面目而垂掛在瓶子邊緣的花束——它們的莖葉被水漬浸泡得如斯軟爛，從花蕊逐漸擴散的褐斑掉落桌上，一小點一小點不帶生命的，彷佛桌子也正逐漸腐敗。就這麼日復一日，我姊姊從屋外帶回或大或小的花束，解開包裝紙，將它們插在客廳的那支水瓶裡，然後走進房間，卸妝，更衣，或者什麼也沒做，靜靜躺在床上，兀自發獃。

我躲在房門外揣想：爲什麼她要和那個又胖又矮的男人在一起呢？她難道不怕被對方的老婆「抓姦」嗎？這些花呢，是男人送的，還是她自己花錢買的？

「大人的事你懂什麼？」我姊姊瞪了我一眼。她的桌上擺著一張照片，照片上的男人笑得異常燦爛，我姊姊同樣笑著依偎在男人的懷抱裡，兩人的眼角沒有一絲皺褶：男人穿著大領花襯衫、喇叭褲，應該是六、七〇年代的裝扮吧？而我姊姊的裙子更顯老，是舊款的背心連身裙，白色的襯衫因爲照片泛黃的緣故，反而像是米黃色的高中制服。

一發覺我靠近，我姊姊啪地將照片壓在桌上，因而我來不及多加端詳，也沒機會問她：那個聳肩長髮的男人，怎麼不在照片裡呢？難道說，這就是他的「黃金年代」嗎？

「大人的事你懂什麼？」我姊姊眼神空洞地重複說著，語調旋即低下去：「很多事你都不懂啊……很多事……」

「還不都是因爲你……」她的聲音像要哭出來那樣。

●

「還不都是因爲你！」

我母親自殺的起因，據說是源於我的存在讓她感到「非常困擾」。

我問她：「爲什麼困擾呢？」

我母親搖搖頭。

我又問：「是不是男人不喜歡我？」

我母親還是搖搖頭。

「那究竟，爲了什麼？」

●

我母親皺起眉，試圖摀住耳朵，然而她的身體畢竟過於虛弱，纏著紗布的手腕剛剛移到胸前，立刻滑了下去——嘩啦嘩啦，嘩啦嘩啦——桃紅色的亮片發出清脆的聲響，像笑，一朵黑色鑲金的玫瑰別在胸前，裸露的肩膀顯得格外單薄，我母親又試著抬起手來調整晚禮服的荷葉袖，但很快放棄了，兀自露出半邊的內衣肩帶垂掛於手臂上。

這時候，角落裡冒出一陣尖銳的口哨聲，黑鴉鴉的台下繼而爆起熱烈掌聲，幾個男人甚至叫起來：「安可！安可！麗娜小姐再一曲、再一曲啊！」

音樂大作，我母親面帶笑容，一點也不像一名剛剛自殺獲救的病人，高舉著麥克風，紅豔的嘴唇一張一闔，奇異的是，並沒有唱出任何一句歌詞——像是喧鬧突然被抽空了的時光，只看見舞台上不斷迴轉的霓虹燈，台下慢動作打拍子、吃飯，還有人點鈔票、搧紅包——而我母親笑盈盈地伸出手，手腕上的紗布極具點綴效果，拂過男人的眼角、拂過台前插植的假花，舞台的裝置恍恍惚惚。

我母親懷抱著一束玫瑰花，花心已老，花瓣開始生出褐黃的衰敗。

「麗娜小姐，今天的造型眞是美呵。」

「麗娜小姐，再唱一曲『相思河畔』好嗎？」

「麗娜小姐，怎麼這麼不小心，怎麼會受傷了呢？」

我坐在最後一排，安靜目睹這一切，一切於黑暗中緩緩流逝的片段：煙霧、笑、男人的假牙、柺杖……他們老了，卻變得更像孩子，一會拉著我母親的手叫「媽媽」，一會要求和我母親摟摟抱抱，神情是撒嬌式的，寬鬆的西裝褲像寬鬆的布袋，絆手絆腳，一不留神，險些撞倒了桌上的花瓶、酒瓶，酒漬中，倒映出我母親胸前晶亮的流蘇，流蘇的笑有些老了。

「為什麼阮媽媽要在那種所在唱歌咧？」我問。

「在那種所在有什麼不好？」我阿嬤悶哼：「嘸你怎麼上補習班？你的註冊費也要繳啊！你也要呷飯啊！」

「重要的是伊自己要有斬節——查甫人不應黑白交！」

「可是……」我囁嚅著，看見那些老態龍鍾的男人趨向我母親，他們臉上皺擠著紋路，點點褐斑浮現於胸頸，如老了的獸，不具囓咬能力了，卻依舊使勁張開嘴需求些什麼？

倒是我母親如斯蒼白、如斯光潔，尖削的臉龐在光照底下時而隱沒、時而出現，凌亂的流蘇笑了又笑，連帶平板的胸口也笑起來了。經過我面前時，我母親先是一愣，旋即撇過頭去繼續唱歌、撥開男人的手、斜睨遞上來的紅包——及膝的短裙露出青筋的腿脛，頸後的髮絲一綹一綹，唱著唱著，突然跌落了什麼——飄散的粉末不斷自她頸後向外飛散！

我忍不住跑上前去，叫住母親，她猛然回過頭來，臉上的妝像龜裂的牆漆剝落成一塊一塊，脫色的唇角微微掀動，費力說：「□□□……」

「媽！」我叫著。

「□□□。」

「媽？」

我終於明白，她原來是那樣，那樣地恨我。

●

「不知是世界離棄了我們，還是我們把它遺忘……」悠緩的嗓音在房間裡踮起腳尖，迴旋、再迴旋，一遍一遍抬腿拈指，像一場永無止盡的單人舞。

我姊姊就這麼坐在化妝檯前，一面輕數拍子，一面仔細描繪眉眼。她的眼睛是屬於細長型的、單眼皮的那種，所以睫毛格外容易倒插，也因此睫毛夾成爲關鍵性的工具，但常有失神不愼夾及眼皮，痛得我姊姊每每淚流滿面。

沒辦法，我姊姊說，這是女人的命。

她說，佛冊說啊，女人需經七七四十九苦難，方能成爲男身男衆。

她又說，男人三十一枝花，女人三十老人家；男人是七寶之身，女人是五漏之體——總之欸，我姊長長吁口氣，命啊。

在還沒有失去聲音之前，我姊姊是一個多話的女人，經常可以聽見她自顧自抱怨：比方南部怎麼老是出太陽？家裡的馬桶怎麼又不通了？剛剛那個餐廳座位油油的！每每叨念起來沒完沒了，斜睖的表情彷彿受了太多委屈，惹得我阿嬤必須出聲制止：「好囉好囉，上天講價、落地還錢，減講幾句，擱講就要雙倍囉！」

沒法度啊，我姊姊嘆，這也是女人的命。

命命命命——自從失去聲音之後，我姊姊似乎墮入一個更爲宿命、更沉默的反應之中，往往坐著坐著流下淚來，或者拍桌踢櫃挑眉斂目——她的沉默形成家裡莫大的壓力，不時聽見耳際傳來尖細的語調：「夜留下一片寂寞，河邊不見人影一個……」是啊，恨不相逢未嫁時海角天涯千言萬語甜蜜蜜葡萄成熟時路邊的野花不要採……我姊姊描完眼線，開始塗上口紅，桃紅色的光澤在燈光底下略略偏橘，她圈著嘴，露出下排幾顆偏黑的牙齒，幾處細微的皺紋掛在嘴角像不經意殘留的食物。

但我姊姊不以爲意，繼續打粉、補遮瑕膏、唇蜜，然後端詳鏡中的面孔，開始將襯衫的鈕釦一顆顆解開，將裙子側邊的拉鍊拉下，脫掉胸罩、內褲，一絲不掛地看了自己一會，高舉起右手，另一隻手平行向內圈圍，表情是一名驕傲的舞者——一二三——一二三——幼小的胸部弧度被手臂肌肉牽動著，乳尖一起一伏——實在太瘦了！凹癟的肚臍黑洞洞地像一只緊閉的眼珠，黑墨的體毛延伸至更為黑墨的恥骨之下……

我撇過頭去，喘著氣，無法理解我姊姊如此靜謐、如此自我的舞蹈究竟怎麼回事？我透過門縫看見皮膚龜裂的腳踝、小腿拉撐的線條、臀部因為長期被內褲縫邊壓迫而沉澱的色素，幾條小蛇般的紋路在腰際纏繞——但我姊姊不以為意，極其專注地迴旋、迴旋，臉上的表情逐漸成為模糊的輪廓，反芻著那些巫師儀式般的華麗時刻，突然間，我姊姊朝我這邊直直望過來——

然後我發現，我的兩胯之間竟是如斯堅硬。

●

如斯堅硬。

我在浴室裡，低頭目睹那一激動的欲望。它的顏色如此不同於其他身體器官，彷若額外增生的，附著於潮濕樹幹的帶梗蕈類，一點點赤紅、一點點黑、暴突的青筋——就這麼撫摸著，突起的尖端發出近乎金屬性的光澤——近乎，現代科技之一環。

我扭開蓮蓬頭，任由水柱嘩嘩流下……無法遮掩的欲望，赤裸裸的，與生俱來的意念，難道這就是我身體最直接的反應嗎？我窺探著我姊姊的一舉一動，感到內心汩汩湧現的催促的力量，但究竟是什麼力量？我說不上來，也沒有人能夠告訴我真正的答案——在門縫外，我兀自摸索，日復一日。

而我姊姊持續迴旋著，時而揚起緊貼的長髮，或者仔細地畫完眼線，對著鏡中的人影抿抿嘴、笑，身上穿的那件淡藍色洋裝不那麼鮮豔了，顏色一點一滴褪逝，也就是這時候，再度聽見，男人從屋外喀噠喀噠傳來的腳步聲，一級一級走進玄關，停住，點燃打火機，抽菸。

我姊姊絞著手，似乎有意讓男人多等一會，直到激動的喇叭聲響起，她這才關掉音樂，下樓。

在目送她坐上男人的車子後，我躡手躡腳走進她的房間，翻動桌上散落的眉筆、唇蜜、粉餅……每一樣對我來說都是那樣新鮮，我拿起一支口紅端詳著——是我姊姊常用的那條桃紅色口紅——旋開來，尖端凹軟了，我嗅了嗅，學起我姊姊圈著嘴，在嘴唇上輕輕沾了一下。

啊，怎麼會，這麼像木頭潮濕的味道呢？隨手拉開抽屜，一件黑色蕾絲胸罩掉到地上，罩面是透明的紗織材質，金蔥鑲邊，我試著將前面的釦環扣上，想像女人柔軟的身體，又試著撫摸雕花肩帶——

原來這就是包覆著我姊姊最爲私密的衣物啊。

我這麼激動著，脫下褲子，坐在床沿，以胸罩包住恥骨以下的雄性，慢慢地、慢慢地摩挲……我甚至回憶起我姊姊的身體：她幼小的乳房、柔軟的腹肚、細瘦的大腿——有一個夜裡，她返家，躡手躡腳不敢讓我阿嬤知道。我趕上前去，被她有氣無力地搡了一把：「不要碰我！」她虛弱地說：「都是你……走開……」

「走開！」

就著微弱的光束，我看見地面血漬斑斑，一只一只紅色眼睛似的，它們牢牢盯住我姊姊的雙腿，望著另外一只又一只的眼睛從她兩胯間生出來，眼角濕潤無比。

我不記得我叫醒了我阿嬤沒有？模模糊糊的畫面裡，那些眼睛炯然灼亮，直到我姊姊進入房間裡，它們才像斷了線的迷途記號，終止於門縫底下，而我跟在後頭拿起抹布擦拭，再擦拭。

（我姊姊在房裡發出細細地嗓音：都是你……都是你……）

（為什麼「都是我呢」？）

（為什麼我姊姊這麼恨我？）

後來，我才知道，我姊姊那個晚上剛「拿掉」了一個小孩，「隔日在病院夭壽咧！流了滿滿兩大碗公的血哇！」我阿嬤粗皺的手背揩著淚水，嘴角有黏膩的唾液。

「愛到卡慘死啊。」

●

「為什麼愛這麼難呢？」我姊姊說。

「為什麼男人都不愛我？」我母親嘆。

●

我從來沒有見過我父親。

據我母親的描述，我父親是一個五官深邃的男人（她指著我說：你去照照鏡子，你就像他年輕的樣子嘛），說話的聲音低沉而好聽，頭髮梳得高翹，身上喜歡穿著那年頭被聯想成街頭混混的花襯衫，每次約會，像跌入古龍水池子，氣味駭人地濃密。

（我母親說，那時候，我可是用盡力氣在愛他呢）

然而，在我母親懷孕的期間，我父親愛上了另外一個女人，從此失去音訊——

「然後呢？」

「不，見，了。」我母親一個字、一個字地噘著嘴說。

這是她心情好的時候才有的舉動。這時候，我會爲她斟上一杯酒——通常是摻了水的高粱——爲她熱幾碟晚間吃剩了的菜，然後聽她叨絮從前如何辛苦、現在如何辛酸，說到激動處，她會像「大姊頭」那樣斜睨道：「你怎麼不喝？」於是我趕緊倒酒、敬她一杯——在我十六歲那年，我母親從歌廳下班返家，展現的就是這個氣勢，她隨手丟了一罐啤酒、一支菸，擺了一盤滷味對我說：

「祝你轉大人快樂！」

但我並不快樂。因爲在學校裡，每個人都譏笑我：「ㄏㄡˊ！林政品，昨天我在中山路那邊的賓館看到你媽媽喔！」「就是啊，她被一個又矮又胖的男人拉著走啊。」「你媽媽怎麼看起來那麼老？你不是說她很年輕嗎？」「你爸爸呢？」

「拜託一下，你爸爸哪有那麼難看？」我母親抗議。

所以說，那個男人是誰呢？

「說出來你又不認識！」母親喝掉一杯酒，沒好氣地撇撇嘴。

我注視著她泛紅的臉頰，酒精像火一樣燒過來，使得我全身一陣烘熱。穿在她身上的那件絲質細肩帶睡衣有些泛黃了，單薄的手臂倚在餐桌上，指間夾了一根菸，微露的胸口有淺淺的黑溝，黑溝附近一片紅、一片白，想來是酒的顏色擴散到脖子底下吧，然而她還是一杯一杯地，喝得連話都說不清楚。

我其實多想問問我母親，在歌廳裡走唱的心情？面對那些男人的毛手毛腳，她如何攻防？她最喜歡唱哪一首歌？她怎麼認識我父親的？他們眞的從此不再聯絡了嗎？現在交往的這個男人，有妻有兒，這樣繼續下去好嗎？

「憨孫欸，恁媽媽都茫囉，你擱不緊扶伊進去房間休睏？」我阿嬤走進大廳，搖搖頭，收拾起桌上的東西。

我將母親的手放在肩上，跌跌絆絆地撞開甬道後的那扇房門，母親一面叫嚷，一面摔進那張鋪了涼蓆的床面，搭在我肩膀的那隻手並未鬆開，連帶我摔到了她身旁。

夏天的力量倏地重壓下來，房間裡蒸騰的窒悶像無邊的黑暗，黑暗中，母親突然抱緊了我，向我索吻，這一舉動令我大吃一驚，極力閃躲。

就這樣不知僵持了多久，兩個人都累了，我母親似乎決定放棄了，緩緩將臉埋在我的胸口，低低道：「爲什麼？爲什麼……」她的聲音顫抖得異常厲害：「爲什麼你要丟下我……爲什麼你不能一直愛我……愛我……」

我感覺到懷裡生出一陣濕熱，一波一波的哭泣伴隨著柔軟起伏的身體，我不由微微詫異：原來我母親是這樣一個脆弱的女人啊，原來她也有徬徨無助的時刻——我試探性地摟住她的腰，輕輕拍著她的背，直到她發出輕輕地鼾聲。

我的汗水不知不覺流到了我母親的臉上。

●

我姊姊抹去額上的汗水，停下腳步，對著鏡子看了好一半晌。

我盤算著，這是她失戀後的第幾天呢？

我阿嬤說，憨孫欸，第幾天有啥要緊？重要的是——就跟伊講過了啊，那款查甫不當交啊，損陰德欸，結果錢被人家騙騙去，今嘛……我阿嬤搖搖頭，扒起粥來。

我姊姊還是一絲不掛地在房間裡起舞，不斷不斷迴旋、抬腿，似乎只有將自己投入那個永遠律動的世界中，才能夠遺忘從前長遠而綿密的記憶，「愛情不過是一件普通的玩意兒，一點兒不稀奇……什麼叫情什麼叫意，還不是大家自己騙自己……」唱片裡的歌聲照例尖細，然而這一次不是慢板的節奏，是短拍的探戈，我姊姊就這麼砰砰砰踩著舞步，一次又一次對著鏡子，迴旋，再迴旋。

我問我姊姊：傷心嗎？

我又問我姊姊：需不需要給妳介紹男朋友？

我還問我姊姊：那件淡藍色洋裝是他買給妳的嗎？那些每天插在客廳裡的花，是他送的嗎？

爲什麼妳要裸體跳舞呢？

那時候，我姊姊已經完全失去聲音了。她張著嘴，發出近乎塑膠袋摩擦的語調，沒有人能夠明白她說些什麼？剛動完手術的頸子纏著繃帶，頸部固定器令她沒有辦法任意轉頭，但她不顧醫生的勸告，繼續跳舞，繼續唱無言的歌。

●

我姊姊和我母親都喜歡唱歌。但是她們卻從未見過彼此。

有一兩次，我在夢中重返那個場景：我姊姊兩腿間一面流血，一面皺眉推開我：「還不都是因爲你！還不都是……」她剛說到這裡，砰咚一聲，胯下就這麼突然掉出一名小孩，孩子有著和我一樣的眼睛、嘴巴、鼻子，小手小腳亂揮亂舞，抗議：「才不是因爲我、才不是因爲我……」

我在一旁忍不住問他：「那，是誰呢？」

「反正不是我嘛！」帶著血塊的小孩說：「拋棄我的那個男人才可惡！說我壞話的那些人更可惡！」

說著說著，額頭突然生出兩隻巨大的尖角來，面目猙獰地捶胸頓足，咚咚咚咚、隆隆隆隆，像要將地板踩壞那樣。

然後我驚醒過來，聽見砰砰砰砰的腳步聲，一會強、一會弱，自隔壁房間間歇地傳過來。我起身，坐在床沿仔細聆聽，似乎是我姊姊正在跳舞的節奏——依舊是那首探戈嗎？我輕輕推開門，看見一名纖瘦的女人高舉著右手，左手平行向內圈起，表情是驕傲的，踮起的腳尖未嘗停止旋轉——我正想喊「姊姊」，卻赫然發覺：眼前這個背對我的女人，不正是我母親嗎？

「不，要叫『姊姊』。」我母親微笑地說。

「爲什麼?」我不解。

「叫『姊姊』。」我母親又說了一遍。

「爲什麼?」

「反正叫你叫,就叫!」我母親一巴掌打下來了。

我阿嬤跑過來勸著:「秀雲啊,啊妳是著癀唷?嬰仔猶擱這麼細漢啊。」

我母親突然掩面哭了起來。

——因爲十四歲懷孕是一場錯誤,所以我必須叫我母親:「姊姊」?因爲愛上了有婦之夫,所以我姊姊沒有權力成爲其他人的母親?或者,在歌廳駐唱的女人永遠不老,一旦生了孩子,青春也就崩毀了——畢竟,誰能夠從母親的身體聯想到年輕的光陰呢?

所以說,我母親和我姊姊,她們一個是白晝的化身,一個是黑夜的闇影,永遠讓人無法理解:誰是誰?她們共同生活在一具身體裡,共享著喜怒哀樂、怨憎、愛,她們是那樣堅強而脆弱、纖瘦而豐滿,她們需要很多很多的愛,卻不懂得愛。

也就是在我剛剛進入子宮的瞬刹,她們正體會了「什麼叫愛」(如果年輕時的衝動,也能夠稱之爲愛的話),然而我父親早在那之前就已經打定主意,我是一個多餘的角色,是他得以遁逃的藉口,從那一刻起,他消失得無影無蹤,只留下我母親、我弟弟以及我,我們三個人生活在他奔逃的陰影底:不被正視、不被承認……

是啊,我是棄嬰。

我這麼告訴自己。

我是被社會、被父親、被言語丟棄的孩子。

沒有人能夠為我說明這件事的來龍去脈，它是一則隱晦的暗喻。

罪的延伸。

●

無聲無息。

三十二歲那年，我母親正進行著一場無聲無息的戀愛。那一年，我十八歲。

在我母親還未失去聲音之前，我記得她曾經對我說過的恨意，我清楚明白，我是她「存在的困擾」。

這個困擾一直延續到此刻，我仍舊無法清楚地喊出：「媽媽。」

沒辦法啊，這是女人的命啊。

我不知道這是我姊姊或我母親說過的話。

這時候，我母親和我姊姊依舊發不出聲音來。她們畫好眼線、口紅，嬌媚地朝我一笑，然後開始解開襯衫的釦子、將裙子側邊的拉鍊拉下，像懶得再做辯駁那樣，一絲不掛地面對著鏡中的自己，然後高舉起右手，左手平行向內稍稍圈住，表情是一名驕傲的舞者。

然後，也就是那一刻，耳邊響起的並非尖細的歌聲，而是沒來由的，叮叮咚咚、叮叮咚咚，極速下墜的冰雹。

我聽見玻璃瞬間碎裂的驚心。

我聽見我母親以及我姊姊她們同時發出的尖叫——

（而我是這麼這麼，深愛著她們啊）

（媽媽……）

（不，姊姊……）

在冬季最後一個早晨

先是一丁點小得不能再小的火光，繼而開出一朵極大極大的煙花——霹靂啪啦！霹靂啪啦——寧靜的早晨被撕成碎片，尖柔的、蒼白的，張開，緩緩張開，像達到一個伸展的極致那樣，散落，落到並不遠處的一株九重葛裡。

「啊？」

倚在窗口的瑪麗亞鬆開摀住耳朵的手，看見那些鞭炮碎屑跑進水溝底、跑到隔壁闊嘴王的汽車頂、跑入屋簷骯髒的排水管，有一兩片爆炸得不夠徹底的紙片透出豔豔紅光，然而很快熄滅了，只剩下灰白的煙霧一團一團，像晨間始終無法看清的夢。

對面公寓底停了一輛黑色轎車，幾個年輕人西裝筆挺、互相敬菸，煙花飛升，眼神看來格外迷濛，年輕的臉龐浮上一絲絲年輕的疲憊，其中一個甚至鬆開了領帶、捲起袖口，蹲在角落一根菸接著一根，指尖抖個不停。

「做什麼啊？他們？」

二十三歲的瑪麗亞又張望了一會，意識到腳上正覆蓋著那條厚重棉被：又濕又暖，彷彿狗的舌頭躲也躲不開，連帶使她想起剛剛的夢境：在那座廢棄的兒童樂園裡，她滿頭大汗叫媽媽，卻沒有聽見任何回音，只記得母親臨走前，溫柔地對她說：「乖，媽媽出去一下喔。」

然後，人就這麼不見了。

瑪麗亞記得夢境裡的自己：跑過一艘生鏽的海盜船、一幢鋼筋畢露的鬼屋，以及一具又一具傾頹於地的旋轉木馬，最終在那座繪有米老鼠的涼亭背後發現母親正和一群人高談闊論。聽見她的叫喊，母親回過頭來，愣住，然後很奇怪地撮尖了嘴，噓噓噓地吹起口哨來……

瑪麗亞又踢了踢拖曳在地的棉被。

從夢中驚醒時，她發現鼠蹊以下全濕了！棉被貼附於大腿內側，她趕緊跳下床，摸摸臀部、摸摸床鋪，一股腥澀衝撞過來，鵝黃的體液沿著褲腳跌落地板——瑪麗亞不由下意識撢了撢褲頭。

尿床了！

無法置信，怎麼會——瑪麗亞一面將棉被拎離床鋪，一面拿起毛巾在床上拚命按壓——怎麼會，在這樣一個天色即將放亮的要命時刻，尿床？她小心翼翼，儘量不發出聲響地扭開吹風機，房裡頓時糅雜了羶與臊的熱氣，氣味一蓬一蓬揉捏著她的臉，揉出汗，汗水再沿著下巴滴落床鋪，惹得瑪麗亞又急又惱！

然後，窗外響起驚人的炮仗，團團煙霧像夢之迷障：柔軟、蓬鬆、模糊——瑪麗亞看得出神了，幾乎忘了眼前的窘境，直到四周再度回復成寂寥的狀態，她這才想起來，該如何處理腳邊的這一床棉被？——拖進浴室清洗，或者丟進洗衣機？如果是洗衣機的話，怎樣才不會發出聲響？洗完之後呢，晾哪？

瑪麗亞苦惱著：不管怎麼做，肯定都會被太太和先生發現的！她甚至憂心起來：會不會又要被扣錢了？會不會又像上個禮拜日那樣，明明家裡的鐘快了，硬說她貪玩晚歸？

想到這裡，瑪麗亞難免懷念起從前的日子：家裡只有她和阿公二個人。每每傍晚時分，她陪著阿公到公園散步，累了坐在廣場上幫阿公點菸，端詳雲朵逐漸變紅變橘。阿公總是動也不動，直直望向遠方，任由香菸一寸寸燃燒（好幾次，瑪麗亞驚呼：「燙啊！」），然而阿公依舊不疾不徐，緩緩將菸捺熄，將臉仰起，一頭油亮的賓士髮膏鍍了一層橘金，好比對面那些坐在輪椅上的平靜老人，要不是風將他們的領口吹得震顫不已，瑪麗亞肯定以為他們是一尊又一尊橘金而油亮的雕像。

但本地的風怎麼會少呢？尤其冬季時分，腳跟幾乎被吹離地面，頭髮跟著咻咻往上衝！瑪麗亞的背上因而生出一對翅膀，穿越這一帶窄巷、飛離這一海岸線、越過偌大的海洋，最終飛回老家——「三年了啊！」瑪麗亞對同鄉的女孩烏蒂這麼說。時間過得好快好快，這些年來她未嘗返家，不是不想，而是勞動契約上明文限制：工作期滿方可離境——事實上，即使沒有相關限制，她也捨不得花上這麼一趟返鄉機票的錢。

瑪麗亞閉上眼，想起上回電話中，兒子哭哭啼啼地喊媽媽，她突然覺到這陣風真是猛烈，竟將她的眼角微微颳出了痠澀與濕潤。

心細的烏蒂這時候從旁遞過來一張衛生紙，與瑪麗亞相視一笑，粗糙的指節摩挲著她的虎口。對此，瑪麗亞心存感激：能夠在這座公園裡遇見烏蒂，她的寂寞不再只是日記的抒發，還足以被踏實地聆聽，像是她們玩慣了的毽子遊戲：一來一往、一高一低，彼此的心情時而興奮、時而落寞——興奮的時刻居多——哇啦哇啦的快速語調往往引來阿公嘀咕：

「不輸鳥仔在嚎咧！」

瑪麗亞機伶，聽出阿公的脾氣，撒嬌狀地扯扯阿公的袖口——帶點生澀的小女兒情調，與她深目黝黑的外表極不相襯，惹得幾位太太一陣側目，就連狗兒也朝她神經質狂吠，彷彿全部的人皆敵意地打量她。但瑪麗亞不加理會，照樣挽著阿公的手，照樣和烏蒂踢毽子、打羽毛球，快樂的姿態一如滿地奔跑的落葉——儘管，強風經常將她的眼角颳得又濕又疼。

可惜，自從那些女兒兒子們誰也不願意支付老父親的生活費起，瑪麗亞與阿公的「公園時光」便這麼硬生生被剝奪了。他們或帶著太太、或偕同丈夫輪流返家，看似對老父親噓寒問暖，實則動口不動手地指揮瑪麗亞如何料理三餐、如何打掃家裡，每每一場烹飪下來，瑪麗亞耳內盡是各式聲音，總要花上好一陣力氣讓自己的心口不再飛跳。

偶爾，先生太太們會說：「嘻嘻，這是菲律賓口味的炒麵啦！」也有人說：「還不錯吃，比起上次那個誰誰誰好啊？」瑪麗亞分辨不出，他們又笑又滿足的表情究竟隱含了讚美抑或嘲諷？特別是這些先生太太們：各有各的脾氣、各有各的看法，唯獨對於瑪麗亞的挑剔未嘗稍減，不是嫌她動作太慢，就是抱怨不夠聰穎——這讓瑪麗亞感到前所未有的危機：她是否將失去這個工作？是否將在工作期滿之前被「送回去」？

其中，喜歡紮著兩條辮子的太太更是不假辭色，伴隨著她住下來的時日逐漸拉長，瑪麗亞的大腿也逐漸浮現出一只一只，宛如半睜半閉、黑眼珠似的瘀傷。

瑪麗亞下意識搔了搔大腿——現在，她壓低了身，懷抱著棉被，小心翼翼：會不會有人在這個時刻轉醒過來？她仔細傾聽——吱吱吱吱——似乎是窗外悠鳴的鳥叫——吱，吱吱吱，吱——她原本鬆了口氣的心情，霎時又擰緊起來：是誰，誰在那裡走動？

瑪麗亞屏氣凝神。樓梯間依舊籠罩著一層深邃的灰藍，夜的餘韻順著樓梯手把往下滑，隱隱約約能夠嗅到底下傳來的，屬於這個房屋潮濕而冰冷的霉臊。瑪麗亞抱緊了棉被，又聽了一會，正準備起腳往下走，冷不防聽見從哪裡傳來近乎指節拗折抑或舌尖彈動的細微聲響——嗤嘖嗤嘖，嗤嘖嗤嘖——一下沒一下，忽輕忽重，使得她懷中的棉被完全凹陷於勒緊的手臂當中：到底是誰這麼早起呢？

瑪麗亞看了看錶，五點半！她抹去一臉的汗，動也不動揣想著：照理說，太太應該還在睡才是，難道是，那個戴了假髮的先生和他的胖老婆？瑪麗亞追索：這個禮拜簡直是一場災難：辮子太太和假髮先生不約而同帶著兒子與老婆一同返家，家裡幾乎被這對兄妹吵翻！兩人處處針鋒相對，就連不鏽鋼鍋被瑪麗亞刷個晶亮也有相反的意見，也難怪阿公這陣子的眉頭像極了剛擰乾的衣服……

瑪麗亞仍然聽見那一似有若無的聲響。雖然她拚了命在心底告訴自己鎮定，但聲音近得宛如伏在腦後，猛然回過頭去，那蒼白的牆上生出一對觸鬚，細長的影子這裡搔搔、那裡抓抓，然後迅速移動至牆角——蟑螂！瑪麗亞差點叫出聲來，蟑螂啊！棉被跌落至腳邊，瑪麗亞手裡拿起拖鞋作勢便要往下打，也就是那麼一霎，太太那兩條烏黑的辮子以及尖銳的眼神倏然浮現面前——

瑪麗亞一個踉蹌，跌坐於階梯。眼睜睜望著那一黑影一個撲飛，又一個撲飛，飛進了通往底下樓層的深藍色底。瑪麗亞緩緩穿回拖鞋，盯住眼前看不清楚的灰澹，手心抖得異常厲害——如果是平常，她根本無所畏懼，但現在，即使是拎起棉被這樣一個簡單的動作，竟也讓她感到艱困異常——她究竟在害怕什麼呢？

瑪麗亞又摸了摸大腿外側的瘀痕。一點點疼，一點點刺麻，輕輕推揉時湧起一陣酥癢的觸感，近乎痛與舒暢的交軌——瑪麗亞推著揉著，似乎再次聽見那些白晝時充斥在耳邊的催促、叫嚷，它們全磨蹭著她，將她壓擠、再壓擠，即將窒息之際，她從縫隙裡瞥見辮子太太微笑的嘴角、假髮先生凸出的喉結……瑪麗亞閉上眼、揉揉太陽穴，試圖將這一混亂的情緒與畫面全部趕出腦海。

——並不久前，瑪麗亞曾經在公園裡聽阿公提起過這個辮子太太：家中最小的女兒，不甘於老父親將財產分給兒子們，於是執意返家照顧父親，希望能夠藉此帶給兄長們一些壓力——阿公嘆，其實他也不是這麼偏心的人嘛，只不過按照本地習俗，家產傳子不傳女啊。他又說，女兒當然也是心肝肉，可是就連五隻手指伸出來都不一樣長，妳說妳說——這事情要怎麼辦咧？

一反往常，阿公那天說了許多許多，音調低沉而沙啞。也許出於激動的緣故，眼角生出了更多的皺摺——也許不，而是臉龐沾染了空氣中的水漬，使得五官暈開了輪廓，表情竟帶點飄忽不定的錯覺。儘管哀傷，但瑪麗亞事後憶起，竟只記得當天下過雨的青空，細瘦的阿勃勒在遠方輕輕搖曳，其上的小花俐落地在半空中留下一條鮮黃跡子，因而她的心情同樣充滿了新鮮的顏色，身體被爽涼深深浸透。

那一刻，她眞的相信自己能夠凌空飛翔。

「啊妳是在笑什麼？」阿公掏出菸盒，往欄杆上重重敲擊，抖落一地冰涼的水珠。

瑪麗亞照例拉起阿公的袖口，照例流露出小女孩式的神情，惹得阿公沒好氣地自顧往前走。其實他的每一句話，瑪麗亞都聽在耳裡，即使不那麼明白來龍去脈，從阿公時而停頓的嗓音聽來，這件事情肯定讓他既難過又難爲吧。好幾次，瑪麗亞在閣樓的佛堂裡撞見阿公久久不動，跪拜於神明面前，口中不知低喃些什麼——他的膝蓋動過手術，根本就不允許長時間跪下啊——四壁密合得嚴嚴的白色簾幕拖曳至地面，晃動的燭光映在牆上垂掛的諸佛卷軸，阿公哆嗦的背影竟透露出幾許熒熒微光，再一個搖晃，似乎就要暗滅了。

「阿公……」瑪麗亞囁嚅著。透過佛桌頂上的小氣窗口望出去，天色將明未明，一層層的顏色堆堆砌砌，白裡透紅的晶亮隱含著一種悠遠意味。

瑪麗亞又喊了一聲，想起遠在鄉下的父親：擁有七個女兒，對於最小的兒子卻付出最多——對此，瑪麗亞曾經向丈夫巴力雅抱怨：無論如何努力，總無法引起父親對她們姊妹的注意，反而弟弟一個微不足道的舉動，也能令父親神情緊繃，深怕他受到什麼傷害？

「都是他生的啊。」瑪麗亞悶悶不樂捻著香茅梗，一個嗆鼻，激烈地打起噴嚏來。

那時候，巴力雅安慰道：總有一天，他會明白的，總有一天——月色柔軟地依偎在他們腳邊，巴力雅的聲音在夜裡流洩出極其疲倦的意味，一如遠處枯萎的大王椰子樹無力傾斜。瑪麗亞還想反駁些什麼，翻過身，聞見糅雜了草與泥土的腥澀，其中夾帶著枕邊人沉重的鼾聲，她嘆口氣，領悟到無論如何這都是一場徒然。父親終究像一面堅硬的牆。一則黑影。或者——一場沉默以對的夢境。

這麼一想，瑪麗亞竟有些佩服起辮子太太來——儘管，她說起話來嗓門奇大無比，但那或許是長期以來，與那些哥哥們激烈爭辯的緣故吧？雖說如此，瑪麗亞還是忍不住揉了揉大腿上的瘀痕，想必已經轉成紫紅了，否則怎麼會這麼癢呢？太太的手勁經常是重而短促，擰在肉上彷彿一次電擊，往往令瑪麗亞一縮，太太見狀更爲光火了，二話不說再補上一記，非得要瑪麗亞低聲討饒不成。

然而有時候，太太又會溫柔地握著瑪麗亞的手，告訴她炒菜翻動的技巧，或者勸她多存點錢，「別把錢都花在男人的身上了！」那一刻，瑪麗亞會困惑地望著對方，無法理解究竟哪個才是「眞正的」太太？那使得瑪麗亞懷念起久病在床的母親——近乎洞穴一般的幽藍時光，母親總是一會坐起、一會躺下，喃喃自語：「妳爸爸是個好人……」「妳爸爸……」——

想到這裡，瑪麗亞不由打了個寒顫，猛然鑽進鼻息的尿騷提醒她：窗外的天色正由灰轉白，樓梯間的深藍也一寸一寸淡化下去了。當她確定沒有任何聲響，再度抱起棉被小心翼翼走至樓梯口時，一顆心幾乎要跳出來——那恰是太太臥房所在，她刻意停留幾分鐘，怯怯然朝甬道瞥上一眼——寧靜是睡著的一頭獸，呼息一下沒一下噴在瑪麗亞臉上，以致她凝塑不動，憂心著獸是否會在下一刻睜開眼？

也就是這時候，她聽見底下傳來隱隱約約的交談：

「妳怎麼這時候打電話來——喂？」

「我，我還能在哪裡？」

「很危險啊，妳——唉唷，我也想妳欸，乖，寶貝，我明天就回台北了唷。」

「當然還是最愛妳的嘛，寶貝，乖好不好？」

「好了，不能再多說了，她隨時都有可能醒來啊。」

瑪麗亞大氣不敢多喘一下，緊緊倚在樓梯欄杆旁——那是先生的嗓音嗎？雄性的語調帶有一絲絲奇特的回音，似乎躲在廁所抑或通道盡頭講電話？瑪麗亞又詫異又緊張，想起這位假髮先生平時皺眉抿嘴的嚴肅，未料此刻竟是這般溫柔，不知和誰說話？早晨時刻，沖馬桶的流水聲格外巨大，彷彿整座房子皆浸泡於嘩啦嘩啦的濕潤中。瑪麗亞聽見關門聲、漸漸走遠了的腳步聲，以及斷斷續續的咳嗽聲。

靜默。

瑪麗亞心想，這個假髮先生真該罵哩。昨晚直到凌晨才返家，惹得胖老婆罵罵咧咧外，連帶驚動了阿公和太太，整個屋裡鬧哄哄，原本已經入睡的瑪麗亞也被驚醒，帶著惺忪睡眼目睹這一幕借酒裝瘋的喧鬧——在與眾人一陣叫囂之後，假髮先生要求瑪麗亞為他泡一壺茶醒酒，他唾沫濺到了瑪麗亞臉上，讓人有些怕他：眼睛赤紅、嘴角垂涎，也就是一副醉漢的模樣！

「怎麼樣？」假髮先生嘟噥：「連妳也瞧不起我是不是！」

瑪麗亞搖搖頭，又點點頭，聞見古龍水與菸味的廉價混雜，趕忙將花果茶泡好，又收拾了一地污穢，整個晚上擦擦抹抹，直至三點才又返回床上睡覺——那時候，距離她應該起床的時間也不過剩下四個多小時了——也許正是這一緣故，所以後來夢中的她永遠無法逃離那些奇奇怪怪的迷宮，與廢棄的兒童遊樂園……

瑪麗亞又傾聽了半晌——如斯冗長，從四樓至一樓，瑪麗亞從未想過它們的距離竟是那樣使人心驚，彷彿時間變成淅瀝淅瀝的流沙，柔軟並且黏滯，而她拚了命掙扎著往外爬——待腳心踩穩了最後一截階梯時，瑪麗亞發覺自己竟已汗流浹背，迎面襲來的冷風毫不留情竄進她胸口，將她的頭髮吹得一陣凌亂，也吹起那一股糾纏了她一個早上的尿騷。

從她的視線望過去，甬道盡頭透散出一線微光，像黑暗裡沒有完全闔上的眼瞳——那是阿弟：也就是太太的兒子的房間——瑪麗亞躡手躡腳走近光亮處，納悶著：阿弟今天怎麼這麼早起？轉念一想：該不會是整晚沒睡吧？說起來，她挺喜歡這個小男生哩，在他身上總像是看見了自己的弟弟：不愛說話卻有主見，稚氣卻喜於故作世故，經常不發一語扒著飯，外表看來「酷酷的」，然而，一旦端中藥湯進去給他，居然滿臉漲紅，目光不知瞟向何處。

在阿弟的房門前站定時，瑪麗亞發現有什麼聲音輕輕流洩出來，悄悄往內一瞥：一股刺鼻的氣息衝過來，像無形中正要離開的生靈撞個滿懷！沒有關上的收音機彈跳著拍子，節奏躍過隨意擱在椅背的幾件衣服，檯燈明亮，沉重的鼾聲懸浮於充滿撒隆巴斯的氣味裡，想必是迷迷糊糊睡去的吧——窗戶也未嘗拉上，一股冷風順勢鑽進房底，將那張垂掛於牆上的明星海報吹得啪啪作響！

這個阿弟——瑪麗亞試著不去注意海報上的那個泳衣女星：舔著火紅的指尖——她發現在那之下的電腦螢幕上，四個小小的畫面不時跳動著、又跳動一下，黑白顏色在天色微亮之際，帶點奇特的懷舊感，其中的背景似曾相識……瑪麗亞瞇著眼，端詳：似乎是阿公的臥室、樓梯間、她的房間——全部是她平時活動的範圍！最後一個畫面俯角拍攝：狹長的甬道裡，有一個懷抱什麼的女人，動也不動偏著頭，直直盯住——

瑪麗亞眼睛睜得老大，充盈的聲音在她耳底緩緩流動，四周的冷空氣壓擠著她，她的表情因而僵硬不已、嘴巴張大，說不上來或驚恐或憤怒——瑪麗亞很想走進去看個清楚，很想問問阿弟這究竟怎麼回事？她記得每回走進這個房間時，阿弟總是盯著螢幕瞧……他是在看她嗎？那麼，為何彼時的畫面裡，會是乒乒乓乓的廝殺遊戲呢？

瑪麗亞試著舉起手，女人的右臂也高高抬起；她又笑了笑，女人同樣露出白晰的牙齒；她甩了甩棉被，女人的身子向右向左搖晃——她其實很想為阿弟關上門窗，雙腳卻不聽使喚，連帶身體彷如跌入冬季海域——嗤嘖嗤嘖、嗤嘖嗤嘖——適才在樓梯間摩蹭著腳板的聲響不知從哪迫近過來，緊繃的情緒張力幾乎到達了臨界點，瑪麗亞想也沒有多想，抱緊棉被便往甬道後方衝！

「啊？」蹲坐在洗衣機旁的阿公似乎吃了一驚，未嘗料到會有人自身後欺近，他回過頭去望著氣喘吁吁的瑪麗亞。

「啊妳……妳哪這時陣就清醒啦？天不是才篤返光？」阿公站起身，不怕冷地只穿了一條短褲，露出極其白皙而削瘦的腿脛：「妳，妳來得篤好，我篤在洗東西哩。」

瑪麗亞原本激動的情緒一下子蕩漾開來。

阿公有些錯愕地：「啊是怎樣？妳怎麼嚎起來？」褐色流質物體沾滿了阿公的雙手，不像是洗潔劑必然雪白的泡沫——瑪麗亞淚眼汪汪瞧見：阿公因為癌症而安裝的人工排洩管正垂掛於腰間，另一頭用來承接排洩物的袋子則淋著水，因而空氣中充滿了腥澀的氣味——阿公自嘲道：「不好聞喔？老囉，老啊囉。」

他瞥見瑪麗亞身後的棉被：「啊這是啥？」瑪麗亞還要藏，被他一把硬拉過來：看看被單、嗅嗅被心，兀自笑著：「少年都是這樣，少年啊，少年眞好哩。」然後他教導瑪麗亞如何將被單自被胎上拆下來、如何清洗、洗後如何擱在晾衣架。

「啊是怎樣？妳就爲了這在嚎喔？」阿公依舊笑瞇瞇地說。

他們一同蹲在洗衣機旁：瑪麗亞很快就把被單處理好了，她搶過阿公手中的水柱，奮力幫阿公刷洗排洩袋。阿公也不和她爭，掏出菸盒，朝逐漸露出光照的日頭抽上一根菸。那令瑪麗亞想起稍早之前，一團一團的白色煙霧——這個早晨的噩夢終於在此刻停止了，她感到極其放鬆，四肢頓時湧起一陣乏力的疲累感。

「多桑，啊你哪一透早穿安仍？」約莫是被阿公爽朗的笑聲給吵醒了，辮子太太一臉惺忪：「咦？瑪麗亞妳在這裡幹麼？還不趕快幫阿公拿一件衣服披著？」

假髮先生也趕來了，他似乎是被胖老婆逼下床的，身上還穿著印有粉紅心形的寬大睡衣。

「瑪麗亞，早餐煮了嗎？」太太與先生幾乎異口同聲，他們的臉色看來都不太友善。

「免！」阿公突然高聲叫起來：「今日免煮！我和瑪麗亞要去呷王公廟！」

「多桑——」辮子太太還要說，阿公已經轉身要瑪麗亞攙扶他至臥室更衣，然後乒乒乓乓往屋外邁去，徒留他們一陣茫然，獃愣原地。

王公廟前，阿公叫了二碗豆菜麵與魚丸湯，吃得津津有味，卻見一旁的瑪麗亞坐立難安，幾度囁嚅想說些什麼皆未成句，反倒是阿公催促著：「緊呷啊，瑪麗亞，擱不呷要冷了唷！」

瑪麗亞終究忍不住問，爲什麼今天早上阿公要一個人在那裡清洗人工排洩袋呢？爲什麼不請她來幫忙？還有，沒煮早餐的話，太太先生阿弟他們會餓啊……瑪麗亞說到後來，語調越發輕細，因爲她發現阿公的喉頭正激烈地上下滑動，彷彿有千言萬語要說，卻不知從何說起，一逕發出乾燥的嗝嗝嗝。

瑪麗亞連忙拍了拍阿公的背，希望能夠減輕他嚥岔了氣的痛楚。只聽見低低地、低低地嗓音哽咽著：

「我到底佗位做不對了？我到底佗位做不對了？」

「該拜的神我也攏有拜，該做的善事我也攏有做，爲什麼……爲什麼後生和查某囡會變成這款樣？」

「爲什麼爲什麼……」

瑪麗亞吃驚極了，未嘗見過阿公哭得這般傷心，像個受了委屈的孩子，淚水撲簌、咳嗽咳個不停。

瑪麗亞摟著他，總覺得這個冬季的晨風眞是不饒人，非得要颳得大夥的眼角都微微痠澀才甘心——王公廟前的人潮漸漸聚攏了過來，日頭忽明忽暗，大片大片雲朵投下大片大片的陰影，在更遠的廟埕之外有好幾位和她同樣深目塌鼻的女孩們，怯怯跟在太太或先生旁，買這個、買那個——不知道她們是否和她一樣，會在某個早晨發現什麼呢？

眼看雲層就要散盡了，瑪麗亞心底竟有一絲絲失落，她想起那些從前的時光：在公園裡幾乎要乘風飛起來的時光，安靜的時光，能夠越過這個城市的上空、越過海岸線、越過偌大的海洋，回到久違的故鄉對孩子說——瑪麗亞拉了拉領口，也幫阿公扣好釦子，哄慰著：「沒事的，阿公……下午我們再去公園坐一坐，好ㄅㄨ好？」

「阿公？」

等他們兩人返家時，對面公寓大門前的那輛黑頭車正準備開走，粉紅色的塑膠花簇綁在車頭上，後車窗伸出幾束甘蔗嫩綠的葉尖，夾帶一副巨大竹篩——日頭終於放出了光芒，因而它們全籠罩在一層稀薄的金黃裡，遙遠看來，整輛車子宛如進行光合作用而不斷移動的植物——倒車，迴旋、再倒車——越駛越遠、越駛越遠，終究消失在巷口的那個轉角。

只有滿地的炮屑還滾著、飛著，隔壁的闊嘴王佇在水溝旁咒罵：夭壽啊，夭壽唷！瑪麗亞挽著阿公的手，感覺到老人的體溫溫暖地傳送過來，雖然頭有點痛，但她突然不再感到害怕了——在冬季的最後一個早晨，她和阿公一同走進那個油漆已然斑駁的大門，走進瀰漫著烤麵包烤焦了的玄關。

而闊嘴王還在那裡罵罵咧咧：夭壽啊，夭壽唷。

並不存在的香氣

十七歲生日的夜底，蜜雪兒望著凌擾的燭光，心底升起一陣無法再跨越的沉重，從她體內汩汩湧出的陣痛與血腥，令她恍然大悟，原來老是這麼回事。

原來老和氣味有關。

也就是從那天起，她的身上散發出一股似有若無的粉香，帶有一絲絲甜膩，一絲絲隨時可能枯敗的苦澀，無論走到哪裡，都會引起這類困惑：「咦？妳噴了什麼香水？怎麼這麼——」

他們說不上來，只有蜜雪兒清楚，那是歲月無情的預兆，像一枚一枚圈套，在脖子底下形成細細的凸起與粗糙，粗糙，順著鎖骨往下探，她聞到奇特的氣味，忍不住尖叫——

●

這一刻，三十歲的林心雅抬起頭來，聞到腋下透散的氣味，但她並沒有時間來得及多想，她思索著，該如何向眼前這個男人啓口：

「欸，我們還是分了吧？」

「欸，不如我們重新來過吧？」

「欸──」

沒來由地，林心雅想起電影裡的梁朝偉與張國榮，絕望，繽紛流洩，霓虹燈閃閃爍爍，一條一條沒有五官的光霧，霧氣爬滿了落地窗，彷彿那是一間極其適合哭泣的酒館。

「爲什麼非分不可呢？」男人吁出一口菸，謝頂的額頭油亮亮。

「因爲不適合啊。」

「哪裡不適合？」

「個性，行爲，想法啊──」

「那當初爲什麼要和我在一起？」男人拔高音調：「當初我還送了妳那麼多東西！」

「所以說，你心疼了是不是？」

三十歲的林心雅沒再說下去，她告訴自己，離開一段感情需要的不是堅強，而是傷害，傷害無論如何都難以避免，除非沒有愛，除非對方能夠找到一個「再愛下去」的理由，否則，她的熱情早已成灰，掩熄的炭火如何再生出爆烈殷紅？

她揣度著，這是她第幾次的感情事件？

「妳眞的捨得嗎？」男人依舊不死心。

林心雅撫摸著咖啡杯上的雕花，想起十七歲那年，她的藝術家情人送給她的一朵木瓜花：白皙帶綠，蕊心嫩青，像一朵玉蘭，不帶香氣，潔淨，玉一般的明澈。（藝術家情人說，木瓜樹有雌雄異株，也有雌雄同株，「說得簡單一點就是『雌雄同體』，不見得需要花粉傳播……」）

「然後呢？」十七歲的林心雅仰著頭，她的裸體如斯白皙，無所錫澀；她的眼瞳如斯森黑，無所混濁，但她無從預料，往後必須經歷多少波折以理解愛情其實是寂寞的開端，唯有純粹的擁抱能夠將恐懼完全擠壓出去。

「沒什麼，妳還年輕，以後妳就知道了。」藝術家情人朝她耳根輕輕吹了口氣。

●

她們的命運這般相近。

鏡頭停在蜜雪兒臉上，雨珠滴滴落落，流到眼角，底下的表情因而顯得極爲潮濕，潮濕的記憶使得三十歲的蜜雪兒逐漸變成一陣雨，或者一灘平躺的寧靜的水。

男人說：「妳今天怎麼了？」

「沒什麼。」

「妳爲什麼哭？」

「我剛剛想到我媽。」

「又發病了嗎？」

「我不知道。」

「怎麼會突然想到她呢？」

「也不是突然想到，純粹覺得……」蜜雪兒撇過頭去，抿緊嘴。

「算了，」男人嘆口氣：「當我沒問——待會去吃點什麼？」

吃飯、睡覺，睡覺、吃飯——蜜雪兒沒想到成年以後的愛情會變得這麼貧乏——她枕著手，想起有一個傍晚，搖搖晃坐在單車後座，騎車的年輕雄性透散出年輕的氣味。他們共同穿越一座操場，什麼話也沒說，只有她輕輕環住他的腰肚。

纖瘦的腰肚。

那是一個保特瓶式的封閉年代，四周充滿了無法被穿透的塑膠物質，而他們在變形的世界裡尋找罅隙，聽見風穿過髮梢，遙遠的天際有大片大片流竄的雲，雲層底下是他們無以名狀的心緒。

也就是在等待那個每天必經的鐵路平交道柵欄緩緩升起的剎那，十七歲的蜜雪兒用盡力氣地，抱緊前座男孩，把臉埋在白色制服底下，感受體溫一點一滴遞嬗而來，她的兩頰的溫度也一點一滴擴散出去，彷彿兩隻幼獸交纏，時光就這麼靜止下來。

「欸，這什麼東西啊？」男人從廁所拎來一簇花瓣：「都發臭了耶！」

「好像放屁的味道喔。」

蜜雪兒聲音極低極低，一隻腳在地上勾著亂扔的內衣褲。

「什麼東西啊？」

男人走到她面前，極其突然地將她推倒，從她的腳掌開始吻起，而後小腿、大腿、大腿內側、腹、胸……宛若一場生物學的解剖過程，三十歲的蜜雪兒仰躺於床，微微拉開唇角，日光燈曝亮，她是亮白底下的一隻亮白青蛙。

「笑什麼？」激動的男人在她視線上方瞪著眼，胸口混雜了汗與荷爾蒙香氣，香氣毫不猶豫往小腹流去，流進蜜雪兒毫無遮攔的兩胯間，有一片刻，蜜雪兒似乎聞到那一久違的年輕氣息，他們穿越操場、穿越整座城市，而她臉上飽含著濕熱的淚水。

「妳怎麼哭了？」男人停下手邊的動作。

「木瓜花……」蜜雪兒側過頭去，吟詠似地輕輕喟嘆：「那。是。一。朵。木。瓜。花。」

●

有很長一段時間，生物老師林心雅迷上了品嚐木瓜花。

據說對於豐胸具有「神奇療效」。

據說青木瓜泡茶可以治療胃病。

據說……林心雅笑著對她母親說。

母親沒有表情。對於六十五歲以後的女人來說，時光一如經痛終止下來，月與月之間不會再有被提醒的生理反應，一切墜入永劫回歸、窸窣流逝，無聲無息。

也因此，每每返家，林心雅始終有一種錯覺，彷彿她是踩入一處盡成果凍的房間，滑腴柔軟，緩慢充斥在她四周，而她怔怔注視著母親或洗碗或誦經或在後花園施肥除草——分秒凝結的流質世界，而她母親就這麼載沉載浮，毫無抗拒，無論屋外如何劇變，也不在意屋內逐漸形成的寂寥。

自從她父親離開之後，她母親就連同這棟房子一寸一寸老去。偶爾接近家門，林心雅會感到無端悚然：那棵粗壯的老榕伸出氣鬚，蔓伸屋外，它們密密麻麻攀爬於大門、牆面，使得屋前籠罩在一場森闇底，而她站在門外，不帶感情地注視著「她的家」。

她的家變成身外物，只有記憶被留存，只有那一株木瓜樹依舊是原來的木瓜樹。林心雅記得它，記得那時候她剛剪掉過肩長髮，拎起書包上國中——四肢突然抽長的速度令她心慌意亂，尤其腋下顯而易見的黑密與氣味像揮之不去的影子，使她每每在男同學面前臉紅，他們總是嘲弄：「ㄏㄡ！林心雅今天是『關渡大橋』！」

林心雅下意識摸摸兩脅。

在那個尷尬的年紀——父親和母親還未決裂的時刻，一切那樣自然而平常的時刻——她父親一面撿掉樹上的小蟲，一面說起這株木瓜樹早在日本時代就有囉，好像是為了給他阿嬤目睹「一株植物眞正的生長」，一方面也是為了解饞：畢竟在那個困苦的年代，能夠吃到親手栽種且免費的木瓜，該是如何美好的一件事。

父親說：「將來如果妳發現這棵木瓜樹是公的，就要拿釘子往它身上插！」

「為什麼？」

「讓它變性啊！」

生物老師林心雅震動著，彷彿體內也開了一個洞——她父親在一個冬季的早晨，無聲無息消失於家中——而今晚，她在雨聲裡憶起這段往事，父親的面容竟像雨絲那樣不斷不斷漏逝。只依稀聞見床頭櫃上，幾天前從家裡摘回的木瓜花，花的香氣像夜的薄膜，淡淡貼附於她的大腿手臂，讓她想起下午從爬滿榕樹氣鬚的家離開，母親對她說：

「妳後擺也不必常常回來，這個厝足好，我會照顧自己。」

她沉思半晌，想弄清楚那裡的海風何以始終猛烈？何以那樣猛烈的天氣種得出榕樹與木瓜樹？她感到臉龐隱隱刺痛，連帶使她認知到，母親和她其實置身在同一個城市裡，但她們無法一起生活。林心雅試圖從生物遺傳的角度解釋，一開口，身上的溫度卻瞬即流失，她不得不將屈拗到胸前的腿脛圈得更緊更緊。

因爲這樣的緣故，她和身在某個公寓角落的蜜雪兒，她們聞到那股糅雜了植物衰毀與生物勃發的奇特氣味。

●

蜜雪兒聞到不屬於他身上的氣味。

帶點酸或甜的廉價香水，總之，混合了汗與血管的跳動，宛如無形介入的魂體，氣味在他身後生出了眼臉，令她無法不去注意到「它」的存在。

畢竟，她已經習慣了他們的情感空間，再擠進一個人，就連呼吸也不自然了。蜜雪兒側著頭，努力避開他的臉，想起入行第一天，男人對她說：香水試香卡最好離鼻子十五公分，人與人的距離最好保持五十公分。

十五公分。五十公分。

蜜雪兒笑起來。這個世上似乎沒有一樣事情不能換算成數字——情感是，想法是，性也是

——蜜雪兒撫摸著男人的身體，揮之不去的「味道」像絨毛輕輕刮摩著手心，使她無法集中精神，使她迅速聯想到：她的感情居然要以此作結，儘管他們從未約束過彼此。

未來該如何被確定呢？

蜜雪兒說。說得這麼灑脫。確定。她又低喃了一遍。彷彿這一刻她離開了她的身體，飄浮在半空中，冷冷注視著床鋪上的「他們」，他的動作笨拙而貪婪，她的表情漠然而扭曲，他們像是兩具壞毀的洋娃娃。這讓蜜雪兒懷念起從前：十七歲的夏天、操場、平交道……還有母親和父親，在一個夜底，她聽見他們低聲交談：「如果緣份盡了，那就分了好了。」從那天起，母親變成沉默寡言的女人。每每經過她的房間，可以聞到其中傳來的薄荷味……蜜雪兒怯怯在房門口張望，赫然發現黑暗中一雙炯亮的目光。

母親逐漸成爲黑暗的一部分。

蜜雪兒一驚，意識到自己偏好黑色的衣服、黑色的鞋子、黑色的行動電話，乃至黑色的氣味，這一切不正是源於對母親的不忍與投射嗎？這個黑色的意象令她想起幾天前，經過一戶人家，家門口被榕樹氣鬚黑密覆蓋，近乎陰森，奇異的是，她突然聞到一絲絲苦澀、一絲絲甜蜜的幽香。

出於一名香水設計師的好奇，蜜雪兒踮起腳尖，往裡看——

「妳怎麼了？」男人在背後喘著氣。

「又想到妳媽？」

事實上，蜜雪兒早就離開了床，浮在城市上空，凝視著這個從小生長的所在——狂暴的東北季風險些掃落頭口的絲巾，盆地邊緣嗶嗶作響——蜜雪兒還看見座落在海邊的老家，母親照例不言不語，由看護推著輪椅在家門前曬太陽，手裡不知捏些什麼？

只有蜜雪兒明白，那是一朵花。

一朵木瓜花。

蜜雪兒心底一顫，再度掉回那張皺巴巴的床上，男人在她耳後輕舔，一面讚美：「妳好香……妳今天擦什麼牌子的香水？」

他永遠不會知道，從她眼裡汩汩流出的淚水其實充滿了寂寞的香氣。

●

寂寞的香氣流盪於房間內，像潮水穿過深邃的海溝。

蜜雪兒不明白自己爲什麼哭？

也許是意識到，她的愛情走到了盡頭。

也許是愛一個人如此艱難，分離時又萬般不捨。

痛。

蜜雪兒思索著，她從來就不是一個提得起放得下的人。

她眞的太害怕寂寞了。

她走近窗前，目送男人漸行漸遠的背影，房間裡到處是他和她以外的氣味——蜜雪兒搧動手臂，企圖趕走那一味道，揮舞的姿態像失去節奏的初學者——從前她是一名最佳的夜店女王，而現在，她竟連踮起腳尖的力氣都失去。

生活的重量滲進她的四肢，伴隨著汗水一點一滴排出。排出。蜜雪兒聞到腋下忽遠忽近的腥臊，像一場良性循環，勞動之後的汗水留下濃烈的氣味，而她的工作就是爲了掩蓋它們而存在。

●

蜜雪兒推開窗戶，陽台上的薰衣草長得像雜草，一株薄荷伸出狂亂的莖葉，還有一株永遠不開花的草莓——蜜雪兒摘了一片薄荷，深吸口氣，「好像青箭口香糖那樣！」男人是這樣說的吧，多麼懷舊的字眼。

蜜雪兒把薄荷葉放進嘴裡，嚼著，仔細嚼著，彷彿要把記憶一併吞進肚裡。模模糊糊的記憶在眼前展開，她和她的初戀情人坐在國光號往台北奔馳。一路上，他們沒有多餘的話語，沒有額外的表情，只有不知輕重地手牽著手，快下交流道的時刻，他找出一包被壓扁的口香糖，撕開鋁箔紙，折下一大塊遞給她。

「這是最後一片囉……」

他們咀嚼著很快失去甜味的口香糖，彼此興奮望向窗外，甚至將對方的手握得更緊更緊——向後飛逝的安全島像一條灰色地界，將世界遠遠阻隔，有一片刻，蜜雪兒以爲她將永遠不再回去那個灰色的家，永遠和身旁這個男孩長相廝守。

分離的那天夜裡，蜜雪兒在他家喝了一碗又苦又甜的茶。

她私下問：這是什麼？

他父親盯著她：「青木瓜。青木瓜泡茶，暖胃。」

又問：哪裡人？

家裡有幾個兄弟姊妹？

父母親做什麼的？

成績好嗎？

一年後打算考哪間大學？

將來呢，將來會出國嗎？出國以後呢？

那一刻，蜜雪兒聞到男孩兩胯間的肥皂味。他父親下巴沒洗乾淨的刮鬍水。還有他待在臥室裡的母親，她的手肘有剛抓破的傷口，血腥毫不掩飾地擴散在樓梯間——蜜雪兒詫異如何能夠聞到這般清晰的味道？甚至不止是他家，包括這條街上各式各樣的人的動物的植物的……所有氣味匯聚成一條河，嘩嘩朝她洶湧而來，而她奮力泅泳著。

「感情的事，我想，你們現在可能不適合談。」

該來的終究還是來了。

「最近我們家彥豪，成績退步很多啊。」

「學生還是要以課業爲重。」

「要加油。」

「欸。」

蜜雪兒離開那個燈火通明的家。他默默跟在身後，沒有辯解也沒有安慰。走到巷口，她停住腳，回過頭望見他眼底的絕望，風從頭頂灌下來，蜜雪兒第一次驚覺，這座城市的冷冽不僅在冬季，就連夏日也如斯寒涼。

幾朵白色小花忽地掉到腳邊，他驚嘆著：「是剛剛喝的，木瓜花。」

下一個鏡頭，她猛然轉過身去，把頭埋在他的制服裡，哭。

無聲無息地哭。

●

關於淚水，生物老師林心雅反覆思索，就是記不起來最近一次哭泣是什麼時候。只記得那個禿頭男人後來還找過她幾次。每一次男人都醉了，哭了。但林心雅並不動心，從生物學的角度看來，哭泣一如歡笑，都是宣洩情緒的生理需要。更進一步來說，淚水其實就是人類體液的另外一種形式，其他的形式包含血、尿、唾液……林心雅靜靜聆聽男人的叨叨絮絮，從來未嘗想過，她居然會和這樣一位年近五十、有妻有兒的男人在一起。

但這無關道德判斷。林心雅並非第一次經歷這類感情事件：和這些男人在一起時，她會發覺自己俗不可耐，因爲他們共通的心緒是寂寞，肉欲，社會化，半夜打電話給他們要一個答案，他們會蜜裡調油說：

「傻瓜，妳喝醉了，這個問題我明天再告訴妳好不好？」

而他們的老婆就在他們身旁，也許正哄著孩子睡覺，也許正翻看他們的頭頂是否又長出了幾莖白髮？

機械。

連感情也變成機械的一部分。

性也是。

林心雅躺在床上，盯著白色的天花板，從窗外透進來的藍光映照出男人一起一伏的胸膛。鬆垮的胸膛。她站起身，走進浴室，先是聽見排水孔隆隆的流水聲，而後聞到沉靜空氣裡似有若無的香氣——不像柑橘，也不是歷久不衰的薰衣草或紅玫瑰——她伸出手在闃黑裡摸索，赫然意識到，香氣的來源不是眞實的花朵，而是今天剛買回來的香水。

一點點甜，一點點澀，乃至苦。

她深吸口氣。想起發現香水時的驚愕：瓶身寫著「PAPAYA」，也就是木瓜的意思。因爲這個緣故，她的心情極爲輕快與複雜，有一種微妙地，突然被闖入心事的詫異，卻隱約快樂，快樂於有人能夠共享那個從未說出的祕密。

原先，她還以爲是一個廉價的玩笑。沒想到它的味道居然具備了多層次——不刻意模仿眞實的花香，也不過度強調自然的嗅覺——林心雅笑起來：美化的記憶。記憶不斷沖刷，逐漸透露出光亮的一面，也逐漸鈍化了尖銳的邊角。

林心雅坐在浴缸邊緣，撫摸著那瓶香水，往四肢、後頸輕輕噴灑，霎時香氣浮動。她撫摸著胸口、小腹、兩脅，漸漸摸到腹部，腹部以下黑茸的私密……黑暗中，她彷彿看見父親不確定的臉，極其愼重地問她最近長高多少啦？學校的功課還趕得上嗎？每天吃飯的錢夠不夠？需要買新的衣服嗎？

他詢問得那樣詳盡，似乎努力表達作爲一位父親的關懷，但他的表情嚴肅無比，使林心雅深感困惑：究竟他想表達什麼？爲什麼要這樣愼重其事叫住她？事後林心雅回想，那天父親身上甚至穿了嶄新的西裝……

他對她說：「後攞，那欉木瓜樹就要由妳負責（照顧）囉，知否？」

黑墨的浴室裡，水聲倏忽大作，近乎不著痕跡的暗香一會逸散、一會聚攏，生物老師林心雅將手放在兩胯間，面無表情地聆聽門外男人一下沒一下的鼾聲，那一刻，她感應到蜜雪兒絕望的淚水，充滿香氣的淚水，淚水從她的下巴落到她的手臂上，引發她一陣哆嗦。

●

蜜雪兒將萃取出來的香水滴進試劑紙，想起幾日前目睹的那一幕：一名矮小女人蹲在一棵插滿釘子的木瓜樹前，逆光的面孔分辨不出任何表情，手臂枯瘦仔細地撫摸著樹幹——

「啊？」蜜雪兒碰翻了香水。

「怎麼回事？」她的同事M問。

「割傷手了沒？」

M拿過掃帚，將地上的碎片收拾乾淨，又遞了一杯熱水給蜜雪兒。

「在想什麼？」

蜜雪兒聳聳肩：「沒什麼，只是突然想到我媽……」

蜜雪兒的母親當然不會是瘦小的母親。因爲服用類固醇的緣故，母親的身形臃腫異常，圓滾的臉蛋撐開圓滾的眼和嘴，每每蜜雪兒返回老家，母親總是一臉困惑地望著她，一圈一圈的頸肉彷彿被綑綁的思考。

母親正在忘掉這一切，也正在重新建立這一切。

醫生說，這是老年人的毛病。「選擇性記憶」，選擇性記憶妳知道嗎？醫生說，換言之，她會選擇自己想記住的東西，她也會選擇不想記住的東西。總之，就是她會生出一個「新的我」，但她會忘記她是誰。

「被壓抑的，總是要再回來。」

蜜雪兒無法置信，母親最後的年歲會淪陷於記憶昏亂的黑暗底。在她的印象中，年輕起即擔任教職的母親，始終那樣堅強而積極，沒有一個學生不曉得她是「牛魔王」，也就是「放牛班」的剋星。所以面對丈夫的離去，母親想必無法忍受吧，畢竟那意味著「逃逸」，突然掙脫出去的軌道，不再具有任何約束力。

母親……蜜雪兒拿起香水試劑，觀察其上的顏色變化，粉紅代表前味偏甜，冰綠象徵後味幽冷，灰藍的話，味道介於冷冽與炙熱之間。然而，蜜雪兒並不滿意這些氣味，她仔細比對著桌上排列的花瓣，撿了其中幾片充當萃取樣本。她心中所期望的香氣，不是完整的幸福，也不是全然的悲劇，而是帶有一絲絲喜悅、一絲絲哀傷的秋天感受。

這讓蜜雪兒聯想起那個女人撫摸木瓜樹的意象。爲什麼木瓜樹要插上那麼多釘子呢？爲什麼女人陰森森？從她的姿態看來，顯然與記憶有關，因爲蜜雪兒聽見低低的幼獸似的哀鳴，它們從女人掩面的指縫流出來。

「被壓抑的，總是要再回來。」蜜雪兒低喃了一遍。她已經調配好一款關於木瓜的香水，但她總覺得缺少些什麼？也許是嗅覺的空洞始終無法塡補，也許是心底的那條裂縫不斷擴張。今天傍晚，她坐在櫃檯後，看見一名短髮女子端詳那款「木瓜香水」，唇角微微牽動，微妙的表情透露著，就算不喜歡它，也會因爲瓶身設計而購買它。

蜜雪兒很快意識到，她似乎在哪裡見過她？她甚至知道，她們都在尋求如影隨形的，心口上的那個深淵，它破了一個洞，只有溢滿房間的香氣能夠塡補它。

只有嗅覺可以分辨究竟是爲了愛，或者一時寂寞。

●

林心雅曾經和男人一同嗅聞過，據說會讓人「失控」的性愛助興劑。

那是一瓶極小極透明無色的液體，味道很接近指甲油或去光水。嗅聞時必須堵住一邊鼻孔，就著瓶口用力一吸——自始至終，林心雅就是無法體會其中刺激。她根深柢固地以爲，歡快的肉體關係從來就非建立在刺激之上，沒有愛的肉體，只是氣味與氣味的碰撞。

有幾次，男人輕狎地說：「今天晚上，我們來試試酒瓶吧？」

他的表情彷彿談論一次「實驗」，或者生物演化的必經過程。

生物老師林心雅感到錯愕。她想起初戀情人：那個藝術家情人的胸膛發出乾爽的自然氣息，置身在他的畫作間，年輕的林心雅叉開雙腿，無比羞赧，那一刻，她懵懵懂懂──這一刻，她還是懵懵懂懂。

愛情對她而言，是一場無解的謎。

●

三十歲的蜜雪兒和三十歲的林心雅，她們曾經是小學同班同學。

當時，三十歲的林心雅頂著齊耳學生頭，上台自我介紹，引來一陣竊笑：「武功國小？好奇怪喔，那是什麼學校！」

當時，林心雅父母正面臨一樁逃債風波，經常有黑衣男子到學校找她，為此，她和父母輾轉「流浪」各地，而她早已習慣漂泊不定的轉學，以及不被理解的取笑。

因為下一刻，他們將不再相遇。

林心雅應該是這麼想的吧。然而坐在台下的蜜雪兒──她是班上的模範生：乾淨、整潔、不說髒話，蕾絲花邊的襪子有小甜甜圖案──她卻對林心雅的敘述無限嚮往：到處流浪！她多想問林心雅：武功國小究竟為什麼叫作武功國小？妳會武功嗎？妳喜歡武功嗎？

可惜學期還沒結束，林心雅便轉學了。

蜜雪兒和她還來不及說上一句話。

有人說：「她的身上臭臭的。」

也有人說：「那是狐臭啦。」

還有人替她抱不平：「她的字寫得很漂亮耶。」

三十歲的蜜雪兒和三十歲的林心雅，她們早就忘記彼此，忘記在深遠的記憶裡，她們曾經共同經歷那樣截然不同的兩個世界：在蜜雪兒這邊，象徵的是美好的一切；在林心雅那邊，一切破敗正付諸成形。

蜜雪兒記得，林心雅鉛筆盒內的那朵白色小花。花瓣開成螺旋狀，蕊心嫩綠向外伸張，乍看之下，宛如盛開的玉蘭花，但隔著幾個座位，蜜雪兒聞到一股濃烈的，一寸一寸黯敗下去毀壞下去的餳澀。

明明是一朵完好且帶著生命餘溫的花啊。

木瓜花。

那是第一次，蜜雪兒聞到自己腋下散發著腥羶，也是第一次，蜜雪兒發現原始的氣味原來是這麼回事。

許多年後，蜜雪兒專注於香水設計，明白無論如何也遮掩不了生物本身的氣味——尤其是絕望之後的氣味。許多年後，生物老師林心雅也在講台上談到了生物的氣味，她從達爾文進化論談起，談到達爾文當初發想進化論時，無疑是挑戰西方神學，畢竟這麼一來，物種皆因勝者而生、不適者滅亡，等於間接否定了上帝安排物種的權威。

也因此，達爾文的新婚妻子對於達爾文的理論終日惶惶不安，她所象徵的正是那個神學時代的意念，但她從未阻止達爾文記下發想，她獨自墜入恐懼的深淵，恐懼隨時可能失去達爾文，失去她所愛的那個人。在臨終前她對女兒說：「我是多麼害怕，死後無法在天堂與你爸爸相遇！」

無法相遇。

每每說到這裡，林心雅忍不住震顫。她和蜜雪兒明白，內心形成的那個破洞再也無法被塡滿，她們再也回不去了，一如當初，如果那個時候她們交談了，她們的命運是否爲之一變？她們是否將互換身分，變成香水設計的林心雅和生物老師蜜雪兒？

儘管，這兩個行業都與身體有關。

●

在經歷第十一次的感情事件之後，蜜雪兒學會如何與自己的身體獨處。

漆闇的房間裡，溢滿稍早設計的香水。她不知從何形容那樣的氣味，只覺得安心。氣味覆蓋氣味，她將無需煩惱那些戀人的味道，她是這個房間的主人。

她躺在床上，攤開雙腿，感受夜的重量佔據著她──她再度想起母親的身體、男人的身體、父親的身體──她深吸口氣，吐出，又深吸口氣，吐出，她不需要他們，她只想記住這一刻靜默的香氣。

她聞到腋下濃密的汗的氣味。

她聞到兩胯間的血腥。

她還聞到牆漆剝落時，屬於泥土的原始的氣味。

她打開窗，試圖讓氣味流洩出去，她要她設計的氣味被其他人發現。晚風很快將它們傳送出去，也湧進更多原本不屬於這個房間的味道——從前她母親在後院栽種一小畦花圃。花圃裡大部分是她叫不出名字的植物。她母親告訴她：這是半夏。這是圓仔花。這是波斯菊。這是長春花。她母親說話時，領口不斷翻出若隱若現的瘀痕——

為什麼想到這些？

這一刻，蜜雪兒躺在床上，躺在自己的房間裡，十三樓的房間，往下望去，如斯高聳而驚心，更令她害怕的，是她無從「想像」——她將腳叉開，掌心自黑密的恥骨往下摩娑，黑暗中窸窸窣窣、窸窸窣窣，自始至終無法進入另一層次的感受……

她一面嗅著房內淡去的香氣，一面發覺她其實多麼缺乏想像力。因為缺乏想像力，她無法飛翔，無法抗拒內心刻正擴大的寂寞。

她突然好需要好需要一個人愛她。

她突然好需要好需要好好愛一個人。

儘管，她並不懂愛。

●

準備推開家門時，林心雅被突如其來的氣味衝撞著。

一絲絲苦澀，一絲絲甘甜，一絲絲木頭被剝開的濕潤——林心雅抬起頭、嗅了嗅，氣味那樣明顯，彷彿從哪有源源不絕的味道流洩出來，像金黃色的流光，越過城市上空，使她想起生活的一切——十三年！

她居然在這個原本被視為異地的所在，生活了這麼多年？每天往返於學校、住家，行走於固定路線，習慣沿途不變的風景，偶爾經過剛開幕的百貨公司她會多看一眼，但那並不表示她具有消費欲望，於她而言，城市的意義在於個人加諸的記憶，沒有記憶的城市不過是生活的住所，是一個沒有靈魂的空殼。

而林心雅的記憶範圍小得可以，也就是她的房間、幾間外觀看似一樣的旅館，還有位於海邊的老家——幾天前，學校要老師們針對城市之美提出心得報告，她不免一驚，因為除了校園裡的藿香薊、紫錦草、馬纓丹，她一無所知於這個城市的植被，也很少注意錯身而過的行人。

她坐在家門前，嗅聞著那股始終未嘗散去的氣味，亟欲分辨它從何而來？她很快發現，那是香水的氣味，憂傷的氣味，內心被鑿開一個洞的氣味，木瓜花。生物老師林心雅可以感應到，那個香水設計者的絕望姿態、自瀆的姿態、無可無不可的姿態，那樣的姿態像極了她的另一面，她們變成孿生者，共同生活於盆地邊緣，有著無法解決的心緒。

那天，她試圖將多年來的疑惑告訴母親。

那時候，母親消瘦無比、胸口凹癟，幾乎分辨不出原本秀美的面容。她抬起手，巍顫顫地在半空中畫著，畫著畫著。

於是林心雅躺在床上，和蜜雪兒同樣叉開雙腿，不帶欲望地撫摸身體，一寸一寸，從喉頭到鎖骨，從乳首滑落肚臍，甚至將手指放進嘴裡，仔細吸吮……她一個人躺在房裡，聽見巨大的心跳，清晰的呼吸，還有屬於自己原本的氣味。

腋下濃密的汗的氣味。血的鐵鏽。牆漆剝落後內裡的泥土味——那些混雜的氣味從蜜雪兒的房間滲進她這邊來，她們合而爲一，成爲眞正的「一個人」，在氣味的流沙中，她們載沉載浮，並且感到幸福。

●

十七歲的生日夜底，蜜雪兒望著黑暗中淩擾的燭光，心底升起一陣無法再跨越的沉重。也就是從那天起，她的身上似有若無散發出一股近乎植物的粉香，帶有一點點甜膩，一點點可能隨時枯敗的苦澀，無論走到哪裡，人們都忍不住困惑：「妳的香水是——」

十七歲的生日夜底，林心雅裸著背，聽見她的藝術家情人對她說：「沒什麼，妳還年輕，以後，將來妳就會懂了。」在月光中，年輕的林心雅領受了藝術家情人神祕的愛，第一次聞到木瓜花的氣味，以及腋下不斷不斷湧現的腥臊。

三十歲的蜜雪兒和林心雅曾經是同學，然而她們早就遺忘彼此。她們行走於城市中，在風大的城市採集親愛的記憶，試圖塡滿心中那個破碎的深淵。她們像避不見面的愛人。她們是心靈相通的姊妹淘。她們嗅聞著共同的氣味。十七歲的時刻，她們從未想過三十歲會是不知所措的模樣，只記得師長諄諄教誨：「女孩子呵……」

她們不確定那股來自木瓜花的香味是否存在，但她們可以確定，在這座城市底，正有轟隆的香氣從每個人內裡朝她們奔馳而來。

而那正是她們躺在夜裡流下眼淚的原因，因爲她們竟是如此，如此地不孤單——

貓，以及其他

1

黑夜來臨之前，小貓甫出世：通體濕潤、眼翳灰薄，呦呦呦呦喚來母貓溫柔舔舐，連帶使人無法漠視其下血跡斑斑——起於生產時體液失禁的緣故，瓦楞紙箱一寸一寸變濕變軟，原本的泥黃更形泥黃，彷彿一塊厚重的土地默默承受著生靈亂踢亂扭。

出其不意，母貓咬了小貓後頸一口。

她蹲在紙箱旁，目睹這一幕驚心，並不覺得特別意外。經驗告訴她，母貓甚至會毫不猶豫地將小貓吞腹，只因人們過於欺近的氣味侵擾了這一親愛時刻。所以，她轉身至那扇落地窗前，望見遠處街燈閃亮如刀，刀尖劃開夜幕，往前去，許是發生了車禍，光痕糾纏，像一團亂得無論如何也難以解套的心緒。

她叫。

指甲縫裡滲出血絲。這麼多年來，即使鑲了水晶亮片，咬指甲的習慣改不掉就是改不掉，總是在心煩時咬下一小片，最後變成了剝——沿著指甲邊緣一條一條撕下泛黃的皮屑——「為什麼還不來呢？」她瞟著鐘，時針與分針幾乎快重疊至同一暗影上，也不知多久了，小貓的毛絮依然黏膩，一隻隻宛如皺眉皺臉的粉紅幼鼠。

也就是準備打電話之際，窗外猛然躍起極長極長的煞車聲，淒厲傳送得極遠極遠，七月天，理應無風時節，滿室竟洶湧著凜凜寒意，那些懸掛於牆的明星海報啪啪翻動，令人感到異樣的惶惶的不安。

唯獨她不急不徐，輕撫肚子說：「乖，別怕唷，媽咪在這裡唷。」

呦呦呦呦。

啪啪啪啪。

2

聲音塞滿耳朵之際，站在路旁的瑪麗亞睜大了眼，無法相信老人就這麼躺在地上動也不動了。

來來往往的人影、喇叭聲、叫嚷——瑪麗亞未嘗料到這個週末會以這樣的畫面開場——她將霹靂腰包繫得更緊更緊，停留一會，想起什麼地，趕忙往騎樓快步走去。

夏夜炎熱，熱氣一蓬一蓬重壓下來，每張臉孔皆顯得凌擾而不確定。溽漬變成怎麼甩也甩不掉的小孩，攀上肩頸、捏住喉嚨，使得瑪麗亞同樣流了一臉汗，不時走進店家貪圖短暫涼快，卻惹來店員飽含敵意的側目。

她瞄了一眼鏡中的自己，看不出哪裡不對勁。也許是她還在適應這座城市——也許是，她根本無法習慣此地生活？幾個禮拜以來，她依舊懷念南方小鎮：傍晚時分，在公園裡和同鄉女孩有說有笑，踢上一場毽子，或者陪阿公抽完一根又一根的菸，靜默揣想遠方那一株阿勃勒爲何總是開著小花，又橘又紅的雲層怎麼像個孩子？

孩子。她想起離家時，在機場哭泣的孩子，以及電話裡嬉鬧的孩子。此時此刻，怔忡的心情像嗝酸一樣湧上來，逼得她眼泛淚光，不是太過於軟弱，而是四周的陌生無以名狀——再怎麼說，她獨自上街不過是近二個禮拜的事，前幾次，先生和太太都拒絕了她的要求，他們納悶：「急什麼？再過幾天，不就要回菲律賓了嗎？」

——再過幾天，瑪麗亞因爲工作期滿，必須離境才能再回台灣工作——所以說，她怎麼可以空手回鄉呢？她想買幾件衣服給孩子，還有巴力雅的錶也該換了，說不定自己也可以穿上今年最流行的凱蒂貓T恤？想到這裡，瑪麗亞下意識摸了摸腰際的霹靂包，從何時起，她開始養成了這樣謹慎的習慣。上回電視新聞中，出現被搶的同鄉們慌張的模樣，以致先生和太太笑了好幾天：

「妳看看、妳看看，這樣子妳還要出去？」

瑪麗亞不服氣，卻不知從何辯駁才好。走著走著，身體越來越輕，好想吃一口咖哩雞，或者炒米粉也不錯。她抱怨起先生和太太這時候才讓她出門，用餐時間都快結束了哇，好幾家自助餐店早已收拾桌椅，麵包店同樣拉起了鐵門，經過麥當勞時，隔著透明的落地窗，瑪麗亞朝價目表看了看，猶豫著，走了。

她也不打算吃便利商店的微波食品，那太像突然膨脹的爆米花，儘管香氣四溢，卻不夠飽實。

也就是準備轉過火車站前的那個商圈入口時，瑪麗亞撞見一隻貓：亮白的毛色在夜裡格外醒目，兩隻腳蹲坐著摩擦地面，前腳搭在台階上胡亂抓著，就著閃爍的光照，瑪麗亞望見地面血跡斑斑，彷彿獸的目光，一眨一眨，那是母貓發情的表徵。本該屬於夜闌人靜時的浪叫，此刻卻晃動如癲，因而瑪麗亞注意到：這一區竟如斯寂寥，三三兩兩的人影碎步離去，偶爾呼嘯而過的機車叭叭叭叭，壯膽似地爲路口帶來瞬逝的喧鬧。

居然這麼晚了？路燈森森拉長了瑪麗亞圓胖的身影，影子很快沒入更黑更黑的大樓當中。那隻母貓依舊踩著自己的血，喵叫個不停。

3

她捧起那隻小貓，正在僵硬的身體浮現團團紫斑，毛絮暗下去了，唯獨尚未完全閉合的眼睛還透著光。

她撫摸著小貓，像撫摸一件溫暖的毛衣。

衣服緊貼於她的腋下、胸口——天氣實在太熱了！什麼都淌著汗：椅子、桌子、貓——氣味一層一層迫近過來，母貓也忍不住焦躁，勉強站起身來歪斜走著，使她想起更早之前，母貓嚼食胎盤以補充營養的鮮血淋漓，而現在，透過那扇暗色玻璃的倒影，她看見母貓吃力打顫，連帶整個房間也顫抖起來。

是太累了嗎？她揉揉鬢角，站起身，眼前又一陣劇烈搖晃。

從屋內望出去，街心那一糾結的光團早就消失得無影無蹤，徒留路口依稀可見的電子看板：你需要現金嗎？你想認識醫生嗎？三十秒保證讓你IN起來！看得她眼花撩亂，卻一直沒見到伊。她想，會不會剛剛上廁所時，錯失了伊的電話？一整天！她憤怒著，在這個小房間耗去了數十小時，就爲了等一個不可能到來的人？

她再度拿起電話，再度是轉接語音信箱，再度聽見蔡依林的「舞孃」（如果是她的話，寧肯選張懸的「寶貝」）。她又開始胡思亂想：會不會是出了意外？會不會生病了？會不會——想想又覺得不對：就算是這樣，也該說一聲啊，爲何不聲不響、不聞不問呢？她沿著床鋪走來走去，手裡越形冰冷的小貓猶如冰冷的希望，冰冷的淚水不聽使喚滑至頷下。

關於母貓不愼壓死小貓的情況，一般說來是很常見的意外，她並非不明白，但這次不同，她嚷著：因爲我懷孕了啊！我懷孕了你知不知道！

我們都知道，妳先別這麼激動嘛，妹仔。

全家人乒乒乓乓擠進房間裡，唇上油漬，有幾個人口中甚至衝出一股大蒜味。

大姊說：就是說啊，孕婦怎麼可以隨隨便便生氣咧？

姊夫說：況且，也沒有人願意看到這樣的悲劇不是嗎？

阿兄說：別哭妹仔，跟阿兄講誰創治妳，給伊死！

弟弟說：粉圓絕對不是故意的，是不是啊粉圓？

（母貓叫了一聲）
母親說：妳安仍歸日攏沒呷敢好？
妳聽姊夫說，怨憎會苦、愛別離苦，愛情宜解不宜結啊。
大姊說：她是孕婦，你跟她講這些有的沒的做什麼？
阿兄說：妳跟我講，是哪個臭豎仔糟蹋妳，我要伊好看！
弟弟說：粉圓是一隻好貓對不對？粉圓粉圓，喵喵喵。
（母貓又叫了一聲）
孕婦不可以摸貓啊，會嚇到北鼻（baby）的。
母親說：那毋，煮一碗妳愛呷的紅豆湯好否？
（母貓又叫）
要解開，要有智慧，沒看破空相怎麼會快樂呢？
大姊說：你可不可以說一些開心的事？
可是……
她尖叫起來：我的肚子裡有一隻貓啊！我的肚子——
那好、那好，母親說，篤才煮了幾尾白鯧，我去端上來好否？
母親跟大家使個眼色：「貓仔最愛呷魚囉？」
呦呦呦呦。
喵嗚喵嗚。

4

不知從什麼時候開始，他們家的廚房排水孔總會發出這類奇怪聲響：一點點尖，一絲絲哀怨，仔細聽，彷彿有人躲在那裡竊竊私語。母親揣度，改天記得去買一罐通樂給它通一通，不然再這樣叫下去也不是辦法吶。

是啊，再這樣下去……姊夫說，小妹再這樣下去如何是好？

「陳武堂，你不講話，沒有人把你當啞巴！」她大姊啪地放下碗筷，連續劇般的台詞與眼神。

我——男人還要說，冷不防一雙筷子扔過來。

他們重新回到餐桌上，重新端起碗筷，每個人臉上皆糊了妝似，表情浮動。飯菜還是剛剛的飯菜，但吃起來就是少了那麼一味，沉默從那些咀嚼緩緩流出來，像夢，窸窸窣窣囓咬著另一個夢，只有她母親轟隆轟隆：一會開抽油煙機、一會提水桶拖把，極其忙碌地來回清理廚房。

媽，妳莫沒閒了啦，緊來呷飯，嘸菜都要涼去欸，碗筷等下再叫武堂洗。她大姊喊。

母親沒有答話，收拾妥當，坐到餐桌前兀自喘口氣。隔了一個鏡頭的距離，他們全籠罩在日光燈故障的閃爍底，一明一滅，不確定的幽魂，惹得母親起身捺熄了燈，留下一盞抽油煙機的鵝黃光照，以致他們的臉龐近乎隱沒於闃暗底，湯、菜也分不清，倒是扒飯的聲音格外響亮。

她弟弟低聲：好像在吃燭光晚餐唷。

他們全有意無意地笑起來。畢竟，隱匿於「看不見彼此」的昏黯中，令他們感到安心，緊繃的情緒頓時鬆張開來。「囝仔有耳無嘴！」她母親笑著，挾了一塊肉給兒子。她阿兄也舀了一湯匙的鹹蛋苦瓜給弟弟，卻遭到抗議：我不愛吃苦嘛。她姊夫見狀：這怎麼行？這點苦也吃不了，小心像你小姊姊那樣唷——

「陳武堂！你嘴巴生蟲是不是？」她大姊在黑澹裡吼著。

她變成他們家的一個缺口，一個必須神祕討論的話題。自從她失戀之後，他們全扮演起心理醫師，甚或配合度超高的演員：像是懷孕（乖唷，小貓乖唷）、等電話（他剛剛打過來說他要出門……）、等人（已經在路上啦，待會人就來囉）——儘管他們心知肚明，這一段感情眞正結束了，一切僅是虛構的等待，等待像曝亮裡過度拉長的黑影，無聲無息。

也難怪她母親嘆：「啊知恁小妹會愛得這麼深？」

「奇怪欸，恁今嘛不是都流行什麼『速食愛情』？哪會弄到最後變得阿達阿達？」

「好好的一個查某囡仔啊。」她母親激動起來。

阿母，妳先呷飯啦，呷完再說。阿兄說。

就是啊，媽咪，我們在吃燭光晚餐耶。弟弟說。

媽，妳莫自己嚇驚自己，阿妹這是暫時的，過一陣就沒代誌啊。大姊說。

說是這樣說啦，還是要趕快送她去療養院……她姊夫輕哼著，大腿湧起一股擰轉的灼熱，趕緊啜口湯，閉嘴。

這樣的情況已不是第一次了。總是在談到她的病情時，他們繞開那一念頭：醫院，病房，精神科——那正是讓人逐漸習慣「家裡沒有這個人的存在」的殘酷過程，況且，哪來的錢讓她去住院呢？又誰要照顧她？誰能照顧她？

他們再度沉默了，每個人在黑墨裡彼此相對（所幸，並看不清楚對方）。

這時候，一隻蛾不知從哪闖進來，逕自在光照底下東奔西撞，越發顯得這個夏夜燥熱無比。

她母親抬起頭來：「咁會是這間厝的風水不好？」

她母親喃喃自語：「不是講有什麼船在咱這棟大樓頂頭飛嘿？」

洗碗槽裡再度響起那一私語似的聲響。

呦呦呦呦。

呦呦呦呦。

5

瑪麗亞聽過那個傳說。

那是教會裡叫作阿妮的女孩告訴她的耳語：說是那棟大樓要少去啊，幽靈船在上面飄哩。

什麼船？瑪麗亞問。

阿妮陡地拔高語調：就是上面坐滿了被火紋身的亡靈啊，要帶活人去地獄啊。「地獄之火——在那裡蟲是不死的，火是不滅的！」阿妮問：「這一段妳讀過吧？」

瑪麗亞搖搖頭，被對方突然迫近的齜牙咧嘴嚇退好幾步。幽靈船。她在心底默念著，想起兒童樂園裡的海盜船，和母親搖盪其上時，母親沉默無聲，目光怔忡不知盯住什麼。石像似的臉龐白皙光潔，一頭黑髮長長揚起，有一片刻，瑪麗亞感覺到時光宛若果凍，母親的髮絲極緩極緩起伏，而她張大的嘴眼只爲目睹這近乎凝塑神祇的一刻。

「我。討。厭。妳。們。」

瑪麗亞似乎聽見急速下降中，母親淡漠地這麼說。

（會不會是她記錯了呢？）

（會不會是風颳亂了句子？）

許多年後，母親終日臥病在床，漸漸成爲一株陰闇的植物，漸漸糅雜了酸與甜的氣味，並且反覆低喃：「妳爸爸眞的是一個好人……」「妳不要，忘了回家的路……」「妳爸爸……」瑪麗亞注意到，母親的胯下正流出一條條鵝黃液體——自從父親離家出走之後，母親開始失禁，不單是失禁，也喪失了存在感，形同黑墨房間裡的壁紙，或者不著痕跡的一束光，光線試探性地掃過床頭的那張照片，瞬逝而去。

瑪麗亞發現自己的腳下同樣有淩擾的暗影。發現自己同樣無法面對巴力雅頸上的唇印——她一個哆嗦，不去回想那次的驚愕，它標示著一次背叛、一場傷害，以及一幕被抽空背景的畫面，畫面裡的女人沒了血色，面容蒼白地盯住鏡頭，像個手足無措的孩子——瑪麗亞揉揉兩鬢，試圖趕跑那些惱人的念頭，分明是一個美好的週末，爲何總想起從前？

手邊的兩大袋衣服隔著紙袋輕輕摩挲著腿脛，使她覺到難以言喻的溫暖。瑪麗亞摸索著，找出其中一只防水手錶：皮革錶帶、機芯銀亮，她試著調整日期：七月卅一日，這麼一想，不由意識到：三年就這麼過去了！時間變成再簡單不過的字眼，一轉，一天就這麼結束了，再一轉，一天又這麼復活了——

瑪麗亞任意轉了幾下，發覺秒針居然不動了!?彷如一條細瘦而乏力的腿，任憑她敲打，不動就是不動。瑪麗亞又朝錶面呵了口氣，時光依然靜止，似乎昭示著她，關於這三年來的林林總總：無有怨憎，無有喜樂，不過生活，規律而機械的工作。

瑪麗亞沮喪極了，繼而生起氣來：那個賣錶的老頭是怎麼保證的？一只二百，給你用到百二！瑪麗亞仰起頭，看見遠方一閃一閃的藍光（是飛機嗎），原本的好心情就這麼輕易被破壞了！她很想返回去找老人理論，但腿好痠，兩大袋衣服像沉重的孩子，以致她現在只想找個地方好好坐下來喘口氣。

她盤算著：旅社太貴，咖啡館太正經，速食店又太冰冷——眼前這一棟大樓還有什麼呢？瑪麗亞張望著，森暗的玻璃帷幕流洩光，光點落在底下那一具模糊了舊了的雕塑上。夜越來越深，不見月牙、也不見星空，只有碩重的寂寥伴隨著幾個青少年的叫囂。

也就是準備走進這棟大樓時，瑪麗亞與一名女孩擦身而過——聞見淡淡淡的柑橘香，混合了無以名狀的腥甜，彷彿回到彼時白色病房裡，阿嬤睡著了，而阿公眼眶泛紅地撫摸阿嬤的手，斷斷續續提及大兒子在美國欸，恐怕是趕不回來囉，在台灣的這幾個工作又太忙了，「過幾天會過來陪妳欸，妳莫憂愁……」說著說著，老淚縱橫，而瑪麗亞站在行軍床旁，不知所措。

這時候，那只手錶滴得滴得，響起巨大而清脆的秒針挪移。
瑪麗亞吃驚著。
時間重新啓動，在女孩走了好遠好遠之後。

6

她的內心其實非常平靜（她對他們說：我很正常）。
在等待了十四個小時又三分零二秒後，她決定出發尋找對方。在出發之前，她照例買了一杯珍珠奶茶——是誰說過的？愛就像吸管裡不斷湧出的粉圓，總帶有一絲絲強迫感——她噗嗤笑著，總覺得這個比喻差得可以：倘若愛需要強迫，那還算是愛嗎？
這座城市，有多少人，這一秒沉浸在愛裡呢？
她穿過馬路，並不清楚該往哪裡走。甚至努力回想，竟無法準確描述：關於伊住在哪裡的事實。這不由令她大吃一驚，直到現在她才發覺：這些日子以來，他們竟從未眞正走進這個城市！那些窩在咖啡館裡耗掉一個又一個的下午，那些講電話打簡訊的嬉笑怒罵……他們始終待在落地窗裡的世界，世界是乾淨的一曲抒情歌、一首激動的搖滾樂，但那與他們無關，他們支著頭，想像對面的商圈，商圈是隱喻的，伊說：「妳是一個離眞實很遠的人。」
什麼意思？
伊不接話了，自顧捺熄手上的那根菸。

她困惑著，果真如此，她怎會感知胎動的心慌呢？

她撫摸起肚子，溫暖的觸感透過掌心緩緩傳送過來——千真萬確，這是伊和她的結晶——未必是「愛的結晶」，但她知道確確實實存活於她的體內：一下沒一下的踢踺，偶爾翻個身令她湧起一陣反胃，或者動也不動沉默，漂浮，漂浮。她清楚它的情緒，她也清楚它的活動，那是他們攜手度過的全部時光，是她認識愛最原始的方式。

伊說：「夏天把小腿露出來是意圖犯罪。」

（我懂了。她點點頭）

伊又說：「穿小碎花公主服的女孩，比較適合去陽明山。」

（我了解。她回答）

伊還說：「如果不想洗頭，起碼要記得刷牙。」

（嗯。她正在擠牙膏）

伊的話變成她全部的生活規範：這才「對」、那就是「不正常」，應該「這樣」、不可以「那樣」——日復一日，年復一年，終有那麼一天，一個冬季早晨醒來，她險些忘了該如何走路與洗臉，趕緊撥電話找伊求救，伊還在睡夢中，鼻音凝重地對她說：那還不簡單，腳併攏、乾毛巾抹一抹，這不就OK啦，連這都要我教？

她照做，摔了個大跟頭，並且刮傷了皮膚。

從那一刻起，她便感知到它的存在。她對母貓說：我懷了一頭小貓啦。母貓側著頭，不解地望向她的小腹，宛若狐疑：「哪來的生命啊？」但她清楚它已成爲身體的一部分，直到伊告訴她：「誠實是對愛最理想的態度，是嘛？」

「所以，」伊說：「我必須和別人在一起。」

她不相信，明明肚裡的生命還活蹦亂跳，怎麼他們的情感就胎死腹中？她捧著肚子，胡亂走在大街上，揣度這一帶的變化怎麼這麼大？火車站前掛滿了Hello Kitty的大型時刻表，越來越多標榜了「不會忘記你的唷」的泡沫紅茶店，以及路面交通標誌寫了好幾個簡體字——她告訴自己，別怕，這一切都是幻覺，肚子裡的騷動才是無可取代的真實，肯定是她今天待在房間太久了，再怎麼說，一整天啊，十四個小時又三分零二秒。

然而越往前，越發感到怯弱，似乎她眞的喪失了「自我存在」的能力，在他們的愛情裡，伊成爲唯一的指標，是她生活的全部、生命的導航——「我愛妳。」伊說。然而這一承諾無法挽救她的世界：潰堤的秩序嘩啦嘩啦狂奔而來，她想起今早困惑地站在鏡子前，錯把洗面乳當牙膏、把潤髮乳當洗手乳……此時此刻，她甚至有種想用珍珠奶茶來洗手的衝動！

她詫異著，如果愛情也有說明書，那她的那本會不會印反了字？

伊究竟住在哪裡呢？他們相處的這一年，究竟認識對方多少？愛呢，愛又意味著什麼？

走著走著，她再也走不動了，覺得好累好累，弓起身、抱膝，坐在騎樓底下流出淚來，低低低低地哭聲在夜底聽來彷若幼獸飢渴。然而她並未注意到，並不遠處的騎樓下，同樣有一名流淚的女人，再過去也是——一個又一個的女人，她們面無表情，肩膀一聳一聳，在黑夜裡哭得無聲無息。

7

她們哭得無聲無息。穿著白襯衫的女人，她們的淚水看來特別冰冷。畫面就這麼停格於她們的哭泣之中，有雲在她們身後輕輕飄過，黑夜卻始終未嘗離去。

瑪麗亞轉醒過來，發現螢幕仍舊是那些削瘦的女人，白色的身影在幽黯底格外明晰，更像鬼。她沒料到服務生會遞來這樣沉悶的片子。夢裡，她和孩子們走了好長一段路，只為了尋找丈夫巴力雅，最終，在那條骯髒的河水中，孩子們大叫：「爸爸，是爸爸啊！」瑪麗亞目睹一隻巨大的孔雀撲張尾翼，仔細瞧，鳥禽的窄臉上竟生出巴力雅的五官！長喙驚恐、一前一後：嘎嘎嘎嘎。嘎嘎嘎嘎。

然後，夢就這麼結束了。瑪麗亞抹去汗，回想夢中之種種，那樣真實的觸感、腥澀的草地味，以及一幢又一幢依築於河畔的房屋……她喝口水，撢了撢領口，老覺得這個電影包廂真熱，怎麼連一絲絲冷氣也捨不得開？

她起身在房間裡摸索，赫然望見牆上鑲嵌的遙控器顯示了二十一度，難道是剛剛的夢境讓她失去生理判斷？她舉起手來試探出風口的溫度：微微的熱風，一轉眼又冰涼不已，就這麼一冷一熱、一熱一冷，也難怪她一會流汗、一會又抱胸。

算了，就快天亮了。瑪麗亞坐回沙發，螢幕裡的女人還在哭泣，空白的天際打算說些什麼，終究也就是空白而已。

她放棄了，就著那一亮晃晃的光線躺下來，試著讓自己再度睡去，卻怎麼也無法揮去那些雜念：幾年來小鎮的生活，以及阿公、阿嬤，還有先生與太太擅自將她從南部帶至中部（他們說是爲了幫她處理機票、申請手續什麼的）——瑪麗亞甚至想起前幾天前，在太太與先生房間意外發現的一具塑膠製「男人」！

「男人」穿著一條黑色底褲，壯碩到不成比例的胸脯堅硬隆起，眉心微皺，唇角發光，帶點滑溜而蓬鬆的肌膚觸感。青春勃發的身體回應似地顫抖一下。在離開房間時，瑪麗亞雙頰赤紅，心口劇跳——那些長夏將盡的熱帶荒蕪，巴力雅的掌心在她腳脛上揉著、捏著，屋外大王椰子樹窸窸窣窣，闊葉欖仁逸散出枯萎後腐敗的餲澀——模模糊糊中，瑪麗亞眼前出現母親朝著海中走去的身影，越來越小，最終完全沒入浪花之中，而她在岸邊嚎啕起來，直到母親自海面冒出，黑色的眼珠像黑夜裡微弱的螢火蟲，一起一伏、一起一伏……

爲什麼，母親爲什麼要這麼做呢？

（那時候，父親已經不住在家裡了嗎？）

（那時候，母親多麼年輕啊）

（那時候……）

（媽媽）

瑪麗亞將手自兩胯間抽出，似乎聽見什麼聲響，從冷氣口傳來的，嬰孩似的低低的哭聲：呦呦呦，呦呦呦呦，深邃而空洞，飽含菸味的包廂彷彿一具漂浮的太空艙。

她感到不寒而慄。

8

二十歲的她與二十三歲的瑪麗亞，她們在這個即將天光的盛夏清晨，聽見了那樣細微的，幼獸一般的哭聲。

也許是小貓初生之犢的召喚，也許是母貓發情時的躁動——聲音闖入她們的世界，在母貓百般舔舐之下，小貓露出童騃的目光，毛絮漸漸乾硬，等待雲層完全散去之後，便能夠跨出這一近乎崩毀的紙箱，開始探索世界，開始愛。

然而世界何其大，又何其小？愛情何其寬，又何其窄？沒有人能夠說得清楚，那些困惑總像沉入最深最黑的海域，在目睹萬花筒琉璃般的妖嬈之霎，隨即湧起瀕臨死亡的恐懼——一如這個晚上，瑪麗亞目睹了老人抽搐的腳板，而二十歲的她則親身撞見了母貓窒息小貓——該怎麼說？死亡怎麼會靠生命靠得這麼近？

她捧著一隻嗷叫的小貓，不明白自己如何找到回家的路？依稀記得走進這棟大樓前，和一名皮膚黝黑、大眼圓胖的女人撞個滿懷。女人又是慌張又是遲疑，將她扶起說：「對ㄅㄨ起、對ㄅㄨ起……」那時候，她還憂心著被撞疼的肚子，聞見對方身上淡淡淡的辣椒味，混雜著一絲絲腥甜、一絲絲汗酸——那個味道讓她意識到，她的身體同樣這般機械運作著：每隔二十八天的規律，並不因爲男人說了什麼而改變，也不因爲男人的情緒而停止。

她其實是個再正常不過的女人啊。

正這麼揣度著，女人突然激動地握緊了她的手，下巴仰得高高的：將明未明的灰淡裡，大樓頂端隱約飄浮著一艘船，船身發亮，透散出無比奧麗的璀璨，船首昂立的那隻貓直直俯望著她們：腹部圓碩，冰綠的眸子展示著只有她們能夠理解的私密——有一瞬間，她們甚至都看見了一名長髮女人怔忡地盯住遠方，面色如斯白皙——過於奇幻的畫面，她從未想過那個口耳相傳的謠言竟在眼前成眞，但不同的是，整艘船體輝煌莊嚴，近乎神啓的光芒令她沐浴於幸福充滿之中，不再恐懼，也不再怯懦自己是否錯看了什麼。

是否自己不正常？

她緊緊地，緊緊地握住瑪麗亞的手，聽見滴得滴得，那只手錶運轉的跳動。同時她也聽見，肚子裡細微的，低低的，呦呦呦呦。呦呦呦呦。

（但伊始終沒有出現）

（但伊始終沒有出現）

（她拍拍肚子說：「乖，別怕唷，媽咪在這裡唷。」）

（別怕）

別怕。

呦呦呦呦。

呦呦呦呦。

孕事

在冬季最後一個早晨，霧氣緩緩滲入浴室，滲入生物老師林心雅的後頸，她的頸子又濕又白，髮梢的泡沫又白又濕，冰冷的觸感往下滑，滑過眉梢、滑進眼瞳，使她袒露的肩頭微微一顫，不由流下淚來。

「怎了？」身後的男人停下動作：「洗髮精跑進眼睛嗎？」

林心雅搖搖頭，雙腿併攏往浴缸邊緣挪了挪，繼續領受時緩時急的抓搔——那是指腹貼近頭皮窸窸窣窣的親愛，更接近於耳根被輕輕呵氣的觸感——說不上來，自己爲何突然流淚？也許是第一次，有一位戀人爲她洗頭——也許不，而是她太久沒遇上溫柔的男人了。

她感到如斯幸福，如斯害怕。白色的濃霧很快湧進她的眼瞳，連帶窗口那株黃金葛也變得模糊。模模糊糊中，林心雅體內升起一陣翻攪，忍不住作嘔。男人見狀自身後摟著她，拍撫她的胸口：

「沒事的，一切都會沒事的。」

一切都會沒事的。

生物老師林心雅猛然一驚，總覺得這句話異常熟悉，彷彿連續劇台詞正全面滲透至她的生活——「一切都會過去的。」「一切肯定很好。」「一切都在掌握之中。」一切一切——如果有事呢？如果沒辦法撐過去呢？如果全部逸出常軌，那麼，男人打算怎麼辦？

林心雅站在講台上，來不及多想。她機械而不帶感情地提及雌蕊、雄蕊、花托、萼片……台下四十幾雙眼睛盯著她，表情困惑，那是相對於一整套科學體系的童騃，是一種溫暖，而非冰冷的分類——嗤嗤嗤嗤，嗤嗤嗤嗤——麥克風冷不防冒出雜音，她朝教室後的督學歉赧一笑，手忙腳亂。

週末教學觀摩日。

林心雅賣力地在黑板上畫出一朵花，並且註記，粉筆沙沙沙沙，宛如植物的根莖在夜中抽長，枝葉蔓伸，纏人，像一場尾大不掉的愛情：蕊心挺碩、瓣尖肥胖，卻永遠不知何以成長至此？林心雅努力回想，男人是否曾經送過花？送的是什麼花？又爲什麼要送花？

嗤嗤嗤嗤。嗤嗤嗤嗤。

林心雅又拍打麥克風，又一陣手忙腳亂。

突然，孩子們叫起來：貓——老師——有一隻貓！

陳秀珠身上有一隻貓！

老師。

貓。

貓啊。

牠會不會咬人？

牠好胖喔。

牠的眼睛有好多眼屎——

老師，陳秀珠在餵貓吃餅乾！

老師。

怕怕，老師。

老師。

林心雅繼續保持微笑，手心沁出汗來。

「各位小朋友坐好，坐好——」林心雅遠遠看見那隻貓，全身灰白，耳朵一搧一搧，兀自抬起腳來抹臉，抹了半晌，停住，目光冰綠地直直望向這邊。

林心雅強作鎮定：「小朋友不要害怕，貓是一種害羞的動物，牠不會主動攻擊人……」

老師，牠在叫。一位小男生怯怯地說。貓咪叫叫。

哄堂大笑中，貓被抱到林心雅面前，不掙扎也不緊張，靜坐於講桌上。這時候林心雅才看清楚牠是一隻短毛貓，毛質雜亂，臀部露出一大塊紅腫，一股腥臊往上衝，想必是皮膚病吧。

林心雅皺了皺眉。「這是妳的貓？」

陳秀珠點點頭：「老師，牠喜歡被人家摸。」

爲什麼要帶貓來學校呢？林心雅發現貓的眼角不斷流出琥珀色體液。

「老師，牠眞的很喜歡被人家摸。」陳秀珠再說一遍。

林心雅遲疑著，終究伸出手來試探性地搔搔貓的下巴。貓覷眼呼嚕，歡快得很，使人順勢往下摸，摸到腹腔，柔軟的、肥碩的，蘊含母性求生與未知的神祕。

倏然，貓齜牙咧嘴，虎虎示威。

牠懷孕了。林心雅說。

「什麼？」

這隻貓懷孕了。林心雅說。

「老師，妳說什麼？」

我說，我，懷，孕，了。

●

我懷孕了。

十歲的陳秀珠經過雜貨店前，又跑又跳引起店老闆側目：「什麼懷孕？現在的小孩子唷——

『懷孕』是什麼意思妳知道嗎？」

陳秀珠頭也不回，鑽入巷底，母貓搭在她的肩頭表情漠然——懷孕的母貓宛如進入另一個無重力世界，牠們覓食、牠們盯住不懷好意的公貓，偶爾納悶肚子怎麼越來越貼近地面——陳秀珠跑了一段路，感到母貓越來越沉，幾度想放下，又擔心失去牠。今早上學途中，母貓險些躍入廢棄的工廠，連帶抓破了她的衣領。但她還是喜歡貓，總覺得貓很溫暖。所以當她聽見老師的叮嚀時，興奮地大叫：「懷孕了！我懷孕了！」惹來班上同學又是嫉妒又是羨慕的眼光，以為她獲得了什麼特殊讚美。

他們無從想像「懷孕」的具體形象，倒是陳秀珠記起小貓的可愛——那是她在公園邊發現的一窩小貓——眼睛奇大無比，呦呦呦呦爭先恐後吸吮著她的指尖，癢得她呵呵笑，心口盈滿無以名狀的悸動。

「原來那就是『懷孕』啊！」

陳秀珠在黃昏市場買了一尾魚，老闆娘問：「給貓仔吃唷？」

陳秀珠也在藥局買了碘酒，藥劑師打量著：「這隻貓沒神沒神耶？」

最後，陳秀珠去了超市買鹽和糖，長頭髮的店員什麼話也沒說。

她回到家，開始淘米，洗菜，洗衣服。連續幾天的陰雨，廚房牆漆蜷曲成魚鱗一般的形狀，電冰箱外殼都冒出一層水漬來了。整座屋子永遠有黏膩的潮濕，地磚與地磚縫隙可以看見暗綠的黴苔。

陳秀珠抹著電冰箱、流理台，一次又一次，像要阻止這個家不被慘綠所覆蓋。她的兩頰紅撲撲，手心腳掌也紅撲撲，那並非勞動帶來的體熱，而是寒冷必然造成的緋紅。每隔一陣子，她就要停下來搓搓手，呵氣，然後站上小板凳，站在平底鍋前煎魚。

倚牆打盹的母貓突然站起身，舔嘴，欺近。「不可以！」陳秀珠揮舞著鍋鏟，油氣在她臉上揉著捏著，全身暖和起來。她摸摸原本冰冷的肚子，想起她和母貓一整天還未進食的事實。

妳在做啥？厝裡哪不開電火？粗聲粗氣的男人不知何時走進屋底：地拖啦？晚飯都煮好啦？這是什麼？怎麼會有貓？幹，還大肚子喔？都快要餓死了，妳還在跟貓玩！

男人以腳尖抵住貓的腹側，戳著戳著。

「爸爸……」陳秀珠端來碗和盤子：「這裡……飯，還有魚……」

魚怎麼沒有尾巴？尾巴咧？都快要餓死了，妳還在那裡跟貓玩！尾巴咧？沒有尾巴怎麼像一尾魚？喵嗚喵嗚，喵嗚喵嗚！幹！還咬我，還咬我！不要，爸爸，不要，爸爸！喵喵喵喵。喵喵喵喵。

客廳茶几上的影子一會長一會短，燈光鵝黃，從遙遠的鏡頭看上去，男人吃魚的背影顯得如斯優雅而寧靜，四周形成流沙一般緩慢浮動的光塵。

●

那個向來故作優雅的女明星在電視螢幕上擠眉弄眼，捧著籃球似的肚子說：這是不良示範，不過要謝謝各位的祝福，今年六月我會和我的未婚夫步上紅地毯，到時候大家都要一起幸福唷。

啪啪啪啪。啪啪啪啪。

林心雅說：「這是從什麼時候開始的？」

「什麼從什麼時候開始的？」男人照例在身後幫她洗頭，照例是這個冬季冷冽的早晨。

「妳剛剛說什麼？」

從什麼時候開始，未婚懷孕成爲一件足以公開的事？

林心雅摸摸自己的腰，三十歲的身體有三十歲的疲憊，不再光滑的膚質與年紀，再過幾年，就連生育能力也將產生危機……她揣度著，繼續往下摸，摸到肚臍以下一針一線的齒狀痕跡——第一次目睹時，男人玩笑說：「是剖腹生產吧？」——哪裡知道那是瀕臨死亡的腹膜炎，腸子充血糾結，醫生當時頻頻搖頭說：「再拖一天就要沒命囉。」

她這麼恐嚇男人，男人那晚褪去衣物時，竟欲望全無。

所以說，如果我懷孕的話，你會怎麼樣？突如其來的念頭，分明是無效問句，林心雅依舊不死心。

「這個問題我們不是已經談過了嗎？」男人皺起眉，朝浴缸底甩下一灘泡沫。

你並沒有那麼愛我對不對？男人的手被撥開，林心雅忿忿往身後潑水。

「妳是怎麼搞的？妳今天怪怪的耶。」男人抹去水漬：「妳應該知道我愛妳，不是嗎？」

我不知道。

林心雅撐住浴缸邊緣，腳掌有意無意在地磚上畫著：畫一張臉、一個人、一隻動物，無論如何，無法抵達愛的核心——男人會否在一次酩酊大醉的當下怒吼：妳這個女人真的很難搞耶！或者說，再相愛的二個人，也有無法契合、無法靠近的時刻，而她只能任憑心中那個空洞發出哀鳴？

她想，她其實不該破壞這個假日的早晨時光。如果她未嘗提起，男人將會在浴室和她進行一場勃發的歡愛，然後他們坐在咖啡店裡吃一份法式早餐（她會要求店家將土司烤得焦黃酥脆），然後，他們會對著IKEA型錄指指點點，走進誠品書店的木質地板踩得高跟鞋喀噠喀噠，接下來，也許看一場熱門電影，逛完一間又一間的百貨公司，然後晚餐，逛街，回家，看電視，洗澡，做愛——

日復一日，他們的感情建立於互相依存，而非理解。

林心雅又摸了摸肚子，幾天以來，體內各處像鎬錘敲鑿：這兒那兒，一會疼一會刺，怎麼都不舒服的感受。黑暗中，天花板斑駁的牆縫如一張鬼臉，以致她翻來覆去無法成眠，最終拗折雙腿至胸口。

像一隻懷孕的蜷縮的貓。

母貓。

林心雅抱著悶脹的腹部，想起昨日課堂上那隻無畏的母貓：溫暖的母體，也就是一具溫暖的容器，著床，懷胎，生產，一切那麼自然，一切也都被賦予了「母親」的形象並加以歌頌。母親像月亮。母恩浩如海。慈母手中線。

母親是一隻平凡而偉大的貓。

林心雅笑起來，想起幾天前返回老家，母親嬌羞而神祕的表情：「我有啦！有囝仔啦！」她母親指指鬆垮的肚皮，笑得像個孩子。

那一刻，風吹動門前那一棵老榕，六十餘歲的母親兩鬢飄飛，也像一株氣鬚滿地的老樹。她望著母親雀躍不已的模樣，終於明白醫生診斷的「老人癡呆」竟是這麼回事？

她蹲下身，將臉輕輕擱在母親的肚子上，像倘佯在一片柔軟的草原，像埋首於光潔的床鋪，聽見模模糊糊的嗓音：「醫生講，可能是查某欸，若是查某，咱就叫伊……叫伊心雅……好否？」

●

「好。」陳秀珠說。

路過的那個婦人伸出手來，想拉她起身，帶她去醫院。

「不好，我不要！」陳秀珠說。

路過的那個婦人有些錯愕，不知這個小女孩爲何反悔？

陳秀珠抱著母貓蹲在牆角發抖。她將耳朵貼於母貓的腹腔上，貓毛蓬鬆，粉紅色乳頭凸起——她又貼得更緊更緊，似乎能夠聽見那些未面世的小貓喵叫，以及怦咚怦咚的心跳——她沒想到貓的心跳居然這樣快！

陳秀珠高興地朝母貓肚子噗噗吹氣，聞見貓毛慣有的臊鬱，拱拱鼻子，打了一個猛烈噴嚏——「粉圓，粉圓欸，」陳秀珠撫摸著貓：「呼！我以爲妳完蛋了哩！」

原本無精打采的母貓這時候豎起耳朵，目光炯然，嗅著陳秀珠笑開來的臉龐，又朝婦人的方向嗅了嗅。喵嗚喵嗚。婦人遞過來一罐鮪魚罐頭，陳秀珠羞赧地說謝謝，呵護地一筷子一筷子挖給母貓吃。

「呷呷欸帶妳去病院好否？」婦人道：「妳的手攏烏青了欸。」

「不好。」陳秀珠抬起頭來：「這一點點傷，很快就好了。」

「哪有一絲絲？妳看，足大片哇！」婦人彎下腰，逕自拉起陳秀珠的手臂：「這是給人家打的是否？誰給妳打，打得這重？」

「走，咱去病院，阿姆給妳報警！」

陳秀珠抽回手，打量著婦人，總覺得她有些囉唆，有些像她前陣子離家出走的母親。她搖搖頭，撫摸母貓，母貓約莫感受到被干擾的氛圍吧，警戒張望起來。「粉圓乖喔，沒事啦！」陳秀珠聞見鮪魚香氣，肚子咕嚕咕嚕，突然好想吃一口魚——那尾她親手煎的魚，魚皮香酥泛油，而現在——她真的生氣了。

「走啦，走啦？」婦人再度欺過身來拉拉陳秀珠的手。

不要！不要！我不要！陳秀珠猛然站起身來，開始跑，拚命地往前跑，母貓在她肩頭睜大了眼，不知是否掛記著陳秀珠手上那個未完的罐頭。她們經過小巷、穿越斑馬線、鑽進一處偌大的公園底——「好痛耶！粉圓，放開妳的爪子啦！」陳秀珠氣喘吁吁地躺在草地上，肩膀想必是被母貓抓破了，隱隱約約聞見指尖的鹹腥，血色在夜裡看不清楚。

母貓翻了個身，掙扎著想要嚼食罐頭裡的鮪魚，陳秀珠沒好氣地將牠推開，就著路燈挖起一口，遲疑片刻，先是試探性地舔了舔，而後吞嚥，濃密的魚腥像剛睡醒的晨間口臭，使她完全忘了寒冷這回事。夜的重量踩住四肢，現在她才感知手臂被父親抽打的疼痛。疼痛提醒她四周冷風咻咻，遙遠的公寓住宅有遙遠的窗戶，陳秀珠將臉埋在母貓毛絨絨的後頸上。

她說，媽媽。

她說，粉圓，妳想不想媽媽？

她說，我好想好想媽媽。

她為什麼要丟下我們呢？

●

自從父親一聲不響離家之後，生物老師林心雅的母親始終蹲坐在客廳，動也不動對著一隻花貓呢喃些什麼。她不清楚這隻花貓是從什麼時候開始住進家裡來的？只覺得牠充滿敵意：那是一種世故而蒼老的眼神，彷彿要將一切看透，彷彿牠正代替著母親嚴守這個家，以致每每踏入大門時，她總有種被監視的錯覺。

「你轉來啦？」母親說：「我跟你說，醫生講我有嬰仔了哇。若是查甫咱就叫伊心志，若是查某，就叫心雅，安仍好否？」

「你哪會看起這麼不歡喜？」

「敢講你是想要一個查甫囝仔麼？」

「敢是——我太沒出脫……我的腹肚眞垃圾……」

說著說著，母親哭了起來。

像注視一場獨幕劇，也像注視另外一個自己：不知所措。不明所以。不清楚該如何去愛。如何表達對情感的想像。太空泛也太意外了！似乎她們只能任憑子宮日益膨脹，對於愛的理解卻依舊消瘺——林心雅摸摸下腹，想起那一次歡愛，即將接近尾聲的關鍵時刻，男人居然反常地掐住她的脖子，糾結的表情一下子鬆張開來。

他像一塊石頭睡著了。

林心雅跌坐床沿，感到體內某個充盈的部分被侵犯了。她在浴室裡顫抖地搓洗兩胯，男人的鼾聲放大了這個房間的寂寥，一股不確定感搖晃著她，她猛然發覺這麼長久以來，她其實都是「一個人」：一個人學習愛究竟怎麼回事？一個人陷入懷孕的可能。一個人面對男人大言夸夸頓時退位成結結巴巴的旁觀者（他一再質問：妳眞的要把它生下來？妳眞的要——）。

一個人到藥局裡買事後避孕藥。白色的藥丸配溫開水。怎麼做都不夠踏實的處置——「處置」——她爲此吃了一驚，彷彿她所面對的恰是一件能夠被明快解決的事物，而非生命，那其中包含了資本主義的、現代醫學冰冷分類的機械複製，而她一步一步走入，在缺乏愛的情感底蘊裡學會世故，並且假裝一切都很美好。

她覺得恐怖。

林心雅在漆闇底看見一隻母貓、二隻母貓、三隻母貓，一隻隻肚子沉甸——她的四周不知何時全是懷孕的貓！牠們一致尖叫，一致開始產出小貓，然後將暗紅色的胎盤吃掉，吃得津津有味、鮮血淋漓，讓人錯覺牠們其實正奮力嚼食著小貓——

林心雅甚至看見母親的嘴角也紅豔豔，不聲不響一個人站在屋前老榕下，輕輕撫摸樹幹，枯瘦的手臂如枯瘦的枝葉，有一片刻，母親變成了樹的一部分——嘩嘩嘩嘩，嘩嘩嘩嘩——肚子像樹上冒出的巨瘤，堅硬而灰淡而衰頹，但母親不死心，摸著肚子嚷：「看啊，我有嬰仔了哇，看啊！」

母親掀開衣服，流洩出滿屋明亮的、暗滅的，一段頭髮、一對耳環、一只假牙、一件胸衣、一瓶指甲油……它們全載浮載沉於半空中，穿過甬道、撞上那一幀被撕掉半邊的全家福，照片裡母親笑得如斯燦爛，而林心雅的前排乳牙全掉光了，黑洞洞的笑容有黑洞洞的天眞。

林心雅驚醒過來，再次感到體內湧起一陣一陣，無以名狀的敲鑿。想吐。

●

林心雅捧著胸口站在洗臉盆前，聲聲作嘔在夜底聽來格外巨碩。

「一切都會沒事的。」男人悄悄欺近了她。

她抓起一瓶洗髮乳往門口扔去。

「喂！妳這是幹麼？」男人閃到一旁：「我又不是故意的！況且，這幾天不是妳的安全期嗎？」

她又扔了一塊肥皀。

男人負氣地穿上衣褲，臨走前重重踹了房門一腳——他們約定好絕不未婚懷孕，但他卻始終懶得進行避孕措施——林心雅虛脫地坐在地磚上，背抵靠浴缸，聽見門外靜默的空洞。她想起那麼一次，男人打量著她的臉，突然說：「我給妳買一瓶眼霜好不好？」

「都鬆弛了啊。」他說：「臀部也是……」

那時候，她早該清楚這場愛情意味著什麼？

那時候，她該做出決定的。

這麼強調肉體的一位戀人。這麼重視視覺感官，以自身看待美的方式指稱了她身上的不足。她感到憤怒。儘管和他相處的時刻，仍然覺得快樂，仍然會想起從前第一次親愛：在海邊洗腳區清洗時，玩笑地潑濕了對方，甚至洗起彼此的頭來，原本的嬉鬧逐漸沉澱爲羞怯，手指動作越來越輕、越來越悠緩，惹來幾名遊客側目，竊竊私語，啊，啊啊啊啊。

青春正盛啊。時光揮霍，他們的路還迢遠。

林心雅捺了捺肚子。從未想過是在這樣毫無預期的情況下，想像孩子：她／他會像誰呢？漂亮嗎？健康否？需不需要聽莫札特？該取什麼名字？該讀哪所小學？將來呢？她仰起頭，月牙沒頂，也就是一個寒流來襲的冬夜，她坐在浴室裡思索未知的孩子，笑起來，怎麼說都像場困獸之鬥——憂愁的母獸，原本該有懷胎的喜悅，終究陷入無可自拔的哀傷底。

該如何面對那些曖昧的目光？她揣度著。該如何像個優雅的女明星擠眉弄眼，對著鏡頭說——

●

「我不愛她。」陳秀珠說。

「為什麼？可是她是妳媽咪唷，」戴眼鏡的女老師推了推鏡框：「妳知道愛的意思嗎？」

「反正我就是不愛她。」陳秀珠撫摸著懷中的母貓。

那是一間乾淨整潔的辦公室，空氣也很整潔乾淨。十歲的陳秀珠怯怯瞄了那塊牌子一眼：輔導室——輔導你的好心情。輔導室——讓你成為快樂的朋友，讓悲傷遠離你心頭。輔導室——十歲的陳秀珠坐在沙發上，過於鬆軟的座墊使她陷入鬆軟的夢境當中，一度打起盹來。

「為什麼不愛媽咪呢？」女老師頗感困擾：「是因為她不愛妳嗎？」

陳秀珠望著手裡的太妃糖，舔舔唇，並不清楚「愛」究竟代表何種意義？只知道母貓喜歡舔小貓，小貓會千方百計地依偎在母貓腹中，那時候，牠們的眼睛通常瞇成一條線，掌心前推，很舒服、很高興的樣子，一點也不像她母親——陳秀珠撇過頭去，一面搔著母貓下顎，一邊低聲說：

「她對我很不好。」

「怎麼不好呢？」女老師不放棄：「妳說妳媽咪離家出走，那爸爸呢？」

女老師繼續說：「妳昨天沒回家，爸爸緊張了一個晚上啊。」

「蹺家是很嚴重的事，妳知道嗎？」女老師站起身來：「以後去哪裡都要記得跟大人說一聲，知道嗎？」

陳秀珠低著頭。昨晚公園裡蚊子好多，她被帶進輔導室前，保健室的護士阿姨嚷：夭壽唷，哪會叮成這款樣？這個傷咧，會痛沒？乖哦，忍耐一下哦，阿姨幫妳擦碘酒——唉啊，哪會變成這款？這是被打的是否？哪會黑得——跌倒哪會變成安仍？

護士阿姨噘起嘴來朝傷口吹了吹。

陳秀珠覺得全身又刺又癢，她告訴自己，應該更堅強些，她已經哭了一個晚上了。印象中，帶點想像的臆測，母親總是面無表情爲她梳妥兩條辮子，繫一條粉紅緞帶在腦後。母親同樣梳著兩條辮子，長長的髮尾懸在腰際，臉蛋年輕，姿態卻有些顯老，懷裡的粉圓睜睜注視著陳秀珠，眼瞳冰綠。

「妳這樣跑來跑去會吵到粉圓妳知不知道？」

母親愛貓更甚於她：爲貓張羅小窩、挑嘴貓專用乾糧、懷石貓罐頭——就是不爲陳秀珠挑選一件漂亮的公主裙，或者合身的上衣——母親說：「貓咪沒有其他人愛牠，但妳不一樣，妳有爸爸媽媽愛妳啊。」

「是啊，妳看，媽咪怎麼可能比較愛貓而不愛妳呢？」女老師停下來盯著陳秀珠：「老師有沒有告訴過妳，小朋友不可以說謊？」

「媽咪絕對是愛妳的啊，妳仔細想一想。」

「妳說，妳有沒有說謊？」

●

林心雅的母親沒有說謊，那隻眼神世故的花貓漸漸隆起了肚子。

肥碩的肚子怎麼看都像結實的餡料，團團的形狀透露出其中可被預知的生靈。懷孕的母貓凸出粉紅色的乳頭。懷孕的母貓不再發情。懷孕的母貓行動變得越來越笨拙。林心雅撫摸著貓腹，溫熱的，軟嫩的，彷彿皮膚被擴撐到極致的限度，毛色游移成更形分裂的黑、黃、褐。

林心雅摸到浮凸的血管。

她下意識摸了摸肚子：一層兩層三層，層層疊疊的皮肉拗摺著層層紋路，肚臍凹陷，黑密的體毛向下延伸如黑密的夜海。林心雅搓揉著那些皮肉，又搔搔鼠蹊，對於此刻的裸裎懷有極大敬意。那不同於平日或情欲或百無聊賴的身體展示，而是不知哪一天，她將叉開雙腿，忍受冰涼的乳膠手套入侵，並且聽見醫生對著她的私處嚷：

還沒、還沒，才開二指啊，還不夠還不夠出來！

林心雅清楚這一切。她甚至想起課堂上曾經播放的影片：漆黑的畫面隱隱約約看出是一具未成形的嬰孩，倏地插進銀白鉗鋏，往前刺，往前刺，嬰孩順勢往內縮，往前刺，縮，縮，往前刺，最終無處可逃——台下的學生們全嚇哭了，未嘗料到墮胎是件鮮血淋漓的事！

之於他們年輕的想像，生命是隨時能夠變身（像蜘蛛人、蝙蝠俠），或重新復活（像魔獸爭霸、追殺比爾）之物。

林心雅不免想起她和男人的對話：如果眞的有小孩呢？

「怎麼可能嘛？我們不是推算過了？」男人的表情有些不自在。

如果眞的有呢？

「妳不要一直鑽牛角尖好不好？以前安全期我們都算過的嘛。」

可是，如果眞的有呢？

「如果眞的有，也早就有了，不是嗎？」

林心雅看了男人好一半晌，肩膀劇烈地抽動起來，想要阻止眼淚往下掉，竟滿臉濕氣。

男人小心翼翼地靠過來，捧起那埋在手心的臉龐說：

「對不起、對不起……」

「我會娶妳的。」

「妳放心好了。」

妳放心好了。

林心雅聽見母親極其開心地嚷：生囉！生囉！嬰仔要生囉。純粹的滿足。不再是過去的精明世故，也不再在意嘴角生出皺紋，那一刻，母親的額頭看來飽滿而光滑，宛如返老還童。

林心雅再度撫摸花貓的肚子，她多麼想目睹一次生產的完整樣貌——那屬於愛的驚心動魄。

「我會娶妳的，妳放心。」男人又重複一遍，語調那樣置身事外。

林心雅咬咬唇，知道這一切都是徒然。

一切終將結束。

結束心理輔導之後，陳秀珠並沒有馬上回家。

雲層蓬鬆，落日傾陷，她照例抱著母貓走進小巷，穿過昨日逗留的那座公園，走向海風咻咻的堤防。

冬季將盡時刻，海潮不再森冷，遠處天與海的交界出現微微紅光，幾隻海鳥啾叫，引起母貓豎耳聳毛的注意。

陳秀珠發現母貓似乎越來越瘦了，臀部脫毛的粉紅色皮肉像蔓伸的植被，使得母貓的腹部格外紅腫，形態分明地暴露在人們的目光中，像赤身裸體的母親圓肚。

會不會是生病啦？陳秀珠問過保健室的護士阿姨，阿姨以她養貓多年的經驗摸了摸說：好像是蛔蟲之類的東西啊？因為我們家以前喵喵的肚子同樣大得嚇人欸，可是啊，就像非洲的小孩，後來拉出一條一條的蟲子耶，根本不是懷孕唷。嘖嘖嘖嘖。

「不過，」阿姨繼續說：「這隻貓看起來好像不太快樂啊，就算小貓生下來，也是不快樂的小貓嘛。」

陳秀珠想到這裡，緊緊摟住母貓，母貓掙扎地打了個挺，又將她的袖子抓出幾道線頭。她拍拍牠的臀，捏捏牠的後腳，感覺到母貓暖熱的溫度，寒風中緊實地貼靠，那一刻，陳秀珠以為，牠將是她這個世上唯一的朋友了。

「粉圓啊。」

「粉圓？」

「粉圓，如果媽媽回來的話，妳還愛她嗎？」

陳秀珠想起母親輕哼的歌曲：「愛它不是占有，它不是迷惑，是生命快樂的享受……」陳秀珠在一旁靜靜聆聽，不明白年輕的母親爲何喜歡這首歌？她不敢問，也不知從何問起，一如她心中始終納悶著：媽媽爲什麼不願意對我笑呢？爲什麼媽媽總是心事重重？

只有母親願意提起時，她才稍稍知曉那首歌來自六〇年代的「吳秀珠」——小野貓吳秀珠。代表作「飛躍在我心」、「一輪明月照花香」、「愛不是占有」。群星會。亮片。蓬蓬裙。歌廳秀。乾冰——全部是十歲的陳秀珠無法理解的字眼，是一整個年代對於華麗、對於舞台、愛以及青春的想像。

她看著母貓，彷彿看見母親終日低喃的神情，彷彿每晚尖銳的爭吵總有貓叫（爸爸媽媽究竟吵些什麼呢）。陳秀珠隱隱約約聽見「孩子」，聽見「拿掉」，接下來又是喵喵喵喵，喵喵喵喵。這樣持續好一陣子，也就是在母親離家之後，粉圓的肚子開始膨脹，行動變得越形遲緩，眼神漸漸充滿了警戒。

陳秀珠將母貓高高舉起說：「粉圓，粉圓啊，妳什麼時候要生小貓呢？妳會好好愛妳的小貓嗎？」

具有翠綠色眼睛的母貓表情漠然，直直望向遠方，似乎在那裡將發生什麼？

雨落下來了。

一連幾日的豪雨打在窗櫺上，叮咚叮咚，叮咚叮咚。

雨天是灰色的。愛情是灰色的。身體是灰色的。

林心雅坐在浴缸邊緣，雙腿併攏，將尿液滴進試紙中，觀察顏色變化。紅與藍與黃，她變成一位擅於調色的藝術家，具備了複數視角。她置身於萬花筒碎琉璃的繽紛世界，覺得異常暈眩，異常迷離。

再一次作嘔，像要將體內臟器一併吐乾淨那樣。

她想念她原本無憂無畏的身體。

陳秀珠抱著母貓。

這城市的雨季像永遠不會完的淚水。水珠流過她們身後的一幀海報：增產報國。警訊：台灣提前邁入老人化。人口零成長。

原本安靜的母貓突然大叫、掙扎著，陳秀珠抓也抓不住牠，遂在陰闇的樓梯間追逐著牠的身影。

粉圓！粉圓！

同一棟大樓裡，陳秀珠的父親仍在吃魚，他吃魚的樣子寧靜而優雅。

●

雨停之後，生物老師林心雅在教室裡繼續講解：雌蕊、雄蕊、花托……這一次，她要談的是花朵如何受孕的問題，台下四十幾雙眼睛依舊困惑，她不由朝陳秀珠一瞥。

妳的貓呢？

陳秀珠搖搖頭。

牠生了嗎？

陳秀珠還是搖搖頭。

「牠躲起來了。」

躲去哪？

陳秀珠流下淚來，一雙髒污的小手摀著臉。林心雅看見那右臂上纏著的繃帶，頸部有抓傷痕跡。

林心雅交代班長，監督同學們自修。

她俯下身，要陳秀珠不哭，不哭哦。然後牽起她的手，朝保健室走去。在行經學校辦公大樓的穿堂時，霧氣迎面緩緩滲入她們的後頸，她們被包覆在白色而濕濡的靜謐底，有一片刻無聲無息，似乎整個學校只剩下她們兩人的心跳。

這時候，林心雅發覺手心被陳秀珠緊緊握著，溫暖而粗糙的小手在霧中顯得格外光潔，這一觸感使她想起男人、想起母親、想起那隻世故的花貓，以及幾日來令她憂煩不已的腹部……陳秀珠又握得更緊更緊，黑亮的眼珠望著她。

她就這麼和陳秀珠相對著，感到如斯幸福，如斯害怕。頂頭的黑板樹沙沙搖晃，林心雅與陳秀珠不約而同抬起頭來，目睹這個冬季最後一個早晨的日光乍現，篩落的光點如墜落的珍珠彈跳。

「啊，有風。」

啊，天使

這時候，瑪麗亞睜開眼，眼前漆黑，以致她恍惚地以爲：他們正處於黑夜底。夜裡的男人鼾聲價響，房間因而有了自己的呼吸，呼吸裡混雜著菸與古龍水酸甜——溫度想必調得太低了，她的臂膀與大腿皆起了雞皮疙瘩——瑪麗亞於乾燥的冷空氣裡摸索著。

啊。

「妳做啥開電火？」男人下意識將臉埋進枕頭底：「妳——呼——有夠冷，哪會這麼冷？」

男人縮著身子：「喂！叫妳關起來妳沒聽到是否？」

二點囉，瑪麗亞推推男人，二點啊。

「二點？」男人同樣吃了一驚，翻過身來揉揉眼：「眞正二點啦？」

瑪麗亞沒有答話，抓起一旁亂扔的內衣褲，豐腴的腰肢披覆著長髮，隱約透散出團團肌理，像一張表情團團的人臉，似乎有話要說——欺近於房間角落的嬰兒車前，坐墊空蕩蕩，露出一小撮凌亂的塑膠線頭——「擱看？緊咧，要加錢哇！」男人急起來，動作粗魯地將裙子丟到瑪麗亞身上。

「加錢啊，妳知否——那個櫃檯哪有打電話來？」男人一面叨念，一面繫上皮帶，金屬釦環在黑暗裡閃閃發光，可以聽見冷冽碰撞著冷冽的堅硬。

等一下肯定又要和櫃檯小姐吵了。瑪麗亞皺了皺眉，拎起裙子捺下馬桶沖水鈕，氣惱男人自顧走出房門，留下她和那具嬰兒車在後頭追趕——慢一點好不好，慢一點——身影凌擾，光度一明一暗，瑪麗亞打從心底害怕這狹長的甬道，黑色的甬道總有黑色的陰影，陰影老攫住她的腳，腳下突然輕輕地、輕輕地搖晃起來。

起先，瑪麗亞以爲那是過於恐懼的暈眩，但隨即意識到：地震！地震啊！瑪麗亞不記得自己昏迷前喊了什麼，依稀看見最後一個畫面：一隻巨大的孔雀聳立於甬道盡頭，倏地張開屏風似的尾翼，翼梢顫動，目光怔怔盯住她……

四周浮動霎時靜止下來，曝亮，藍與綠一寸一寸迫近。停住。停住。瑪麗亞詫異，自孔雀眼中汩汩湧出的淚水如斯冰綠，如斯澄藍。

●

澄藍的天際迅速流入細長的空洞底，直到蒼白的光線映入眼簾，瑪麗亞這才聽見背後傳來模模糊糊的聲響：秀雲、秀雲，緊轉來喔，緊轉來欸——來來往往的人影在面前移動，他們下巴凝重、表情淡漠，唯獨鮮藍色的液體不斷自管線墜落，如泣，如光之淚。

瑪麗亞面對腕上的粗大針頭，不免眼角泛淚。

「醒啦醒啦！」隔幾個病床的老人大嚷：「秀雲，秀雲，我誰妳擱會記得嘿？欸欸欸，恁幾個還不緊叫『阿母，阮來看妳囉』？」

白。dd白。米灰白。白色層層包圍，醫院因而充滿了一種恍恍惚惚的表演感：人們又哭又笑、又笑又叫，戲劇性的氛圍令瑪麗亞亟欲起身一探究竟。但四肢實在太沉重了，天花板是唯一的視線——突然間，一個劇烈的噴嚏，瑪麗亞驚覺肩上泛起陣陣疼痛，不知是皮肉瘀青抑或扭傷？

「醫生醫生，能不能請您談談病患目前的情況？」

「小姐小姐，您流了好多血啊，會不會痛？」

「先生先生，有什麼話想對您的家人說？現在最想吃什麼？」

攝影機掃過瑪麗亞面前，黑洞洞的鏡頭光暈勾起幽微的心緒，連帶使她想起最後一幕突如其來的震動，有什麼拚命朝身上墜落，然後是奇異的流淚的孔雀，碧綠，澄藍……

嬰兒車呢？男人呢？

「小姐小姐，能不能請您談談當時的情況——哈囉哈囉？」

「醫生醫生，這邊有人暈過去了！快點！我們電視台要做連線！」

「——是，導播，搶救菲傭，我們馬上SNG——五四三二——」

蒼白再度擴大成永無止盡的夢境。在夢中，瑪麗亞仰躺於嬰兒車，車子喀隆喀隆規律前進，沿途所見皆是灰撲撲的房子，駁雜而長的芒草於半空中輕輕搖晃，不時刮搔瑪麗亞的臉龐，瑪麗亞感到前所未有的寧靜：原來，幸福正是嬰兒車的滋味？

也就是這時候，一張烏鴉鴉的臉不懷好意打量：「嘿嘿，過了今年，妳不就二十三歲了嘛？怎麼還坐在這裡哇？」

瑪麗亞愣住，發現自己的手腳迅速抽長，但看似脆弱的嬰兒車竟牢不可破，她的身體遂拗折成不可思議的V字形，再拗折、再拗折，無以名狀的恐怖令瑪麗亞忍不住大喊——

「是的，主播各位觀眾，記者現在所在的位置是——嘶嘶嘶嘶——今天下午二點多，一棟位於火車站附近的旅社突然倒塌，根據——沙沙沙沙——他們剛成立沒多久，專門做外勞生意，由於適逢假日，意外發生當時不少外勞正在——嘰嘰嘰嘰，呱呱呱呱——」

●

站在醫院門口的瑪麗亞仰頭看了半晌，長條狀的雲層緩緩蜷曲成漩渦，一圈一圈梵谷式的線條，要將所有的日光吸納進去似的，力氣也一併逸散，以致瑪麗亞腳步浮虛沿著醫院外牆往前走，在她走了好遠之後，依舊可以聞見那一糅雜了辛涼與鹹澀的消毒味。

天色仍亮，窒悶像一隻有重量的獸，踩上人們肩頭，唾沫流了一臉一嘴，濕答答、黏膩膩。瑪麗亞撢撢衣領，不去看錶，於她而言，時間已經失去意義，她低著頭，一顆心懸懸地反覆思索：怎麼辦？怎麼辦？嬰兒車不見了哇。

瑪麗亞想起剛剛在醫院裡，求助一名護士，對方聽也沒聽即指了指詢問處。當然無功而返——瑪麗亞一面走，一面深懷恐懼，回到家該如何向辮子太太交代？儘管太太病了，姿態卻那樣堅決，往往惹得先生嘿嘿陪笑——辮子太太肯定無法原諒她的粗心大意，別說嬰兒車了，就是週日稍晚返家，太太兩道眉毛便嚴重傾斜，彷彿世界也傾斜成無法挽回的狀態，害得瑪麗亞站都站

出）

不穩……（她也曾經試著爭取週六放假，但很快被駁回了，太太寧願付加班費也不答應讓她外出）

「再怎麼說，」辮子太太義正辭嚴：「外面壞人實在太多了。」

是啊，瑪麗亞記起上回經過黃昏市場，一名小販哇啦哇啦說了好長一串話，見她沒反應，上前便伸手來拉，嚇得她連忙倒退好幾步，手臂上的濕濡令她掛心好久。另外是旅社老闆，總有意無意朝她胸口瞧，覷瞇的小眼睛掛在鏡片背後骨碌碌，蝌蚪似的小亮點，讓人懷疑是否將孵出一對小青蛙。

「笑什麼笑？」辮子太太沒好氣（今天她腰痛）。

瑪麗亞只是回味著，她和男人每次走進旅社時，內心隱忍不住的興奮與罪惡——蛇的誘惑，蘋果的誘惑——瑪麗亞每每思索至此，趕緊在胸口畫下一道十字，喃喃自語：阿門。阿門。

辮子太太鼻孔朝天：「妳什麼時候愛上四川人啊？」（這一次，她的腰痛換成了肩膀痛）

瑪麗亞什麼也沒說，輕輕聞著肩窩，一股淡淡的麻涼鑽進鼻息——幾天前，她買了一瓶辣椒沐浴乳，據說甚具減肥效果——她深吸口氣，覺得生命格外美好：總有一天，她告訴自己，一定能夠瘦得下來，並且美麗，屆時男人會更愛她。

「瘦下來的愛……」太太捶著膝蓋說：「這樣瘦不拉嘰的愛……我眞搞不懂，你們現在的年輕人究竟在想什麼？」

「還是說，愛要瘦瘦的才完美？」

下一刻，毫無預警地，太太歇斯底里起來：「妳說！妳說！我哪一點比不上她？那個女人

——瘦不拉嘰的女人！我哪一點比不上她！」

匡啷開出一朵玻璃花，花瓣飛到瑪麗亞腳背，涼涼的，像蛇。

「妳說話啊？妳說！」

瑪麗亞驚懼一縮，打量眼前這個頭髮蓬亂的女人——不太理解太太患了什麼病，只知道每日燉雞湯不能放鹽、蘋果不能切片、端上桌的魚必須去頭掐尾——常常太太高舉著筷子不知從何下手，嘆一口氣，再也不動了，或者僅僅扒著飯，原本瘦小的身子更形瘦小，似乎稍一接近，就會被那有稜有角的身骨所刺傷。

「我究竟哪一點不如她？」

時好時壞，太太的體內住了兩個截然不同的靈魂，瑪麗亞無法分辨究竟哪個才是真正的意志？偶爾坐在床沿，凝視太太睡去的臉龐，額頭光潔、呼吸勻稱，她不由想起老家的母親，同樣也是額頭光潔，髮髻上的薄荷搖蕩如萍……那一次離去時，母親緊緊抓住她的臂膀，努力想說些什麼，黑洞洞的嘴巴一張一闔，瑪麗亞側耳傾聽——

●

她聽見遠方傳來咿嗚咿嗚的警笛聲。焦躁不安的情緒沉甸甸壓在胸口。喇叭聲大作。交通號誌壞了。有人在街心爭吵。身旁的汽車親愛擁吻。天空不時有閃爍的藍光。

怎麼回事？

瑪麗亞來到她最熟悉的火車站前，那一陷落的圓形廣場擠滿了振臂吶喊的人們，他們個個神情興奮，旗海飛揚——改建之前，這裡原是擁擠的違章攤位，假日時分，她總會往這一帶多瞧一眼，看看是否有來自家鄉的人們聚在那兒聊天，或者想像進入火車站後，體驗窗外景色流逝之奔馳。

說不上來，內心蠢蠢欲動的企盼——許是厭倦了日復一日的生活，許是想與男人劃清界線，不再是每週一次偷偷摸摸的激情——瑪麗亞兩頰頓時湧上緋紅，帶點羞愧的情緒：如果讓巴力雅知道，會不會搗爛那一畝羅望子田？會不會從此與她一刀兩斷？不，絕對不會的，再怎麼說，他的肩窩不也曾留下一枚咬痕？說不定他早就不在意了呢。說不定此刻他正和女人躺在鋪了香茅的軟墊上（那張軟墊瑪麗亞記得，始終透散著淡淡的辛辣氣息），大王椰子樹在屋外沙沙沙沙，夜底可以聽見花穗彈跳的私語，巴力雅自身後緊緊抱住她……

突然間，一名戴眼鏡的女人衝過來，不由分說塞了一支旗幟給瑪麗亞：「罷免！罷免！」麥克風刺耳，所有在場的人們大嚷起來：「下台！下台！」瑪麗亞的手臂高高被抓起，手中的小旗子晃動如癲——不知何時置身於冗長的隊伍中——人們表情憤怒、多半綁了頭巾，牙齒又濕又亮叫嚷些什麼。瑪麗亞被推著跟隨著這些腳步往前行，四周聲音嗡嗡地包覆著她，彷彿柔軟而具彈性的膜，靜謐，深沉——她的大腿屈拗至胸前，雙手抱住膝蓋，蜷縮如貓，如羊水中的幼胎——她聽見嗡嗡嗡嗡的浮盪，世界是一具深闊之海……

「妳，好香好香。」耳邊熱騰，瑪麗亞睜開眼：床鋪雪白，空氣中糅雜了菸與古龍水，她的大腿與臂膀內側照例生出了雞皮疙瘩。

再熟悉不過的場景。然而這一刻，瑪麗亞心中竟湧起無以名狀的恐懼。

「說妳愛我——愛我！」

起毛球的地毯上有燙焦的菸疤，窗簾輕擺，點點光度如防波堤上閃耀的浪頭，藍、銀、金黃，看得瑪麗亞頭暈，以為她正與巴力雅躺在曝白的沙灘上，闊葉欖仁的葉尖挑逗陽光，間接拂過他們的眼瞼，引發層層迫近的睡意。

模模糊糊中，巴力雅說：「天使，飛過去了。」

天使？什麼天使？

「就是天使啊。」

瑪麗亞沒力氣理會，只想好好睡個覺，只想好好感受海濱輕風，但巴力雅不放棄，喃喃低語：孩子飛過去了。

孩子。迅速奔跑的孩子。始終滿頭大汗的孩子。額前黏著髮絲的孩子。大眼睛孩子。牙齦粉紅的孩子。吵吵鬧鬧的孩子。瑪麗亞在夢中望著那些小手小腳，它們拚命往她身上爬，攫住她的五官、四肢，而她奮力掙扎，眼前的海岸線越形墨黑——

瑪麗亞驚醒過來，看見男人頹倒一旁，鼾聲如雷。她摸摸微凸的下腹，脹悶自鼠蹊騰升至胸口，以致她湧上想吐的反胃感，起身進廁所時，不慎撞倒了角落那具嬰兒車。

瑪麗亞趴俯於臉盆旁，一面作嘔，一面聽見窸窸窣窣、窸窸窣窣，彷彿孩子氣的嬉鬧自門縫輕輕傳響，壓抑的笑聲於黑暗中格外迢遠，如一則永遠不會離去的影子，如森利的牙。

瑪麗亞想起換牙的那一年，依祖父叮囑將乳牙置於水杯底，隔天醒來，杯中竟躺著一枚銅幣，幼小的她因而困惑不已：牙齒爲何變成了錢？

「因爲妳是最可愛的小天使啊！」祖父笑呵呵。

小天使。孩子。早幾年，瑪麗亞曾經想像過從己所出的，孩子的模樣：眼睛像她，鼻子高挺如巴力雅——捲髮也許好些，或者直髮？捲髮好了，瑪麗亞高興揣想，男孩子捲髮帥氣些——一轉念，爲何非男孩不可呢？女孩不也很好嗎？

瑪麗亞意識到，自己已有二年餘沒返鄉了。偶爾假日打越洋電話回家，接通全村唯一的一支電話，輾轉經由擴音器尋找，找到母親卻說不上幾句，接著換成了孩子，他們嬉鬧成一團，聽也聽不清楚誰說話。問他們是否收到包裹、是否吃飽穿暖，他們又笑得像鳥叫，聲音令瑪麗亞氣惱、也令她感到親切。

然後是巴力雅問：好嗎？頓了頓，又問：工作順不順利？

瑪麗亞緊握話筒，久久無法言語——如果感受能夠概括成幾句簡單的問候，那麼異鄉所經歷的種種也不算什麼吧。問題是——瑪麗亞嘆口氣，電話裡揚起長長的靜默，巴力雅在那頭安慰她：要忍耐啊，忍耐，這樣才是我心目中的小公主……

瑪麗亞差點衝出口：那你怎麼不來忍耐看看？

「我有孩子要照顧啊！」巴力雅想必會這麼反駁吧：「孩子還小啊！」

孩子孩子，孩子成為他的武器，而她莫可奈何地坐困於這座島：餵太太吃藥、拖地、煮宵夜，如果不是對於未來還有想像，她早就逃了吧。第一年，賺來的錢幾乎交給了仲介業者；第二年，雖然漸漸有了收入，內心卻越發空洞起來，原以為自己將在柴米油鹽中度過這幾年，未料竟遇見男人……

那是滂沱大雨的一天。瑪麗亞忘了帶傘，狼狽不堪被朋友帶抵現場時，教會裡的唱詩班已經開始獻唱了。四周是看來清爽而自信的人們，光澈的形象對照她身上揮之不去的黏膩，使她坐著坐著，突然流下淚來。也就是這時候，男人闖了進來——也許不，瑪麗亞不那麼確定，總之，男人乾淨的襯衫有乾淨的氣息，張開手臂歡迎她，她在他身上聞見夏季之香茅、南國之焚風，都是容易引起燥熱的觸媒——有幾次，她將腳掌搭在男人的肩頭，目睹腳背透散著淡粉紅的光，彷彿品析一件新發現：腳趾頭非常漂亮，不若其他部位之黝黑，尤其趾尖白皙，別具一絲絲異國風情。

偶爾，瑪麗亞自窗口望出去，看見天邊雲朵幻化成各種形狀，乾癟的樹梢在半空中抖著抖著，她的心口亦抖著抖著，一度望見巴力雅絕望的眼神——她自責，卻無法停止心中的意志：照例每週日與男人走進旅社，照例在關鍵時刻低語——天使飛過去了。天使——天花板好亮，瑪麗亞翻過身，緊緊擁抱成堆的棉被，泅泳似地划動手腳，筆直的腳脛踢著，裸露的腰側有柔軟的脾肉、臀部圓潤，就這麼踢著、扭著，很具誘惑的意味。

瑪麗亞知道，那正是她目前可能滅頂抑或生還的兩難處境。她深切明白，天使之於男人不過是一樁笑話；但對她來說，天使始終深埋於心，只是天使未嘗來過，一如角落底空無一物的嬰兒車，總會引人一窺究竟。

●

瑪麗亞被那一具嬰兒車刮傷過幾次——大部分是膝蓋之處——凌亂的塑膠線頭過於麻利，常常一不留神便劃下細長的傷，也因此，發現這一原本變相作爲購物買菜的托運工具丟失時，瑪麗亞其實又是高興（終於可以不再被刺傷），又是苦惱（太太追問起來該怎麼辦呢）。

不過瑪麗亞萬萬沒想到，當她俯下身來端詳嬰兒車時，四周湧起的相機閃光惹得孩子哇哇大哭——「各位！各位！讓我們看看這一幕！就連菲律賓人也覺得憤怒！」麥克風回音尖厲，衆人群擠附和：「下台！下台！」

孩子哭得更加響亮了。

瑪麗亞茫然無措地站起身，不知如何應對那些麥克風，網狀的發聲器稍一碰觸便刺耳不已，令她囁嚅：「我……嬰兒……我要找……」身旁那個戴眼鏡的女人嚷：「沒錯！嬰兒是無辜的！我們不能再讓我們下一代遭受這樣的茶毒！國庫通私庫！」

「下台！下台！」

「無辜！無辜！」

聲音一波一波推搡著瑪麗亞，使她一個踉蹌，幾乎跌倒。

也就是在失去平衡的瞬霎，瑪麗亞越過烏鴉鴉的人群，望見並不遠處那一幢再熟悉不過的赭紅色旅館——霓虹招牌垂掛於裸露的鋼筋之上，一明一滅；警戒布條鮮黃彈跳，啪啪啪啪，啪啪啪啪，瑪麗亞這麼吃驚著，感到膝蓋著地的痛楚。

「打人啊！」

「警察打人！」

「大家不要衝動！後退！」

「後退！」

謠言擴散成碩大憤怒，一時間，旗幟與水柱齊飛！瑪麗亞嚇得不知所措，忘記自己剛剛蹲下來也不過是掛心於稍早丟失的嬰兒車——她想：怎麼辦？怎麼辦？太太有稜有角的面孔浮現於眼前：「妳啊，妳！幹什麼啊妳！」瑪麗亞下意識護著臂膀，一陣哆嗦。

怎麼辦？

「大家不要怕！衝衝衝！」

嬰兒車啊。

「給它衝下去！大家旗子舉得高！」

……巴力雅……

「免驚！衝給它死！」

水柱衝過來，幾個人應聲倒地！慌亂中，瑪麗亞順手抓了塊看板，跟著人群方向奔去，看見滿地濕漉的傳單、旗子，就連火車站廣場亦積了不少水——瑪麗亞一面跑，一面留心剛剛那具嬰兒車的去向——她困惑著，爲什麼那位年輕媽媽要推著嬰兒車來參加示威活動？是今天的活動與嬰兒有關嗎？抑或方便就近照顧？

水珠自瑪麗亞的額頭滑下來，風拂起微微涼意。瑪麗亞這才注意到，天已經完全黑了，月光暈開的鵝黃看上去像朵鵝黃的雲，也像一塊鵝黃的餅，玉米餅，麥片餅，雜糧餅……瑪麗亞的肚子裡生出了小母雞，咕咕緊跟著年輕媽媽的腳步，啄啄啄地要飛起來似地。

好餓好餓啊。瑪麗亞這麼咬著牙，唾沫不斷自舌根湧出，讓她意識到，中午以來未嘗進食的事實。她越走越慢，越慢越心急，漸漸發覺年輕媽媽的身影愈來愈遠、愈來愈小……她忍不住開口叫起來——

瑪麗亞不明白自己爲何這般激動，明明不是她的嬰兒車啊，她卻固執地以爲沒有人比她更適合擁有它。

年輕的媽媽停下腳步，回過頭來，目光狐疑而冷淡，不解瑪麗亞爲何無聲地張大嘴巴？然後很快推著嬰兒車走了，留下瑪麗亞於夜闇中喃喃自語：

天使……

我的天使……

●

瑪麗亞走在晚風徐徐的街頭，經過火車站前，看見那一棟傾倒的旅社露出拗折的斑駁鋼筋，黑洞洞的凹陷彷彿住了一頭獸。她在那頭獸前站了好一半晌，想起稍早經歷的一切，像場夢：什麼也沒發生，什麼又都衝撞著四肢，使她腰痠背痛。

現在她才猛然想起男人——不知跑去哪了？她詫異著，自離開醫院起，竟一心惦記著嬰兒車……也許吧，也許是該結束的時候了，她和男人……一架夜行飛機緩緩劃開星空，一閃一閃的警示燈看來異常寂寞，寂寞的夜底讓瑪麗亞想起了巴力雅，此刻他是否睡了呢？那些孩子們會想念她嗎？等她返鄉，他們——會不會到那個時候，她再也沒有回去的必要？

竟連故鄉都讓人感到害怕啊。

瑪麗亞繼續走著。一枚小小的、小小的花苞突然落到額心來，七月天，一株木棉奇異地開著，瓣心粉紅，如粉紅的月光，如這座城市永遠不會完的人情世故——瑪麗亞嗅著蕊心，倏地發現樹梢上隱約閃過的藍與綠的交會，一圈一圈眼瞳似的花紋在黑暗中顫抖，顫抖——又是那隻孔雀！

瑪麗亞腦海中迅速倒轉至與巴力雅最初相識的那天：走在長夏將盡的熱帶河濱上，遠處是廢棄一般的傾斜的矮房，層層挨疊於山腰，房子或高或低雜亂無章，普遍可見外牆覆蓋的植物冰綠森嚴，沙沙沙沙，沙沙沙沙——她緊抓著巴力雅衣角，往那些隨時可能傾塌的所在走去。

最終，他們站在一處平台上，風聲咻咻，惹得木板一會興奮、一會哀傷。她看見他們剛剛走過的草地其實是一整片泥濘旁的暗影。正當她這麼吃驚著，巴力雅指指遠方叫：「妳看！孔雀！我們家的孔雀在那兒跑啊！」闊葉欖仁的光影在地板上晃了一下，瑪麗亞依稀分辨出遙遠的綠色的頸、澄藍的羽紋，孔雀驕傲立於屋頂上，有一瞬間朝她和巴力雅這邊直直看過來——

「這是我家，」巴力雅說：「這就是我家。」

瑪麗亞第一次發現，還有人比她更自卑。

然後，他們用力擁抱，像要將對方用力嵌入自己的身體那樣。

（那隻孔雀倏忽張開巨大尾翼，巍顫顫朝她越走越近、越走越近——）

然後，瑪麗亞來到大門前。她先是頓了頓，由下往上打量，望見太太窗口的小燈照例明亮，在黑闇中看來像只窺探的眼，張望些什麼。一枚翠綠而澄藍的羽絨緩緩落到街心來，夾雜著花苞躍過她的鼻尖，可以聽見巴力雅顫抖地對她說——

然後，瑪麗亞將鑰匙插入大門口，輕輕地，輕輕地扭動起來。

母親像月亮

1. 從今以後

現在，她感覺好多了，可以稍稍鬆一口氣了。

一拐一拐的小提琴聲從客廳傳過來，尖刺的，刮磨的，像不良於行的老人拖著一隻腳。從背影看上去，女兒窄薄的肩膀一高一低，笨拙地頂住琴身——「簡直和殺雞沒什麼兩樣！」平常遇上這個時候，丈夫的嫌惡從來沒有少過：「看看人家對面的陳秀珠，鋼琴彈得多好！」

「妳啊！」丈夫一把扯過琴譜：「妳啊——」

她重重放下茶杯，目露凶光——僅僅那麼一霎——帶點憐惜地望向女兒：一拐一拐、一拐一拐，忽急忽徐的琴聲彷彿永遠不會完的掙扎。掙扎。她低喃，掙扎。她低下頭去喝一口茶，未嘗發現捧住茶杯的指尖殘留一抹暗紅。

「小玉，」她輕喚女兒：「小玉。」

「要不要喝一杯玫瑰花茶？」

「妳怎麼流汗啦？」她伸出手來：「妳過來這邊坐啊，妳從剛剛練習到現在哩。」

她又喝了口茶。又呵口氣。仰起頭的瞬間聽見樹葉嘩嘩嘩嘩，草莖輕輕劃過腳踝，光裸的不確定感，大塊性陷落，柔軟，如墜深淵，如迫近的暗影層層疊疊，以爲踩進猶有餘溫的泥濘，實則是生靈壞腐的肉體──有什麼正汩汩流出，正一寸一寸濕了她的腿肚──她猛然睜開眼：誰？是誰在那裡唱歌？

一拐一拐。

一拐一拐。

冷不防打了個顫。

她牢牢盯住眼前的女兒：「小玉，我不是叫妳坐近一點嗎？」

照例是侷促的廚房。照例是陽光永遠到不了的陰闇。一隻手有意無意摸索著桌面紋理，一圈茶漬惹得她微微一驚，彷彿記憶裡始終充滿了潮濕──然而，這樣冬季的午後呵──這樣明亮的下午，這樣乾淨爽朗的下午，難道不該有一絲絲樹木那樣厚實的溫度，一絲絲童音那樣嘹亮的快樂嗎？

（一拐一拐）

（一拐一拐）

「小玉……」她異常溫柔的：「媽媽跟妳說唷，從今以後──」

她頓了頓：「從今以後，媽媽不會再打妳了。」

從今以後──

「欸啊，小玉妳怎麼流了那麼多汗吶？」

0. 叫作陳秀珠的屍體

現在，我感覺好多了，可以稍稍鬆一口氣了——如果小玉的琴聲不再響起的話，我就可以好好睡個午覺了。

說也奇怪，不管什麼時候，小玉的琴聲總是那麼悲傷，好像一個人一直哭一直哭，哭到連話都講不清楚，只顧咬著嘴巴——你們聽！明明是輕快的「小步舞曲」，結果卻變成可憐兮兮的「老黑喬」，爲什麼——爲什麼她不按照樂譜的標示來練習呢？爲什麼她拉琴的方式總是死氣沉沉？

她似乎有好多心事哩。雖然打扮得像個小公主，髮夾上有可愛的Hello Kitty，可是左看右看，都不是一個快樂的人。眞的，她一點都不快樂。常常可以看見她安靜的身影出現在教室角落，低著頭寫些什麼，偶爾叫一聲：慘了。

慘了。這是小玉的口頭禪。慘了，今天背不完三十個英文單字了。慘了，剛剛老師說的自然實驗好難喔。慘了，這樣做會不會被媽咪罵啊？慘了慘了——和她一起放學回家的路上，心臟很容易噗通跳一下，因爲不知道什麼時候她會冒出這句話。

有一次，她又一個人坐在那裡嘀嘀咕咕，我就問：「小玉，妳是不是在害怕什麼啊？」

她先是愣了幾秒鐘：「哪有，我哪有害怕什麼？」

「喔，」我說：「沒什麼啦，只是聽妳一直在那邊叫慘了慘了，覺得妳不是隨便說說而已，好像打從心底在擔心啊。」

「是嗎？」大概沒想到會有人這麼懷疑吧，小玉的臉色頓時變得好白好白，不斷揉著運動服一角。

我瞄到她掀起的衣襬下，有一條黑色的疤，隨著她的手勢在腰上滑，像一條小蛇不斷扭動，但很快就消失了——她的手捏捏這裡、摸摸那裡，紅色的運動服在她身上動著，好像有什麼東西要從那裡面跳出來似的。

「慘了慘了……」

小玉整張臉白得要命，細細的嗓音輕飄飄——如果不是我馬上抓住她的手，她恐怕就要飛起來了吧？

也就是這時候，小玉突然大叫一聲，用力推開我，一面跑一面回頭，眼裡充滿了憤怒——那個眼神……那個眼神……爲什麼她會這麼討厭我呢？爲什麼她要瞪著我？是因爲上次月考考輸我的緣故嗎？還是這學期換我當班長？好奇怪啊，她還有許許多多我不會的才藝不是嗎？而且她的Hello Kitty彩色筆是班上最多顏色的，她爲什麼還要把我當作「假想敵」呢？

你們聽！小提琴的聲音停止了，現在我終於可以好好睡個午覺了——欸啊，天都黑了耶，今天怎麼天黑得這麼早？我剛剛怎麼都沒有注意到？

還有，我的手好冷好冷唷，剛剛明明好一點了說，現在又像冰塊一樣了，怎麼會這樣？

爲什麼？

1. 我剛剛殺了人了

「妳怎麼流了這麼多汗？」男人說，粗魯地在她身上四處嗅著。

「妳說什麼？」男人將臉靠得更近更近：「妳今天好像心情不太好喔？」

她試著撥開男人的手，翻過身，聞見指尖傳來的淡淡的氣味——又酸又甜的空氣包覆著她，使她有一片刻喘不過氣來，內心卻漲滿了無比亢奮的情緒——該怎麼說呢，這一刻的感受？

我剛剛殺了人了。

她的聲音平淡而聽不出任何情緒。

「妳？」男人先是皺了皺眉，繼而笑起來：「殺人——妳——妳是說妳和他？你們不是早就分房睡啦？」男人全身赤裸，手臂流洩出鬆垮的光澤，三十八歲的男人吶，照理說還不至於這般疲憊，竟老態橫生，看在她的眼底不由興起一絲絲時光迢遠的驚愕。

男人撐起身，摸索著菸盒：「也好，妳殺了他，我們就修成正果了，嘿。」

她二話不說，搶下男人手中的菸。

「生什麼氣啊妳？」男人又點上一支：「說啊，你們現在的情況到底是怎樣？」

我叫你把菸熄掉你聽到沒有！

她叫起來，扔下枕頭走進浴室，忿忿抽了好幾張衛生紙擦拭兩胯。嘩啦嘩啦。嘩啦嘩啦。面對激動的馬桶漩渦，肩膀抖得異常厲害。怎麼回事？爲什麼今天她會這樣害怕、這樣易怒？她摀住臉，再度聞見指尖那股揮之不去的鹹澀——幾個小時前到現在，味道如影隨形——一點點刺鼻，一點點乾燥，彷彿結了痂的傷口不斷被撕開，惹得她的手背陣陣發癢。

她拚命追尋氣味的來源，從手心到腋下到腹部——是經血、汗，或者口水？無從分辨。隱隱約約聽見鋼琴聲：叮咚，叮，叮，叮叮叮叮，叮咚叮咚——似乎打算向她透露什麼，或高昂、或溫婉、或沉重，更多時候僅僅幾個單音……

她又側耳聽了半晌，倏地響起玻璃杯尖叫的驚悚。

「怎麼啦？」男人試圖扭開門把。

「喂！」男人緊張了，扯起嗓子：「妳在幹麼啊？」

「喂！」

她大口大口喘著氣，無心理會身後一下沒一下的踹門聲，四周景物飄忽，如深邃之海，如夜空浩瀚——走開！走開！她想叫出聲，牙齒卻顫個不停——走開！走開！她胡亂揮拳，忽略了腳下血跡斑斑——滿地碎片活過來似的，而她拚命往後退。

「妳還好嗎？」男人極爲勉強地推開一道縫。

「喂？」

也就是那瞬間——男人事後心有餘悸地向他的朋友提起——「鬼啊！」他說。第一次發現女人的臉又老又醜，兩頰滿佈黑色的淚水。「鬼啊！」他說。女人暈開的粉底像暈開的牆漆，柔軟剝落，凹凸不平的肌理使他霎時忘了原本要說的話。

「那個……再過幾分鐘……就要退房了。」

許久許久，男人說。

0. 我，陳秀珠，我做了一個惡夢

被惡夢驚醒之後，我發覺四周一片黑暗，手腳依舊冰冷。

夢中，小玉的媽媽找我去她家玩。起初我覺得很奇怪，為什麼她媽媽會笑瞇瞇地突然拉起我的手呢？再怎麼說，小玉在學校裡很少和我說話，他們家也很少和我們這條街的鄰居打招呼……

雖然有些擔心，但去了之後，才發現他們家真的很漂亮！客廳裡鋪著好軟好軟的地毯，粉紅色的沙發又大又好看，電視櫃擺了最新一代的芭比娃娃，還有許許多多我不會形容的東西──最特別的是那個純白的平台式鋼琴！琴身發出水晶似的光芒，如果能用它來演奏一首貝多芬「G調小步舞曲」那該有多好！

不過我馬上想到，為什麼平常都沒聽見小玉在彈鋼琴呢？

「喔，」小玉的媽媽說：「沒辦法啊，妳彈得太好了嘛。」

我不好意思搔搔頭。

「真的啦！」小玉的媽媽好像很不願意提到這件事，臉上露出不耐煩的表情，一邊把茶包打開來，一邊懶懶地說：「妳每次彈琴的時候，我老公都很認真在聽唷，偶爾還──」

她停住，端起桌上的馬克杯：「來，趕快喝，不然要冷了。」

「小玉呢？她去補習嗎？」我看見沙發上還有沒收起來的琴譜與小提琴，它們正閃閃發光。

小玉的媽媽走過來：「小玉就是這個樣子！東西用完了也不收！」

「那個……」我鼓起勇氣：「可以讓我摸一下小提琴嗎？」

小玉的媽媽只顧著牆上的鐘：「趕快喝！妳從剛剛到現在都沒有喝茶哩。」

我喝了一口茶，太燙了，又吐回杯子裡。

「怎麼樣，不好喝嗎？」小玉的媽媽盯著我。

我只好朝杯口吹了吹，小心翼翼喝了一小口。

「嗯，好好喝。」我說。

這時候，小玉的媽媽笑起來，一副很滿意的樣子。嘻嘻嘻嘻。嘻嘻嘻嘻。她的笑聲不怎麼好聽——突然間，嘴巴裂開來，牙齒又亮又尖！

「怎麼樣，很好喝吧？」她的聲音變得很沙啞，臉上毛茸茸，手臂也是，眼睛拉長成倒三角形，紅色的瞳孔發出紅色的光。

我聽見匡噹一聲，手上的杯子跌到地上。

「別緊張，這是正常的現象喔。」小玉的媽媽微笑著。我感覺到自己的身體像紙片一樣輕飄飄，整個世界不斷在旋轉，所有的東西都飛起來了，飛得很好看，唯獨小玉的媽媽笨重地朝我越靠越近、越靠越近：「怎麼樣？想睡覺囉？」

我發現我的手腳被用力抓住，身體被抱起。

「唉啊，在這裡睡覺是會感冒的。」

模模糊糊中，我看見小玉的媽媽張開滿是尖牙的嘴，對準我的脖子咬下去——

1. 她輕笑起來

她確實看見鬼了。她這麼告訴丈夫。

「是啊，」丈夫悶哼一聲：「見鬼了嘛！學了這麼久的小提琴，結果連一首歌也拉不好，不是見鬼是什麼？」

她嘆口氣，放棄爭辯了。

為什麼凡事都要和小玉扯上關係呢？為什麼不能快樂一點？她下意識摸了摸眼角，發覺自己眞的老了，淚水居然就這麼輕易地流出來，連帶這段婚姻老得不能再老，到處潮濕的記憶浸泡著他們，使他們載沉載浮，唯獨小玉還牢牢張望，一雙大眼充滿悲傷，手腳窸窸窣窣不斷抽長。

「老實說，你根本就不愛小玉對不對？」

「妳扯到哪裡去了？」丈夫不耐煩地拉了拉被子：「妳說這些有的沒的做什麼？」

「明天還要上班欸。」

——從什麼時候開始，他們的關係僵硬至此？好幾次，聽小玉練琴，不過幾分鐘時間，丈夫便叫起來：「拜託妳，這是幹什麼？十幾萬！嘰呱嘰呱，殺雞啊！」丈夫推了小玉一把：「拜託妳讓我有面子一點行不行？拜託妳讓我笑一下好不好？十幾萬！」

看著丈夫粗魯地拍打琴譜，她忍不住心煩意亂，那似乎暗示著她未嘗盡到一名全職母親應有的責任——她怎麼也想不透，小玉的琴音究竟哪裡不如人了？

「妳聽聽看人家對面的陳秀珠……」

她恨道：「如果你看不順眼，那就乾脆不要花這個錢算了！」

「我有這麼說嗎？我只是希望她好。」

「小玉好得很！起碼——每次都考第一名！」

「是嗎？那上次月考呢？」丈夫露出似笑非笑的表情：「怎麼輸給那個誰啊？」

「誰？」她叫起來。

杯子粉碎的聲音像黑暗中竄逃的小獸，趾爪尖銳，抓傷了她的腳背。

她的臉色極其蒼白——不知從何反擊！拳頭緊握，力氣卻不斷流失，即將站不住的時刻，聽見叮咚叮咚、叮咚叮咚，從哪個角落傳來的聲響敲得那樣用力，使她感覺到腳邊傳來一陣一陣撼動——她的牙齒同樣顫著——直到聽清楚了，這才明白是冷氣定時開關的警示音。

她盯著那枚一閃一閃的小綠光，黑暗中，靜默懸浮，唯獨丈夫沒完沒了的鼾聲是夜的心跳。她枕起手，再度聽了一會，確定這個夜裡的只剩下她一人了，撇過臉去打量他的臉——再熟悉不過的五官，從他們認識初始就是這樣俊美，親吻時刻，總會被那搧動的睫毛攪得心煩意亂。她愛這張臉，即使他說起話來那樣苛刻，但她依然愛他——偶爾，她會想起那一幕：當她離開他家時，他們什麼也沒說，只是直直地往前走，彷彿眼前是一條走也走不完的路，彷彿他們就要被夜色淹沒了，彼此的手拚命拉著，四周盡是他父親低沉的嗓音……

「難怪啊——難怪最近我們家彥豪功課差很多啊。」

他父親打量著她。

「單親家庭啊……」

他父親依舊打量著她。

「爸媽什麼時候離婚的呢？」

他父親始終打量著她。

她記得最後一個畫面，在巷口，他們擁抱，並且哭泣，哭得那樣激動，淚水沾濕了他的唇與她的唇——然而即便如此，他還是那麼年輕、那麼俊美——從十七歲到現在，日久年深，記憶卻如斯鮮明……她再度平躺下來，天花板近乎珊瑚藍的光痕勾勒出一個又一個朦朧的輪廓，細微的，粗糙的，聲音在遠方時而騰升、時而翻墜——誰？究竟是誰在那裡唱歌？

她朝丈夫靠得更近些。揮之不去的音調滑過她的後頸，一寸一寸蛇似冰涼，她不由聳了聳肩，笑，笑得極其神祕，倏然——啪地一抓！抓住了什麼，掐緊、掐緊，聲音倏地全部消失，獨留滿掌濕亮的光，她湊上前去嗅了嗅：鹹的，黏膩的，不知是不是血？

她又端詳起丈夫的臉。胸口突然湧上一陣悸動，只想和他這麼安靜地生活下去。只想這麼安靜地看著他。

她希望他們能夠快樂，別再提起陳秀珠了。

她這麼告訴自己，沒什麼好怕的。

她要把這一切忘掉才好。

0.我，陳秀珠，和小玉合唱

在這個冷得要命的時刻，怎麼會記起，那一次和小玉合唱的事情呢？

老師說：「妳們兩個那麼緊張幹麼？」

我和小玉唱：「母親像月亮……」

老師說：「錯錯錯！應該是先等三拍，三拍之後再唱『像月亮』——聲音要高、要清晰！」

我和小玉又唱：「母親（像）……像……」

老師說：「喂！妳們兩個今天到底怎麼搞的？聲音要拉起來嘛，妳們是主唱耶。」

「下去下去，去旁邊好好反省！」

眞是倒楣。明明是一首再簡單不過的曲子，偏偏和小玉合唱就顯得礙手礙腳。她似乎對這首歌抱著一種「無論如何也學不好」的恐懼，每次唱，每次聲音都像插滿了碎玻璃，可以感覺到腳趾被劃破的疼痛，「傷心的味道啊，聞到沒有？」穿著長裙的鋼琴伴奏姊姊是這麼形容的。

那時候，小玉白著一張臉（她的臉很容易發白），坐在禮堂的最後一排，喃喃自語：「慘了，慘了。」

又來了。這句口頭禪大概會跟著她一輩子吧。我很想過去安慰她，可是想起上次體育課的事，萬一她又惡狠狠地瞪著我，那我該怎麼辦？現場有這麼多的老師和同學，他們一定會以爲我在欺負她吧？

我忍不住撇過頭去偷瞄小玉一眼，隔著五六個座位的距離，她身上的白色蕾絲連身裙還是那樣好看，胸前的兩條辮子繫著紅絲帶，不管怎麼看，就是一個小公主——不只是「像」而已——我摸摸自己同樣垂在胸前的長辮子，要是媽媽能夠每天幫我梳頭髮，不知該有多好呢？想想今天早上，媽媽在我背後發了好久的牢騷，說是練唱而已嘛，妳們老師這麼龜毛幹嘛？我們家又不像小玉他們家，「不輸活在皇宮咧！」媽媽說：「那才叫『甜蜜的家庭』！」

我跟她說，是「甜蜜的家庭變奏曲」，我說，「甜蜜的家庭」太簡單了，老師說沒有挑戰性。

「那還用說？」媽媽用橡皮圈緊緊綁住我的兩條辮子：「沒有錢當然會變調啦，變調就要再去賺錢——賺錢和花錢，想也知道是賺錢比較辛苦啊。」

媽媽就是這樣，老是喜歡說一些有的沒的。她還說，雖然現在家裡沒錢，可是只要我每次都考第一名，就算將來去借錢也要讓我讀大學，「千萬莫像妳爸爸那款，不成樣！」她說：「拋家棄子，連趁食的手藝也不要！」

她指的是，家裡那座有點掉漆的鋼琴。黑色的琴身呵，總是在夜裡發出黑色的光芒，外觀雖然有點舊了，聲音卻完全不輸給任何一座平台式的高級鋼琴。每次彈完「郭賽克的嘉禾舞曲」，我都可以聽見遙遠的地方好像有人在拍手——你們看，一講到鋼琴我又出神了，要不是小玉的鼓掌聲，我可能還會想下去吧，說得準確一點，也許是爲了把爸爸想得更清楚吧？

小玉會不會也是同樣的理由，所以一直唱不好？——這也不對，她有爸爸媽媽啊！而且是有錢的爸爸媽媽，怎麼可能像我一樣透過鋼琴想爸爸呢？

她一定是太緊張了，這首歌的音階硬要升高的話，就算三個C大調也沒問題啊。

我又偷瞄她一眼，她全身白得發亮，彷彿有一層薄薄的光芒從她的皮膚透出來，而她動也不動讀著歌本，側臉冰得像一具雕像——上次在她腰部看見的那條黑色「疤痕」（那眞的是疤嗎），不知是不是還存在呢？

鋼琴的前奏又響起了。

我和小玉又開始唱了。

然而不管唱多少遍，老師還是不滿意，只感覺到小玉一邊低低地說「慘了、慘了」，一邊悄悄且輕輕地握住了我的手。

（好奇怪啊，爲什麼媽媽一直沒來叫我呢？）

（以前只要我稍稍賴床，她就會哇哇叫，怎麼現在四周還是靜悄悄的？）

（好暗好暗啊）

1. 一切都是徒勞

一切都是徒勞。她這麼想。又喝口茶，又把丈夫的事想一遍——甚至也把她和男人的事想了又想——怎麼會遇上這種事？

她仰起頭，風穿過她的髮梢，連帶陽光在遙遠的屋外微微搖晃，多麼寧靜的午後，已經好久沒有這樣的時刻了。將近一天的時間沒聽見那些叮叮咚咚的鋼琴聲。

照理說，她應該可以鬆口氣。心頭卻冷不防一緊，也許是想到了男人臨行前的驚恐，也許是丈夫沒完沒了的囉唆，總之，事情沒有變得更輕鬆，反而一如小玉永遠顫抖的琴音，一拐一拐、一拐一拐。

究竟哪裡出了問題呢？爲什麼截至目前爲止，她耗盡力氣所欲完整的、所欲健全的家庭生活，總會觸礁破裂？長久以來，她是那樣盡力扮演一名好太太、好母親的角色，甚至爲了丈夫辭去工作全心照顧小玉，但他呢，爲何不肯多瞧她一眼？爲何總是批評多於讚美？爲什麼一天到晚陳秀珠長、陳秀珠短？

她覺得沮喪極了。

幹麼在意這點小事呢？也不知哪來的聲音問。

「誰說這是小事！」她說：「你沒看他那副得意的樣子！」

那又怎麼樣？妳，不也很得意嗎？

「那不一樣！」她斬釘截鐵地反駁：「那是……那是……」

什麼？微弱的聲音似乎稍稍放大了些。

「反正，我就是不能忍受那個十歲的小孩！」她說：「一切都被她破壞了！這個家、我的女兒、我丈夫……」

「一切！一切！」

聲音倏然消失。小玉一拐一拐的琴聲宛如努力要唱好一首歌，怎麼也聽不眞切是哪首歌？像一具捏壞的嗓子：嘰嘰嘰嘰、呱呱呱呱，沒有更深厚的感情，只有更巨大的顫抖與空洞。

她聽見自己心口傳來細微的哀鳴。
她沒想到離開台北之後，她還必須煩惱孩子競爭的事。
不過也好，越是人稀疏的所在，地方越是空曠，很適合湮滅一些什麼。
也很適合，揭露一些什麼。

0. 陳秀珠：原來這就是死亡啊

我聽見嗚嗚嗚的警笛聲。
原來天已經黑了。
原來死亡也就像黑夜的顏色。
我的手不冷了，我的腳也是。
我聽見有人輕輕哼著那首歌，我聽著聽著，眼淚怎麼也停不下來。
我好想好想和爸爸見上一面啊。
（啜泣）
（啜泣）
（啜泣）
不知道這個時候，媽媽在做什麼呢？她一定急壞了，說不定還在生我的氣——她的脾氣本來就不太好啊。再怎麼說，今天可是母親節哩。

要是她發現我還躺在這裡，會不會大吼大叫呢？

1. 母親像月亮

聽完小玉的歌聲後，她感覺好多了，可以稍稍鬆口氣了。

這首歌——她有多久沒想起這首歌了呢？

原本期望搬來這個人生地不熟的小鎮，能夠讓生活變得更加輕鬆、更愜意，哪裡知道，反而將自己逼入了絕境呢？冬季時節，屋外的木棉花怎能開得那樣鮮麗？難道向她暗示什麼嗎？她仔細嗅聞，仔細傾聽，無聲無味，指尖的那抹暗紅早已成爲肉體的一部分。

似乎好久好久，心情沒有這麼平靜了。

她想起有一個下午，被母親載著從學校返家時，在必然經過的那個平交道前，柵欄緩緩降下的時刻，母親猛然將她的手拉往腰際，催油——直到震天價響的火車經過，那一對窄薄的肩膀如甫出生的幼獸抖個不停。

母親當時是怎麼想的呢？因爲左鄰右舍總愛比較孩子的成績嗎？或者那個大舅媽老在母親面前誇口：我們家珍珍啊——她不知道該說什麼才好，仰起頭，靜靜回想這一切——這一刻，她居然就那麼老了，老得無法再翻轉什麼，老得連小玉的成績也懶得去管了，只想好好喝口茶，呵口氣，仰起頭的瞬間聽見樹葉嘩嘩嘩嘩，不再是那些七嘴八舌的勾心鬥角。

老師甚至要她到學校一趟呢，說是小玉最近成績退步很多啊。

她笑著，重重放下茶杯，乾燥的杯底使她意識到，她已經在這個廚房坐了多久呢？陽光永遠到不了的廚房啊。像是被生活壓擠著，額角冒汗，面容一點一點削瘦，瘦得連自己都快記不住原來的模樣了。她環顧家裡的擺設，女兒與家庭——怎麼覺得胸口悶得很？一口氣提不上來，耳邊再度響起一拐一拐，一拐一拐。

然而，小玉不是去補習了嗎？

陳秀珠呢，怎麼好久沒聽見她的琴聲了？

她再次異常溫柔地對著空盪的客廳說：「從今以後……」

她說：「從今以後，媽媽不會再打妳了。」

「從今以後……」

舞台劇效果似的，穿著警察制服的男人自四面八方踩著響亮的步伐湧進來，面無表情，毫不猶豫——

（喀喀喀喀）

（喀喀喀喀）

（叮叮叮叮）

（咚咚咚咚）

（叮）

（咚）

（母親像月亮一樣照亮我家門窗聖潔多慈祥發出愛的光芒爲了兒女著想不怕烏雲遮擋）

（母親像月亮一樣賜給我溫情鼓勵我向上母親啊我愛您我愛您眞偉大）
（頭條新聞：台南縣新營鎭一名婦人狠心殺害年僅十歲女童……據聞，只因擔心鄰居的小女孩將對女兒月考名次造成影響，顯示國內升學主義仍舊方興未艾……）
（這名冷血的母親表示……）
（母親像月亮一樣照亮我家門窗聖潔多慈祥）
（母親像月亮）

異　地

瑪麗亞伸出舌頭，冰淇淋好冰。

瑪麗亞低下眼瞼，窗外人好多好吵。

瑪麗亞咬掉最後一口甜筒餅乾。

「好吃，謝謝。」

瑪麗亞搓搓手，走到長廊盡頭，四壁凌擾的黑暗一路跌跌撞撞，瑪麗亞沉了沉肩，險些絆倒——趾節陷入肥腴的腹肚，腳板溫熱，低鳴的聲音朝瑪麗亞喊，欸喲。

瑪麗亞一面跑一面回頭，兩旁一具具影子或坐或臥，漆黯裡放大的瞳孔一盞盞燈，瑪麗亞是光下無措的舞者。

「妳好膽小，」辮子太太悶哼：「叫妳去拿個東西也這樣唉唉叫！」瑪麗亞大口大口喘著氣、搖搖頭，整個世界在發抖，連帶辮子太太的嘴巴也變成兩倍大。

「安眠藥拿了沒？」

「口罩呢？」

「零食？」

瑪麗亞又搖搖頭，雙手抹在褲子上，繞到辮子太太身後看看點滴瓶的刻度，捏捏管線有沒有跑進空氣？辮子太太叫起來，要死了，誰准妳靠近我的？妳搞不好有病妳知不知道！

咳咳咳。

咳咳咳。

瑪麗亞後退一步，口乾舌燥，冰淇淋的餘味緊緊抓住牙床。

「現在，藥我去拿。」瑪麗亞伸手在口袋裡掏著。藍色的小紙條早就不知丟哪了，指尖意外觸及滑黏的、濕軟的餘溫，摸出來一看，居然又是一截斷了的甜筒！一高一低的餅乾邊緣衝著瑪麗亞張口微笑——瑪麗亞高高舉起甜筒仔細端詳，「剛剛明明吃掉了啊！」瑪麗亞不解：「吃到肚子嘛？」

她不由吃了一驚。

「藥妳去拿，不然還我去咧？」辮子太太沒好氣：「不要再忘記我的巧克力，還有口罩！煩死了妳！」

瑪麗亞從辮子太太面前走過，一邊咬著甜筒一邊調整內衣肩帶，臨走前不放心地又看看點滴瓶刻度。她很想告訴辮子太太不要生氣，眼睛看不見沒什麼好大驚小怪，墨鏡底下的蒼蠅記得拂去，有空也要學著擦點口紅。

辮子太太動也不動，睡著了，一隻黑蛾拚命撞著她額上的紗布。

蟲子真多。醫院好癢。瑪麗亞想起上回她在這棟大樓底下吃飯，一位老先生坐在她的對面，起身時，頭髮突然高高豎起，像一支會飛的掃把，烏鴉鴉的顏色往她撲將過來！

ghost！瑪麗亞當時張口尖叫，奔跑，所有人面無表情看著她，他們心底約莫都笑：

「叫什麼叫，黑不拉嘰的肥女人！」

瑪麗亞確實生得黑，但不胖，一雙眼睛格外晶亮。她不放棄，自信終有一天令人豔羨。幾天前，她買了一瓶辣椒沐浴乳，夜裡的行軍床上充滿痲涼氣味，連帶身體發出陣陣嗆鼻。第二天早晨醒來，她走到病床旁照例摸摸看看，辮子太太咳起來，痛苦地皺著鼻：「什麼味道——妳什麼時候愛上四川人啊？」

瑪麗亞不解，也懶得辯駁，鼻尖輕輕觸及手臂上的涼爽，胸口湧起雞皮疙瘩，一小片一小片太陽曬傷般的紅燙——那是長夏將盡的熱帶荒蕪，巴力雅冰涼的掌心自她身後攀騰過來，像蛇，濕濡的、躁鬱的、神祕——倏忽，窗口亮起一把綠色螢火，細小而尖銳——瑪麗亞半夢半醒，發覺裸裎的胯下多出一隻黑茸茸的大腿，像多出一條黑色尾巴，她摀住胸口：

「有人，有人在偷看我們！」

影子躍過矮牆低叫一聲，突然驚醒的世界，突然中止的想像。

那時候，瑪麗亞實在太年輕了。

她屏息拎鞋，小心翼翼穿過陰鷙的長廊，模模糊糊鏤空的窗櫺崩落一格格光……瑪麗亞朝闃暗中嗅聞，彷彿貓，彷彿當年溜出家門前的間奏——母親髮上的薄荷搖蕩如萍，經過門洞口前，瑪麗亞忍住咳嗽的欲望，聽見角落傳來微弱的呻吟……瑪麗亞又輕輕繞過那些眠夢，一整排青森發光的腳掌在長廊一字排開：一名男人大剌剌翹著腿，手裡緊緊揣住棉被。

四周的空氣變成玻璃材質，瑪麗亞捻著分岔掉毛的鞋跟，擔心下一刻會不會就此敲碎？

匡噹匡噹——匡！點滴瓶發出輕脆的撞擊聲，舊時整點敲響的過場，中國古裝片的老舊台詞：小心火燭，小心火燭喔——瑪麗亞從來沒有弄懂過那一叫嚷，只覺得電視機裡的男人樣子有些草率，偶爾坐在螢光幕前昏昏欲睡，突然被這麼一聲嚇得跳起來，回頭張望：辮子太太張嘴流涎，又大又花俏的墨鏡沉重壓住她的鼻翼，像兩隻被壓垮的飛蠅，夜闌人靜，它們同樣不吵不鬧不搓腳。

瑪麗亞繞過病床，撢一撢掉在地上的棉被，興起一個殘忍的念頭——「匡噹！」——又是一聲！

坐在輪椅上的男人緩緩移動至瑪麗亞面前：「請問……」

瑪麗亞側過身，避開男人黑色的嘴巴，手中的糖水順著甜筒邊緣流到虎口。

「請問……到底怎麼走？」

瑪麗亞伸出舌頭，聳聳肩，我，我不知道。

「拿來！」男人身後冷不防跳出一枚黑影，瑪麗亞懸空的指節被捏痛，對方迅速審視搶劫下來的戰利品，嘖嘖有聲吮得像隻章魚。

怎麼，妳也在這裡？

逐漸平靜下來的光痕，瑪麗亞睜大眼睛看著面前的女人。

「被困住了，不是？」米蒂法舔舔唇，大口咬下一截甜筒，表情滿足且淫蕩：嘖嘖嘖，嘖嘖嘖嘖——瑪麗亞突然覺到肩窩一陣刺痛，指尖侵略性地滑進她的胸脯、小腹、腰，再往上撩、往上撩——瑪麗亞再度想起那個夜底，冰涼與燥熱的游移，大塊大塊掉落的闊葉欖仁叮叮咚咚。

「只不過是一隻貓嘛！」巴力雅走到窗口，光坦的臀部像一張削瘦的人臉，不知在那裡張望了多久，返回時從桌上抽走幾張衛生紙，就著瑪麗亞的面前深入兩胯，很仔細很仔細地擦拭起來。

嘖嘖嘖，難怪——米蒂法衝著瑪麗亞笑：「眞有辦法！哪裡買到這東西？難怪妳胖了。」

米蒂法又伸手捏捏瑪麗亞的腰、手臂，不懷好意地朝她上衣口袋猛瞧。

瑪麗亞拍拍被撫摸過的手臂、腰，無意間注意到米蒂法的指尖有點黑有點紅，那些活潑的顏色彷彿奔向機坪交通巴士裡不斷冒出的活潑氣氛。豔陽天，她們登機，並且坐好，尙未起飛的時刻，米蒂法油著一張臉向空服小姐討餐點：一杯冰咖啡不要冰，炒飯不要飯，可可布丁不要可可——順便來點摩摩喳喳？

米蒂法咂咂舌，解釋：「不是我愛吃，」她說：「下了飛機就是難吃的日子——妳不信？不信的話，將來妳就會明白我的意思了。」

啊？

米蒂法緊緊盯住瑪麗亞，「妳今天好奇怪，」她說：「冰淇淋從哪裡來？妳怎麼可以吃得這麼胖？」

我……我不知道。

「妳什麼都不知道！」米蒂法悶哼，吞下全部的甜筒：「從頭到尾，妳什麼都不知道！」

瑪麗亞見狀，反而鬆了口氣，現在她非常確定：冰淇淋被吃進米蒂法的肚子裡，「真正」不見了。

「這個鬼地方，他們一點也不讓我們吃！」米蒂法哀怨著，嗓音粗嘎地算起包心菜裹蟹肉、羅望子葉塞肥豬、烤醃肉配生木瓜絲……想想那時候，嘖嘖嘖，米蒂法貪婪地吞了吞口水試圖打出一個響嗝，「別說以前住在第一大城市，就連鄉下也一樣吃得舒舒服服，嘖。」

米蒂法確實削瘦許多，她的家鄉話聽來幾近瘖戛。過去，她是村裡歌聲婉轉的首選，許多男人著迷於她胸前共振的豐滿，眼睛覷成一支針——瑪麗亞曾在街角前，撞見她和巴力雅有說有笑，兩個人目光胡亂飄，手指緊緊嵌握像永不分開的椰子與椰子肉。

「算了，瑪麗亞，我們都是大忙人，下次見面也不知道什麼時候，但我們又是自己人，所以一切要記得小心，啊？」

瑪麗亞淺淺一笑，總覺得那一聲尾音像一句不遜的請求。

臨走前，米蒂法終究忍不住一陣亂扒。瑪麗亞面無表情，任由她在身上抓著、摸著，「怎麼會沒有了呢？」米蒂法還是不甘心。輪椅上的男人臉色慘白，頭頂上的點滴瓶影子映在壁磚，彷彿一縷魂——所有的醫院器物多半活著也像死了一樣——匡噹匡噹！東方男子百無聊賴的眉眼。

匡噹匡噹！東方逐漸低下去了模糊的月色。

匡噹。

瑪麗亞佇在月光中，目送他們離去的背影，理理衣服，從口袋裡摸索著又找出一截柔軟的冰淇淋甜筒——這一次，她不再吃驚，她發現這個夜晚本來就有些瘋狂：永無止盡的囈語。動物性氣息逐一翻身。再次經過那些席地依偎的腳板，瑪麗亞停下來仔細聆聽，等待一陣咳嗽、一次沉重的鼾聲、一句話。濃密的薄荷跟在腦後，一如無數個摸黑的夜底，她正準備前往與巴力雅見面的時刻，衣襬全是蒼老的氣味，母親躺在床上緊緊抓住她的手腕，說——

瑪麗亞一個踉蹌，碰觸到近乎橡膠的人體，看見在那底下鋪陳了相當講究的被窩、枕頭、熱水瓶……如一座深具規模的難民醫院，他們在走廊上自動排好睡覺的位置，比房內的床位編號更加嚴謹。

被吵醒的對方鬆垮著臉，敵意地朝她瞄上一眼。

咳咳咳。咳咳咳咳。

瑪麗亞很快跑開，穿過一處轉角，鞋跟又輕又重，宛如最後的倒數——喀噠喀噠，喀噠喀噠——夜晚張開黑色的眼睛凝視牆上巨大的暗影，瑪麗亞不由停下腳步，赫然發現一隻蟑螂迅速鑽入角落底。

「醒醒啊，ㄅㄚㄅㄚ！」

「起來！起來！」

「我們不要待在這裡！」

「護士小姐、醫生呢？人都死去啦？」

「醒來！」

她走近一扇門，蹲下，細小的鑰匙孔裡一片燦亮，白色的人影聚合叫嚷，被用力搖晃的老人像一具破布娃娃。一旁的男人來回搓手：「按鈴了沒有？按鈴了沒？我說——按鈴！按鈴！」百合花在床頭開得極其蒼白，女人一瓣一瓣數著。更遠的地方還有一名年紀較輕的女人靜默不語，她們看來非常哀傷。

「都是妳！」

「我……」

「阮阿明好好人，被妳害得淒慘落魄！」

「大姊……」

「妳看！妳看伊這，整個爛掉了哇！整個爛掉！」

女人扔掉花，猛然掀開床單，一股腥甜像騰空的影子打翻瓶瓶罐罐，瑪麗亞鼻頭被推搡了一下——好大的蚊子，她舉起手來——

匡噹！摔落的瓷碗慢動作碎開，男人扯起嗓來：「按鈴！按鈴！聽到沒有！」聲音在高高舉起的床單反覆彈跳，空間開始呈現萎縮傾斜的姿態，男人忍不住推開門喊，大家都在演戲不要看！不要看懂不懂？叫妳不要看！

逐漸擰乾的毛巾——瑪麗亞目睹男人身後的光線逐漸絞緊，連同房門也一併扭曲、吸納至黑暗底——最後暗滅的時光，大批大批的螞蟻從床下潮湧襲擊，二名女人爭先恐後地向外伸出手求援，但她們很快被呑進壓扁的世界了，只有男人跪倒在牆邊乾嚎：

「怎麼都沒有人！怎麼都沒有人！」

停電了。

整座醫院暗下來了。

窗外傳來極大極大的騷動。

「捍衛最後淨土！」

「我們不要等死！」

「大家一起衝出去！」

瑪麗亞感到反胃，她摀住口鼻，尋找光的來源，在樓梯間低矮的氣窗往下望，雲層推擠著星空，星空推擠著人群，乾燥的氣溫騰升至城市上方，有人自高樓灑落紙條，綠色的臉孔包裹得像「小心輕放」，兩隻眼睛是兩枚斷句的標點符號，誰也聽不清楚誰說話——

幾名護士衝出來。一名小女孩被推倒了。兩個老男人不知搶奪些什麼。還有一名孕婦的肚子圍了白布條，尾端岔開在風中擺盪，如孤單的求援。一隻狗拴在消防栓上，舌頭吐得好長好長。幾輛計程車用力奏響喇叭。鎂光燈。警察。站牌。樹——

「做什麼？」

瑪麗亞胸口猛地一跳，發現所有的影子皆隱匿夢中，一具具沿著樓梯轉角弧度整齊排列的腳掌，一朵朵藍色的花。在墨黑裡迎著細碎的光度，依稀能夠看出一個人的形狀，那麼近的距離，對方呵出的絲絲熱氣像一條條蚯蚓。

「妳是誰？」聲音低沉。

巴力雅……

「好奇怪的名字。」男人枕著手，翻身：「不過也沒差，這個世界已經遭到詛咒，誰知道明天美國還要不要攻打伊拉克？」

他嘆了口氣：「以前中正路上沒有任何房子，幸福街也不叫作幸福街，那時候吃蛇肉的人還相當少，田裡隨時可以看得見青蛙！結果，現在連蟑螂之類的昆蟲都可以拿來下酒——欸，妳說，妳叫什麼名字？」

巴力雅……

「這麼晚了，妳怎麼還在這裡？」

又有白色的紙條旋著腰身，一挺一挺自頂樓跌下來。大片大片的（有幾片飄進半開的氣窗，撲在瑪麗亞的臉上），像雪，連帶對面大樓外牆泛著極薄極薄的光，能夠看見牆後有一張床，床上躺著翻來覆去的辮子太太，那隻黑蛾仍舊不肯離去——瑪麗亞瑟縮了一下，發覺腳邊堆堆疊疊越來越多的紙片，不知從哪裡裂開的一條細縫，嗚嗚嗚的風聲恐怖的意味。

「不要看了！」男人突然欺過身來，從後面用力抱住瑪麗亞。

巴力雅……

「不要！」

巴力雅巴力雅巴力雅！

「你在哪？」

我很好，瑪麗亞。

「我好想你巴力雅……等一等，巴力雅！」

金黃漫漶。瑪麗亞抬起頭來，南國豔陽，大片大片羅望子葉輕輕搖晃，一致指向田埂邊坐得高高的巴力雅，他向她眨眨眼，用誇張的嘴形說——下一刻卻打起盹來，一隻腳在茅草樓外一下沒一下擺盪——睡得很沉很沉了，完全沒注意到底下有人爬上來，甚至開始拉扯脆弱的樓腳。巴力雅依舊歪著頭，彷彿所有積欠的睡眠全湧上眼睫，無法控制地流下口水，直到樓層被粗暴地推倒！

燦亮。

巴力雅消失，陌生的男人也消失，整條長廊像是一條驟然曝白的迷宮，彼端出口被封鎖了，歪曲的小徑在眼前展開，無論如何走不到終點的恐懼，路的盡頭還有沒有連接另外一條路？

瑪麗亞抵住牆，突然瞥見母親從她身旁坐起，在床沿坐了好一半晌，一雙眼睛憂鬱地望向這邊，似乎非常確定她就在那裡，用力叫喊她的名字，自胯下流出鵝黃色體液……瑪麗亞眨眨眼，發覺那些液體正一點一滴收束回去，慢動作式的倒帶——她母親又坐在床沿不發一語地，躺下，說：

「　　　　　　　　　　　　　　　　」

「什麼？」

乾燥的羅望子葉。天花板。燈罩。打翻的玻璃杯。她母親已經好久沒有下床了，幾乎成為陰闇地方的一株附生植物，枝葉深入壁縫，偶爾蕊心蹦出一則關於瑪麗亞的外公（外公昨夜又在夢中流下眼淚的寓言），或者她丈夫——也就是瑪麗亞父親離家出走的事實——一隻蜘蛛爬在相框角落，相框裡面有瑪麗亞、瑪麗亞的弟弟妹妹父親母親，母親伸出手來拈起其上的小蟲，放進嘴巴舔了舔，然後拉住瑪麗亞的手，久久不說話，眼裡有瑩亮的淚。

「妳爸爸是個好人，」母親說：「但他最後和雜貨店的妲里娜黏在一起，像雙胞胎。」總有光度不足的矇曖，瑪麗亞亟欲分辨那幀照片裡，所有人的五官，卻發現她母親鬢角僅有的一絲明亮被吞噬到更黑的深淵裡。

瑪麗亞發現自己的手臂也逐漸發黑起來。

「妳爸爸真的是一位好人。」母親坐起，發呆，用力叫喊。「雙胞胎！」又躺下了，母親悶哼。「他可以早一點告訴我的。」滴滴答答的液體落到地面，母親張開兩胯坐得直直的。「妳爸爸……」母親扯喉。「雙胞胎！」母親躺下。母親坐起。「妳爸爸……」母親躺下。母親叫喊。母親坐起。

爲什麼爲什麼爲什麼爲什麼爲什麼爲什麼爲什麼爲什麼——

媽媽。瑪麗亞輕輕低喃。夜壓在她的身上，她拚命向前跑，背後連綴著一長串的巴力雅的味道、母親的味道、辮子太太的味道、醫院的味道——整個長廊上不斷有掉落的甜筒，濕潤柔軟，也就像一滴一滴淚水的姿態！

瑪麗亞轉進廁所，面對洗手檯開始吐：冰淇淋甜筒、軟爛的菜、黃的白的汁液，氣味濃烈全流進排水孔內，嘩啦嘩啦的水聲扎刺著她。

「下雨了。」

「妳還在這裡幹麼？」

慣用的廁所芳香劑刺鼻，抽水馬桶故障了，門縫裡擠出窸窸窣窣的影子，瑪麗亞以爲是米蒂法，揉揉眼圈，握住拳，看見鏡子倒映出睜眼蹙眉的黝黑女人。

是自己。

對方說：「我好愛妳。」

「我也是。」瑪麗亞說。

「我們……」

彷彿闇海中兩具掙扎的肉體，划水、呼氣、蹬腳。分明是一場無聲的夢境，情節卻比現實還要喧譁——瑪麗亞雙手抵住洗手檯邊緣，不由想起那一次巴力雅揩拭胯下的情景：「不就是一隻貓嘛……」他困窘地笑著，小心翼翼擦拭著下垂的雄性，細瘦的腿脛像青蛙，腳底下鋪疊的香茅梗被踩碎。

「有一天，」他說：「總有一天，我們要去熱鬧的地方！」

瑪麗亞的眼睛平行注視牆角，窸窸窣窣。

巴力雅猛然轉過身去，蒼白的臀部一明一暗：「只是一隻貓，就只是一隻貓……欸，這裡的貓實在太多了！」

瑪麗亞亦步亦趨走進漆黯裡，黑色讓她想起米蒂法的黑色眼神，還有男人空洞的嘴巴——巴力雅也在其中嗎？

影子又翻過身去，瑪麗亞險些摔倒，還好有記憶適時將她托住——那一次靠在巴力雅的胸膛，窗外落下大雨，他們在簡陋的屋裡彼此擁抱，但不知為何，她始終聞到一絲淡淡幽香。起初她以為是屋外大王椰子樹開花了，但那股濃郁的漩渦越來越大，最後竟將月光一併吸入！

瑪麗亞定神一看，一枚粉紅色的痕跡落在巴力雅肩窩，上嘴唇的形狀格外明顯，像示威的標語。

瑪麗亞那一刻睜不開眼。

「現在幾點了妳知不知道？」

聲音模模糊糊地飄過來，瑪麗亞許久才聽清楚女人的叫嚷：「安眠藥？藥師不在！」

「我……」瑪麗亞囁嚅著。

「誰？」地板上傳來惺忪的詢問。

「菲傭啦，這麼晚了說要拿安眠藥和口罩！」

「拜託欸，沒了啦！」聲音打起呵欠：「她有沒有量過體溫啊？」

「誰知道？」又是不耐煩的口吻。

瑪麗亞吞吞吐吐：「可不可以……」

「不知道！明天再來！」

突然被遺棄的世界，瑪麗亞站在醫院大廳的櫃檯前，像站在空無一人的曠野中央，暴風掀起沙石，那些枝枝葉葉挾帶著潮濕的氣息撲向她——她亟欲拔腿，一股巨大的力量卻在後頭拉著她，只能眼睜睜任由巴力雅越跑越遠、越跑越遠，最後消失在地界的邊緣。

唯獨那一枚唇印依舊清晰地，橫在瑪麗亞面前，像一隻搧翅的螞蝗蜂。

遙遠的從前一縷一縷糾纏著她，縛住她的手腳，一如當初離開時，外公顫抖地嗓音：「總有一天，妳會忘記回家的路！」而她母親緊緊地抓住她的手說：

「妳爸爸眞的是一位好人。」

「妳爸爸……」

瑪麗亞低下頭，想要甩開腳後牽牽絆絆的什麼，想要追上巴力雅——她相信，巴力雅未嘗離開：他們曾經許諾過，要相愛一輩子——她跺起腳，大喊：「放開！放開！」她的外公、她的母親以及弟弟妹妹，還有照片裡蓄著鬍子的父親，他們全怔怔地望向她，形成那個洞穴般的房間裡，深邃附著的植物。

整座醫院大廳只點亮一盞燈，一架發電機在角落奮力運轉著，噗噗噗的粗戛使得大廳充滿了奇異的寧靜。

突然地，屋外湧入大批人影，他們高嚷：

「捍衛最後淨土！」

「我們不要等死！」

「絕不妥協！」

瑪麗亞慌了手腳。看著那些戴著綠色口罩的人們在大廳門口叫嚷：有的手持標語、有的手持白布條，許多人都拿著手電筒，一時之間，大廳變得熱鬧起來，捅在黑暗裡的光線一道一道，劈開，再劈開。

「咦，妳怎麼，還在這裡？」一個聲音叫住瑪麗亞。

巴力雅……

「快走了啦！」瑪麗亞被拉往大廳的樓梯間。她一面跑，一面看清楚眼前的女人原來是米蒂法！一頭黑髮左右揚起，像潑辣的蛇，蛇身閃著金光，光裡張開了黑色的巨口——

要跑去哪裡呢？

瑪麗亞發現她們正闖入一處極暗的空間底，一股霉味衝上來，是地下室！她不由害怕道：「我看不見。」

「誰叫妳看見？」米蒂法沒好氣：「醫院都停電了，妳還要怎樣？」

米蒂法說：「聞到沒有？有冰淇淋的味道！」

「醫生就在那裡！」

「什麼？」瑪麗亞越來越不了解這個夜晚，包括眼前這個女人，她眞的是以前那個精明幹練的米蒂法嗎？爲什麼她說的話完全讓人無法理解？

瑪麗亞伸手在口袋裡摸索，半天，摸出一張藍色小紙條。

「安眠藥，」她向黑暗裡的那個人說：「有沒有？」

對方笑起來：「這個時候需要那個做什麼？」

「睡覺好啊。」米蒂法在一旁插嘴。

對方沉默了半晌：「醫院都被封鎖了耶。」

「辮子太太，頭痛。」瑪麗亞低低道。

她啊，對方嘆，早知道是她了，囉哩囉唆，要這個要那個！生病的人也應該有病人的樣子嘛，這樣想東想西，難道不怕和上次一樣，一睡不醒嗎？

「頭痛。」瑪麗亞只記得辮子太太凶惡的眼神：「還要一個口罩。」

欸。對方說，先別談那個。我問妳們，這麼晚了怎麼還不睡？剛剛我坐在這裡，吃冰。冰淇淋糖水不斷滴到手背來。原本我想說找一張衛生紙把它們擦掉，可是想想，何必呢？就讓它們留在那裡也沒什麼不好啊。平常那樣急急忙忙保持清潔，這一刻，電停了，因為疫情的緣故，人與人之間不怎麼相信了，我們連朋友也找不到，該做什麼才好咧？

眞的是很奇怪的感覺唷？

對方繼續說著，那時候，我聽著滴答滴答的時鐘，我想，原來這就是生命啊。原來就是在不知不覺中，走到了這樣的境地：試著把四肢張開，任由時光浸潤，在疫情的風暴下，眞眞正正，世界彷彿停止了那般，我們也認眞思考了起來，但思考的結果是什麼呢？

瑪麗亞在黑暗中露出一個微笑，她其實並不了解，但她同意，應該要有人表示一些什麼吧。

她伸手到口袋裡，想摸出一支甜筒給醫生。奇怪的是，無論如何搜尋，再也找不出先前永不間斷的半截甜筒！最初的時候，她一個人倚在醫院頂樓，咬下最後一口甜筒時，還打了一個響嗝。這個嗝的意象，讓她想起遙遠的家。

瑪麗亞想起母親，此刻是否下床了呢？她外公，是否依舊做著那個流淚的夢？她父親呢，和姐里娜經營的雜貨店，生意好嗎？她的弟弟妹妹，他們還在椰子園裡幫忙割椰子、寄回去的錢都收到了嗎？家裡不知道有沒有變得比較漂亮呢？

她舔舔牙床。想起幾天前，夢見母親變成了一株植物，長長的莖葉隨風搖曳，窸窸窣窣聽見那樣的暗語：「妳爸爸……」「雙胞胎！」「他可以早一點告訴我的。」「妳爸爸……」那一刻，瑪麗亞驚醒過來，看見一隻蜘蛛爬在床頭的相框，她反手就是一掌——

她突然好希望見到巴力雅。

她要點頭答應他，我們永遠相愛。

她會說，我們去熱鬧的地方，我不要離開你，我再也不要去台灣了！

瑪麗亞在黑闇中抖動著肩膀，感覺到米蒂法在身後伸手搭住她，「別哭，我說過了嘛，我們都是大忙人，我們又是自己人！」

「沒事的，一切都會過去的。」始終隱在黑墨裡的對方遞過來一支冰淇淋。

瑪麗亞把米蒂法的手甩開，噠噠噠地開始往回跑！她明明有些話想說，但到了嘴邊卻變成一張揉縐的藍色紙條——她拚命跑、拚命跑，看見大片大片朝她招手的羅望子葉，看見破落的村莊盡頭是她家尖尖的茅草，看見到處都是亟於逃離此地的眼神——

「總有一天，」儘管跑了那麼遠的距離，一顆心幾乎要嘔出來的，她還是聽見巴力雅說：

「總有一天……」

「總有一天。」

然後，她回到房裡，發現辮子太太並不在床上。

她試著叫了幾聲，房間空盪盪的，沒有回音。

這時候，青森的光照不知從哪射進來，整張床鋪飄浮著一層極薄極薄的光翳，一隻巨大的黑蛾動也不動，靜止於白色的枕頭上。

然後，瑪麗亞目睹，那隻黑蛾飛升時，緩緩緩緩掀動滿室哭泣似的，燐光。

禪雨

仔細聽，原來是雨珠激起浮塵亂舞，滴得滴得落進陽台那具花盆底——並不久前，那裡還種著一株米仔蘭，每天清晨總可以聞見淡淡淡淡的幽香——而今，什麼也不剩了，就這樣空了下來，連帶一旁堆堆疊疊的塑膠夾板生出柔軟的霉綠，稍一碰撞，沙沙飛出成群駭人的黑蚊。

再仔細聽，似乎並非雨聲，而是廚房忘了扭緊的水龍頭，滴得滴得敲得那樣響亮——挾帶一絲絲餲澀、一些些酸，近乎木頭浸泡過久的軟爛，肯定是流理槽內歪倒了許多碗筷——說過多少次了！吃完要記得洗啊，不聽就是不聽！

她試著撐起身，孰料頭重腳輕，半點力氣也使不上，忍不住一陣咳嗽。

好冷。好冷啊。她邊打顫邊揣度著：現在幾點鐘？安靜。週末假期，居然連攤販的叫賣也聽不見!?沉默如一則巨大的影子從樑柱那頭壓下來，使她意識到，這個房間其實很早就不再有光了——自從對面大樓完工，日照散盡，以致好長一段時間她醒在不知是清晨抑或傍晚的昏暗底。

誰知道呢？說不定她迄今的生活就是一團昏暗。像夢，怎麼也看不清楚。好幾次，澡洗著洗著，一轉身赫然發現頭髮凌亂的母親佔據浴缸一角：雙手抱膝，腳趾灰淡，像一塊石頭動也不動。她慌亂地扯過毛巾遮住胸口，表情大抵是恐怖片的不可置信吧？直到臉盆嘩嘩溢出水來，這才一如幼時，鼓起勇氣上前摟住母親：不怕，不怕哦。

事後，她詫異著：母親幾年前不就因病過世了嗎？怎麼可能還出現在浴室裡!?但，如果不是的話，擁抱的觸感何以如斯眞實？何以母親髮窠間的蒼白如歷在目？也因此，她心生恐懼，以爲這意味著：自己正一步一步邁入年歲無可挽回的衰敗底——或者，長期服用安眠藥導致不得不的幻覺？

她不確定。只記得母親背上青一塊、紫一塊的驚悚——那是從前沐浴後，母親必然取來一條熱毛巾要她平敷其上——每每毛巾這麼一下去，總感覺到一股尖柔的、細微的什麼自體內竄起，伴隨著母親不由自主地顫抖，最終引來她不忍而稚氣的探問：

痛嗎？

●

我不知道。我眞的不知道。可能是，我一直都比較忙吧——這陣子實在忙壞了！你們也知道，這個活動需要開會、應酬、募款什麼的，每天晚上都弄到很晚才能結束，有時跑個攤又天亮了，所以白天都在睡覺……我和我媽大概一天見不到幾次面吧。加上這幾年她精神不太好，動不動就把自己鎖在房間裡——我眞的不知道。以前是有聽她說過想自殺……眞的不知道欸。

她覺得痛。

那些大小不一的瘀痕，成爲她日後面對疼痛時不斷浮現的影像——它們究竟如何形成的呢？她經常質問自己，經常無解以終。記憶底，母親盤在腦後的髮髻鬆開的剎那，覆蓋於髮絲底下的瘀痕也有了生命：時而顯露、時而隱匿，時而深、時而淺，隨著肥皂泡沫浮盪於浴室底。

「什麼痛不痛？」面對她的提問，母親大概也有些詫異吧。

畢竟，她才剛升上小學二年級啊。

那時候，母親低下頭來：「男命無假，女命無眞，等佮以後大漢，媽媽就享受囉。」

享受。隔了這麼多年，她依舊記得那一語調——多麼熟悉又多麼陌生的字眼，無論如何也想不起，她是否對兒子說過同樣的話？奇怪的是，當時從未聽見家裡有任何爭吵。母親與父親始終表情愉快地吃早餐、看報，偶爾談論是不是該買一張愛國獎券，或者這一期會款要不要標下來？那樣平常而自然。除了母親背上不時生出的新的瘀痕：正在轉黑的顏色宛如一只灰翳眼珠，怯怯朝四周窺探。

（滴得滴得）

（滴得滴得）

也許是她記錯了。也許是，這幾年來她的腦袋「秀逗」了。昨晚——應該是昨晚吧，她再度忽略了醫生的叮囑，一口氣吞下好幾顆安眠藥。此刻天花板忽遠忽近，更遑論記憶之渾沌與精神之恍惚——不過，可以確定的是，腿脛上那塊瘀傷肯定是好了，否則怎麼不癢了呢？那些或大或小的瘀痕，它們全在母親的背上挨擠著、笑著，一如這些年來永遠不會完的夢魘。

在夢中，她帶兒子返回那座古厝。沐浴時分，她們仨擁擠在狹小的空間底，搓揉彼此的身體。母親纖瘦的身骨拖負著極長極長的頭髮，髮尾流曳於地，必須用腳踩踏以代替手洗，導致浴室裡充滿了搗衣般的懷舊氣息（她母親是想藉此掩蓋什麼嗎）。

曚曖裡，她發現自己的手腳湧現大片瘀痕，黑色的瘀痕一寸一寸侵蝕著她，她的手腳甚至皺縮起來，兒子的身形卻迅速脹大，而母親呢，佝僂得更厲害了，幾乎看不見臉，只有褐色的瞳孔還亮著光——

「後擺，我還是想要跟恁爸爸，合（埋）作夥。」像是努力把握最後的時光，母親低低地低低地附耳說。

她感覺四面八方洶湧而來的疼痛囓咬著她。

她的四肢一點一滴滅逝。

她變得好輕好輕。

能夠飛。

（滴得滴得）

（滴得滴得）

好像是，不吃就沒辦法睡覺吧……沒有，以前沒有。她原本沒有吃安眠藥的習慣，後來越吃越多……有時候我會對她說：媽，妳不要吃那麼多好不好？然後她會一二天沒吃，過幾天又開始吃，而且吃很多很多——有幾次還送去給醫院洗胃，我趕到醫院看她，結果她早就回家了，回家之後又繼續吃（安眠藥），後來就變成惡性循環……

● ●

她睜開眼，腳心仍重得像鐵，冰冷，麻了，連同胸口襲上一股寒氣——怎麼會，這樣不知不覺打起盹來？怎麼會，這麼這麼冷？明明氣象報告說，冷氣團已逐漸轉弱，而且全球暖化，全台各地的野山櫻都提早開花了哩。

但她就是無法暖和起來。眼前的牆面磣白無比，彷彿剛剛夢裡蒼白的浴室，稍一撩撥便水氣淋漓，惹得眼窩湧出一窪濕潤……究竟是她真的老了，抑或安眠藥徹底擾亂了她的感知？有一片刻，她再度看見灰撲撲的母親靜坐床沿，逆光的背影一顫一顫。

好冷好冷啊。

這麼冷的天氣——兒子呢？她反覆思索：夢中變成巨人的兒子，將她捧在手心輕輕吹氣：

「ㄇㄚㄇㄚˊ，醒來啊，ㄇㄚㄇㄚˊ……」她被兒子嚎啕的喘息給吹遠了——他現在在家嗎？她再次傾聽，屋內除了滴得滴得不曾間斷的聲響，沒有其他動靜了，想必還未起床吧？

兒子——那個從小再熟悉不過的男孩，此刻卻感到陌生——多少年來，他們相依爲命，離婚第一年，兒子在卡片上寫著：媽咪是最ㄅㄤˋ的爸比！還有一年，同樣是佩戴康乃馨的日子，兒子寫著：媽咪，我們要一起幸福喔。「我們」。以爲不可能生疏的兩個人，而今竟連他的長相也說不準：眉毛——應該還算濃吧？鼻子——大概像她吧——也不對，又好像前夫？眼睛呢，近視了，不過沒戴眼鏡，經常瞇瞇眼。嘴巴——嘴巴怎麼樣？

她又想了想，終究放棄了，宛如隔著一面毛玻璃，無論如何都不夠眞切。難以理解。兩個人，住在同一棟屋子裡，見面的次數卻少之又少——往往天光乍亮，她獨自在大廳走動，兒子還在三樓睡覺；等到她外出回來，屋內依舊空蕩。於是她做完午飯，輕敲兒子的房門，卻什麼動靜也沒有——有那麼一天，拗不過兒子補眠的需要，就連這個動作也省略了，只留下一張紙條叮囑。

然後，她進入二樓臥房小憩，醒來時已不見兒子的蹤影。

所以她勸兒子：不要再去街上做那些有的沒的抗議了。危險啊。報紙上說最近會有挑釁事件，萬一有人開車撞你，那媽媽怎麼辦？兒子一張臉遮沒於報紙裡，並不作聲。她不由惱怒横生，卻沒勇氣扯下報紙，倒是想起從前兒子念小學時，國文課本這麼寫著：「誰起得早？媽媽起得早，媽媽早起忙打掃。誰起得早？爸爸起得早，爸爸早起看書報。」是啊，「爸爸早起看書報」，書報最終成了男性的臉，上面密密麻麻寫滿了今日大事，不帶感情，偶爾出現錯別字。

（她想到這裡忍不住會心一笑，但嘴角竟不聽使喚，無法上揚。）

（滴得滴得。滴得滴得）

（滴得滴）

兒子放下報紙，神情不耐，甩開大門。她一時慌了手腳，追問他是否回來吃飯？但大門已經闔上了。她坐在廚房裡，目睹剛剛起鍋的飯菜漸漸冷下去。目睹他們的溝通曾幾何時只剩下嘮叨與憤怒？她是兒子的守護者，不是？一直以來都是，不是？而兒子是她的信仰——想想小時候他緊緊抱著她大腿的模樣！怎麼後來他們會成爲時鐘的一體兩面，各自在屋裡生活，形同白天與黑夜，即使見了面，也是匆匆忙忙分別的時刻？

她坐在廚房裡，目睹剛剛起鍋的飯菜漸漸冷下去，連同她內心所依賴的情感也漸漸被掏空。

究竟該如何才能成爲一位稱職的母親呢？

究竟該如何，愛？

●

我不會講。她這幾年的精神就是不太好，所以我們很少說話——大概從我很小的時候，她和我爸爸離婚之後就變得不太愛說話了……我的意思是，她好像變了一個人……之前她還常常跑出去，大概是在街上隨便亂走，後來就把自己關在家裡了。有人叫我要把她送出去（安養院），可是，再怎麼說我都有責任照顧她啊，她是我媽不是嗎？

是啊，如何愛？

有幾次，她攔住兒子，不讓他出門：「就跟你說危險啊！」她這麼激動著，兒子一張削瘦的臉龐壓在棒球帽下，眼神滿是不耐，辯解地說了幾句體己話，語氣誠懇、態度柔軟，也就是體己話而已。

她望著兒子漸行漸遠的身影，肩線窄薄，兩條腿瘦得哇——將來娶老婆拍婚紗照會好看嗎？她不肯放棄，從背後大喊兒子，但不回頭就是不回頭，任憑她如何叫喚都成了徒然，一雙尖頭皮鞋喀喀喀敲響地面，從那頭後傳來的柑橘香裸現一股椎心冰涼，使她不由打了個顫。

他還是個孩子啊，不是？

明知不該強求，卻仍忍不住多心。她一面淘米，一面憶起那次返回老家，兒子圓潤柔軟的小手握在手心，恍恍惚惚，幼獸似的滑腴與溫暖湧至心坎，多麼童騃的從前！所以，當他們行經再熟稔不過的王公廟時，她竟忽略了那隻必然衝出的土狗，齜牙咧嘴嚇哭了兒子。當時，她二話不說，虎地朝狗扔出皮包，迅速抱起兒子，一副大無畏模樣，雙腳卻抖個不停。

那樣親愛的時刻啊，而今卻淪爲疏離的兩個人——也許不是疏離，而是說不上來的不冷不熱——每日起床、買菜、煮飯、留紙條，分明住著兩個人的家卻始終充斥著一個人的寂寥，尤其安眠藥每每令她心悸口燥，即使坐在沙發盯住電視，焦躁依舊焦躁。客廳變成一只巨大盒子，蒼白曝亮，她感到體內汩汩湧出的什麼不斷往外漏逝，腳下的影子越發稀薄，最終她也成爲蒼白的一部分。

但她的思緒還不肯屈服，反覆追索：會不會是兒子這陣子交了女朋友的緣故？女孩圓臉大眼，沒有不好、也稱不上理想，就是一次被「入侵」的敵意。那是長久以來，只有她和兒子的兩人生活，突然闖入這麼一個陌生的年輕的女孩，愈加凸顯年歲之不可逆、時光之瞬忽、青春之不再，剎那間，她在餐桌上坐立難安，出神地盯著兩個人說說笑笑，一頓飯結束，耳邊盡是他們營營的聲音，聽得她頭都痛了。

她究竟在嫉妒什麼？

●

欸（回頭看一眼男方）。怎麼說呢，她是一位很安靜的長輩……林媽媽眞的很安靜，我只能說，這是我們台灣傳統女性的悲哀，被壓抑，被社會邊緣化……雖然只是簡單地打招呼，但我感覺得出來她並不快樂，不過，我想請你們更正報導，我並沒有像你們說的那樣去過他家，我只是和他母親見過幾次面，但我們還未發展到那樣的關係……不過，她眞的很安靜。

●

她被這樣的情緒困住了。

現在，屋裡偶爾會傳來女孩的笑聲，驚擾她午後小憩。她可以聽見成雙的腳步一前一後越走越遠，然後是大門反扣，若隱若現的髮香飄浮於大廳、鑽入她的門縫。使她無法靜下心來：大面神啊，還未結婚就和男方同進同出，而且沒有工作成天只知道向兒子伸手……越想越是氣惱，是不是爲了女孩，兒子才不肯放棄工作呢？

於是想起曾經走上街頭，探看兒子做些什麼？火車站前，人潮群擠，紅豔豔的衣服激起憤怒與更大的憤怒。女人牽著男人，男人肩上馱著孩子，孩子正向路邊的小販購買一襲紅色T恤。她很詫異：街頭抗議居然也需要制服？轉往前方搜尋，怎麼也看不見兒子的身影，倒是耳際傳來童騃的歌聲「明天會更好」，到處人聲嘈雜，極盡充滿的午後，她卻感到空虛無比。

兒子呢？

她張望著，瞥見一對男女吻得纏綿，幾個男人神情緊張地低聲細語，甚至分隔島對面的人行道，一位不良於行的乞丐忽忽邁出勇健腳步……她抹去汗，一陣目眩，天氣實在太熱，以致四周隔著熱氣蒸騰的柏油路似的，恍恍惚惚。突然間，人們鼓噪起來，嘩嘩嘩嘩，嘩嘩嘩嘩，聲音擁擠，使她一個踉蹌險些跌倒，所幸人牆擋住了她，她就這麼且停且走在人龍裡緩緩前行——該走去哪？他們是否也有和她一樣的困擾，該如何和孩子相處？他們在家中是否也這般理直氣壯？

這時候，人們騷動，踮腳，順著方向看去，原來是舞台上正演出一齣政治行動劇：兩隻老虎忽左忽右，紙製的鐵錘也忽左忽右——台下爆出一陣掌聲，她同樣興奮起來，好似那兩隻老虎與她極爲親近，直到演員謝幕之際，這才看清楚脫去動物頭套的男性正是兒子！兒子哩！身上的道具服在烈日底下露出厚重光澤，下襬絨毛盡是濕濡——會不會熱壞了呢？她這麼憂心著，推開人群想往前更靠近些，但密密麻麻的身影讓她只能隔著遙遠的距離揣度著：兒子究竟在執著什麼？

不是說他是這場運動的指揮嗎，怎麼演起戲來了？

只記得當天晚餐上，難得出現的兒子興高采烈地說起下午如何衝撞警察、如何呼口號——明明與事實不符，女孩卻開心附和，並且添加更多細節，兩人就這麼一搭一唱——她困惑不已，無法理解爲什麼他們要聯手編造謊言？難道是，她對兒子的期望太高所致嗎？難道是，兒子承受了什麼壓力？因而想起前夫，身形瘦小的前夫也喜於柑橘香，每日返家總高談闊論公司之種種，直到發現他的存摺裡：薪資轉帳早在幾個月前就停止了，那麼，那些朝九晚五的每一天，他都去了哪裡呢？

兒子還在說，說著說著笑起來，笑著笑著又擠出汗，像哭。

她再度聽見大門反扣的聲音。

想必已經下午時分了。她今天怎麼睡得這麼晚？真的好累好累啊，她想翻身，卻沒力氣，不免氣惱起來，好歹也該叫她一聲啊。她抱怨起女孩，也抱怨起兒子，似乎世界遺棄了她，將她重重拋擲於這個無光的房間底，兀自發冷。連帶滴得滴得的聲音越來越近，越來越清晰，點點滴滴全落進她的心坎底。

是雨嗎？她試了幾次，好不容易轉過頭去，赫然望見窗外站著灰撲撲的母親，頭髮糾結，動也不動地背對著她，頭後湧出淚似的瘀痕，黑色的瘀痕爬滿了地。

爬向她。

（滴得）

（滴）

（得）痛嗎？

●

那一刻，母親似笑非笑地望向遠方，風自河口滾進來，掀起滿地奔跑的塵沙，也掀起她們荒蕪的所在。那是母親繼承自外公的一筆土地：畸零地——「無用之地」——母親說，實在是經過太多代囉，而今只剩下公家權狀，所以土地幼碎得很，那裡一絲、這裡一絲，將來啊……她聽出母親語氣裡的不捨，雖然地處偏遠又無農作效益，但其中傳承的情感卻遠遠超出了世俗價值。

再怎麼說，那是個重男輕女的時代呢。

也因此，自從外公過世之後，母親每每來此除草或撿拾枯葉，甚至什麼也不做，聽風平靜地唱歌。前夜大雨形成的水窪如一只一只眼窩，它們和母親一同仰望天空：河寬水深，雲靄低垂，一整排防風林在路旁沙沙低語，一陣風過，流蘇似的葉尖展露出深綠的一面，直到天際覆上夜色，直到地氣蒸騰著泥土與草之腥澀。

她跟著母親撥開雜亂的五節芒，夏季時分，芒草刮磨，就連空氣也泛起一絲絲刺癢。原本蹣跚的母親呵，竟看不見了，嫩綠在腳下形成浪頭，她拚命叫喚，母親回過頭來，笑著，笑得很不眞切，用力朝她揮了揮手，不知說些什麼，雲霞底下的塵砂沙沙沙沙，彷彿也有話要說。

母親很是興奮：「妳看，這個——」原來是一朵玉蘭花。米白色的花瓣沾染水氣，瓣尖有些發黃了，嫩綠的梗心翠亮濕潤，幽香陣陣。母親閉目，嗅聞，表情寧靜，未嘗撲粉的兩頰生出花瓣似的光澤，白皙而帶點透明質感。

這樣優雅的母親。這樣美麗的母親後來怎麼會變成石頭呢？

許多年後，她同樣帶著兒子來到此地，同樣說了母親對她的抱怨——尤其是每年必須繳交一筆不算少的土地稅——兒子聞言，歪著頭想了想：「那，如果我不想要呢？」她心頭一驚，半晌無言，畢竟從未考慮過這一問題啊。那時候，什麼都顯老了，土地已老，年歲亦老，唯獨母親身後的長髮越發黑長，屢屢引來兒子心生恐懼：「貞子！好可怕的貞子……」

此時此刻，她靜靜站在隆起的小丘上，四周湧現窸窸窣窣的私語，怎麼聽也聽不清楚，只看見母親鶴立的身影，頸後揚起斑斑瘀痕，以及那句似有若無的話語：「千變萬化，毋值得造化。」

她怔怔聞見撲襲的玉蘭香，七月天，竟不由自主地顫抖，抖個不停。

●

她這輩子眞的被我爸爸害慘了，眞的——也許應該這麼說，她被傳統道德害慘了。她就是很典型的女性，在家裡伺候老公，一旦老公離開，她就垮了，變成一蹶不振的人……我是有想過要幫助她，但那樣的觀念實在太根深柢固了……所以我想，這就是我們之所以要挺身出來的用意，不只要讓這塊土地的人民站起來，也要讓全國的婦女同胞站起來……

她在墨黑裡掙扎著，手腳極度冰冷。寒意如蛇，刺麻自腳趾、腳背滑溜上來，緩緩鑽過腰肚、穿越兩脅，最終連掌心也一併失去知覺——怎麼會這樣冷呢？怎麼起不了身？安眠藥早該失效了才是啊。她躺在那裡，不知躺了多久，時間凝凍，彷如明礬，一層一層將她洗出更爲蒼白的膚色，也一層一層將生活褪盡顏色。

她想，肯定是她這陣子太少出門了，否則體力怎會變得這麼差？母親其實也有相同的毛病。冬季夜晚，冷得牙關直打顫，而她拚命摩擦雙掌以暖和母親的手腳。儘管奮力，寒涼依舊凌厲透進她的心坎來。所以她屢屢自身後抱緊母親，感受母親漸漸鬆軟的呼吸，漸漸墜入暖調的眠夢，並且聞見似有若無的薄荷味——那是洗完澡後，母親抹在脖子上的青草膏，它們不時搔癢鼻息，使她難以入睡——她再度困惑，那些瘀痕究竟怎麼發生呢？

因爲父親出差的夜晚，她得以如斯靠近母親。一旦父親返家，她便得回到那張床，側身和弟妹做著擁擠的夢。夢裡傳來窸窸窣窣的嗓音，近乎幼獸哭泣，細長而悠遠。於是她醒來，坐在靜默的夜底，聽見身後磨牙流涎——再仔細聽，壓抑的什麼像一則影子，匍匐至腳踝，輕輕刮磨，輕輕搔癢。

她忍不住哆嗦起來。

穿過幽微的樓梯，越靠近甬道盡頭，越清楚聽見聲音放大的激動。她小心翼翼摸索，後悔不該受好奇心的驅使，多麼多麼黑啊，會不會有鬼躲在哪裡呢？年幼的她害怕不已，儘管再一步就是父母親的房間，但那低鳴近得有如貼附身後，以致她一顆心怦跳得這樣厲害——從門縫裡透出的光像未闔上的眼，她和它僵持許久，最終怯怯往內一瞧——

現在，母親在床沿坐了許久，聳肩駄背，就是不願回過頭來面對著她。她很用力地喚她，卻發覺喉嚨一陣緊縮，無法成句。母親稍稍移動位子，極長極長的頭髮在背上沙沙摩擦，似乎有很長一段時日未清洗了。媽。媽？她再度發出粗戛之聲，母親把身子縮得更小更小，安靜地弓起背宛若一塊安靜的石頭。

難道是在責怪她，如斯輕易就將那塊畸零地賣掉嗎？

不是這樣的！不是！她試圖辯解，不知從何解釋：前夫自作主張的惡行——母親仰起頭，直直望向屋外。又過了片刻，站直身子，一如過往入浴前的時光，悠緩而仔細地褪去身上衣褲、挽起長髮、掀動滿室浮塵，而她大吃一驚：那些瘀傷倏忽消失，母親變成一塊真正的石頭，光滑無比的石頭。

（這個下午怎麼說天黑就天黑了呢？）

（這個下午啊）

（兒子）

（兒子呢）

滴滴答答的聲響始終沒有停過，整個世界灰撲撲，到處淚水汪汪似的，而她無論如何醒不過來，依稀聽見母親說：

「落雨囉。」

●

她眞的很容易瘀青。身上動不動就黑黑的，尤其膝蓋這邊。我記得從小到大，她都是穿長褲、長裙——可能是老了很容易跌倒吧？還是安眠藥吃多了的關係？我記得我外婆也是這樣，她們大概都是容易瘀青的體質……後來家裡鋪了很多塑膠墊，還請人在尖尖的地方黏防水膠，結果還是沒用，還是常常受傷——只是，只是我眞的沒想到會有這麼多……

●

痛嗎？
會痛嗎？
媽媽，我看見爸爸掐住您。
痛嗎？
您好痛苦又好快樂。
會痛嗎？
好冷，我眞的好冷。
媽媽，這是怎麼回事？
怎麼和孩子相處？

我覺得非常遺憾。

● ●

落雨啊。

母親怔怔地說。那時候，她們站著的那座小丘開始柔軟起來，她擔心母親腳步不穩，拉起母親要往車上躲。但母親動也不動，反反覆覆：千變萬化，毋值得造化……說這話的母親兩眼空洞，頸後瘀痕同樣空洞無神，它們怯怯打量世界，不時浮盪於髮絲翻躍之中。

那時候，雨勢激動，怒吼似地要將天地吞滅，也不過轉瞬之間，她和母親的腰背雨水淋漓，褲腳上盡是泥濘。她緊摟母親，母親窄薄的肩膀令她有些吃驚，在她的印象底，母親始終那樣堅毅而巨大，始終有著寬厚的背影，此刻卻像隻無辜的幼獸微微顫抖——害怕什麼？

眼前那株玉蘭樹早就浸潤於水窪之中，越發顯出花苞之光潔與白皙。她注意到母親臉上一片濕濡，分不清是雨或淚，只記得母親指節握緊，意欲擊打什麼的姿態，有一片刻，她多麼憂畏母親痛哭失聲。

「千變萬化，毋值得造化啊。」

許多年後，她才輾轉得知：父親責怪母親遲遲懷不上兒子，意欲再娶，兩人常爲此起衝突——所以說，那個夜晚，她意外目睹的，恰是他們爭吵之後變相的激情嗎？她這麼詫異著，無法置信看似溫文的父親，彼時竟掐住了母親的脖子……那些瘀傷，那些一只一只目珠似的瘀傷，它們——

落雨囉。

母親又怔怔地說。燈光昏黃，戴著老花眼鏡，一字一句抄寫《心經》，筆墨還沒有乾，空氣裡浮動著樹木被焚燬的灰澹氣味，一種易脆的質感籠罩了大廳。她和母親坐在餐桌前，偶爾聊起什麼，各自嘆了口氣或緘默無語——多半是母親靜靜地聽她說——母親拿起宣紙瞧了瞧，神明桌上透照著兩盞紅燭光，模模糊糊間，她看見母親在經文末尾寫著：願以此功德，迴向給阿雲。

「阿雲……」母親抬起眼，喚她，一副欲言又止的模樣：「後擺，我還是想要跟恁爸，合作夥。」

陰暗裡，她母親的皺紋都長到領口來了。

她一時不知如何安慰母親。倒是母親牽起兒子的手，指指屋外一串玉蘭花：「有蜜蜂喔，嗡嗡嗡喔。」兒子高興地拍著手，一雙小腿又蹦又跳，母親也笑著，笑得那樣燦爛，一頭長髮層層盤在腦後，像笨重的繩子一圈一圈。

她的身上，是否也縛著那樣的繩子？

●

我眞的覺得非常遺憾。

眞的下雨了。

她聞著熟悉的地氣，從窗外滾進來的味道糅雜著似有若無的芬芳，仔細聞，是米仔蘭特有的淡雅——也不對，似乎是柑橘與玫瑰層層疊疊的冷香，冷香凌厲，陣陣侵擾，惹得她鼻頭一陣發癢。

再仔細聞，一絲餳澀、一些些酸，近乎木頭浸泡過久的軟爛——那些碗筷啊，她說過，要洗嘛！倦累。異常倦累。她無法起身也無法移動，手腳愈發冰冷，眞的好冷好冷，不知是不是入夜的緣故，房間裡漆黑得像塊鐵，冰冷沉重地壓迫著她。

兒子呢？想必又不回家了。就算回來又如何？她想起從前信誓旦旦意欲打造一個「圓滿的家」，此刻竟一點一滴任憑黑墨吞噬，到底怎麼回事？一心一意爲兒子抄寫的佛經與光明燈，怎麼到頭來像場白費？怎麼會不夠踏實也不夠定靜？

（滴得滴得）

（滴得滴得）

她聽見什麼聲響。是兒子回來了嗎？

滴得滴得。

滴得滴得。

聲音近得彷彿就在四周。

她企圖翻過身去看個明白，未料臀下竟一片濕濡！大塊液體流至腳邊，沿著床鋪跌落地面！（滴得滴得。滴得滴得）越來越劇烈、越來越頑重，倏地傾洩而下！她的身體宛如極度壓縮後的海綿，淅瀝全數將內裡的體液（血？尿？汗？）噴竄而出，僅僅留下蓬鬆而空洞的孔目兀自在那兒一起一伏……她想大喊，卻發不出聲，濕涼一寸一寸浸透著她……

滴得滴得。

滴得滴得。

糅雜了壞毀與黏膩的氣味。她沒想到，自己，居然已經，完完全全，僵硬了！原來她，原來——原來死亡是這麼寂寞的事啊。她想。想起這些年來徒勞無功的全部，死亡反而使人輕盈，更輕盈地回想從前，回想前夫、她與兒子之種種，以及，在更黑更黑的夜晚來臨之前，目睹母親鬆開腦後髮髻剎那，那些浮動的瘀……

所以，她輕盈地騰空起來了。目睹那一具正在腐敗的自己的身體。滿地飄飛的《心經》被風驚擾得劈啪作響，一字一句抄寫的經文彷彿生出它們的意志——喀喀喀喀。喀喀喀喀。是兒子回來了嗎？門把正在轉動著。她又聞見一陣柑橘與玫瑰糾纏的冷香。喀喀喀喀喀喀喀。欸啊，眞糟啊，她昨晚（眞的是昨晚嗎）將房門反鎖了——是兒子在喊她吧？怎麼聲音聽起來好遠好遠？他進來之後，會吃驚嗎？會不會找不到她的銀行帳簿？密碼呢，她有沒有告訴過他密碼？

滴得滴得。

滴得滴得。

她母親坐在床沿，說，落雨啊，落大雨啊。又說，春天厚雨，古早人叫「禪雨」——咦？奇怪，哪會，哪會連妳的目屎也這麼多？
（那些挨擠的瘀痕）
（媽媽，我看見爸爸掐住您）
（瘀痕笑著）
（妳好痛苦又好快樂）
（好冷，我眞的好冷）
（痛嗎）
（媽媽）
（痛嗎）
滴得滴得。
滴得滴得。
這時候，門眞的打開了——
滴得滴得。
滴得。
滴。
滴

半獸

從海的盡頭延伸而來的大片黑暗籠罩著這個房間，那樣孤寂的觸感猶不及夢醒時分必然面對的現實餘悸，因而伊喘息不止，弓背，側躺，蜷縮如盤尾之貓，如一只尚未孵開的蛋。

這樣靜謐的時刻，不啻是伊長久以來企盼的全部嗎？竟難以成眠。夢的渡口形成耷垂的小花圖樣的窗簾布，興許哪個角落糅雜了菸與潮霉，又或者隔著天花板隱隱約約傳來的低喃，那些細碎成為伊耳底巨大的驚擾，夢境逸散。

於是伊起身坐在床沿，抓抓手臂，極其乾燥的窸窣，竟刮出幾許淡薄的皮膚屑？分明是痓夏時節，屋外捲起一蓬一蓬熱氣，屋內卻如斯寒涼——伊試著把溫度調得更高些，奈何機器壞了，只有床頭櫃還光亮，甚至可以聽見廣播頻道嘰嘰喳喳的交談。

廉價的旅社風情。伊又扭了幾下開關，終究放棄了。走近窗簾，撥開：逐漸低下去的夕照，火車站前露出那排斑駁字體，其下的人影一會高一會矮，仔細聽，似乎是列車進站，鏗鏘鏗鏘間歇性敲打思緒，使伊想起更早之前，踏上月台時的激動：奔跑的孩子、抽菸的阿桑，還有剪票口永遠破了一個洞的人形看板——說不上來風沙或塵土，只覺得熟悉，膽怯，彷彿太多的舞台預演，情感失真：是啊。是這個味道。

伊在心底這麼激動著，緊握行李揹帶，穿過售票大廳，照例瞥見角落那個老人：手裡捧著口香糖，兀自打盹，夢同樣泛黃了、老了，唯獨幾個年輕人活力勃勃，不懷好意打量著老人的錢包。

伊和他們錯身而過，離開車站時，感覺有好幾雙眼睛在背後詫異。

也許是太久沒回來了。經過騎樓底下一扇鐵門，伊借著光照端詳自己：黝黑，捲髮，門牙微凸——還是從前的模樣，一如最初踏進那座古厝時，突如其來的不鏽鋼倒影驚嚇了她！那天也是悶熱的一日，陽光映在滿室輕輕搖晃的玉蘭香，像輕輕搖晃的一潭池水，而伊就這麼站在池邊瞧著仲介的肥胖身影，以及阿公抹了賓士髮膏、花襯衫領子立高的神氣。

伊一面想，一面瞥見有人回過頭來指指點點。

對此，伊理當習慣了——再怎麼說，伊是來此幫傭的外鄉人——然而伊想，今天應該有些不一樣才是：重新回到鎮上，重新走進熟稔的街道，難道伊不該擁有一絲絲不同以往的風情嗎？伊想——煩躁地低下頭去檢視上衣，摸摸褲子、摸摸背包，赫然發覺身後不知何時生出一條尾巴！短而粉紅，尾尖倒勾，也就是一條尾巴的模樣！伊伸手去摸，尾巴倏地不見了，獨留牛仔褲上被菸蒂烙印的一枚小洞，微溫，指尖貼附一圈脆薄的菸灰。

伊又羞又怒，從未想過小鎮竟以這般姿態歡迎伊返來。

伊再度躺到床上，雙手攤平。身上的疲倦像個孩子趴在胸口，兩鬢隱隱作痛——無法入睡，心頭惶惶掛念些什麼，究竟為了哪樁也說不清。不夠密合的窗簾縫隙滑進細細光度，撫摸伊的腳跟，慵懶而乏力，連帶使伊意識到一整個下午就這麼過去了，而伊始終未嘗夢見蓬鬆的雲朵、大王椰子樹、老在屋簷爭吵的麻雀——也許，伊更想夢見的是那座公園，公園裡的阿公動也不動，任憑香菸一寸寸燃燒，恍恍惚惚間，烏蒂嬉戲的那只毽子變成一枚不能再小的黑點……然而無論飛得多高，終有墜落的時刻。

伊定睛一看，毽子變成窗簾扶帶底下的黑色繫錘，來回敲擊牆面，原來是忘了關窗，滿室響動一拍沒一拍的節奏，還以爲是冷氣故障。

電話滴鈴滴鈴叫起來，伊趕忙去接，是先前設定的鬧鈴服務，剛剛接起便掛斷了，嘟嘟嘟的迴音異常刺耳。現在，伊可以感覺到寂寥的重量，從四面八方迫近過來，壓擠，以致伊的面孔都要變形了。

伊拿了霹靂腰包往外走，經過一樓櫃檯時，捲髮女人喊住伊：「鑰匙不當帶出去欸。」伊將鑰匙遞給女人，對方露出一排金牙問：「要去踢跎是否？」

「今日放假啊？」

都是此重複的話語。目光有意無意朝伊身上瞟，自顧咧嘴笑——起碼還有人願意停下來地對伊笑。走到屋外，發現陽光燦亮，一點也不若隔著玻璃窗的疲軟，從旅社招牌望過去，一枚拖著白線的亮點緩緩劃過天際，像剖開一幅畫，像漸漸聚攏又漸漸散去的浴缸泡沫……伊看得出神了，直到身後傳來一陣喇叭，這才注意到自己不知不覺走出了騎樓，正向對街移動。

伊打算去那座公園走走。

路上是再熟悉不過的地景，空氣裡飄盪著油蔥、糅雜了汽機車的廢氣、以及曝曬於路旁的龍眼乾——既甘甜又飽含了各式氣味，確實是伊朝思夜想的南方小鎮，更接近於故鄉的氣味——因而再也不去設想台中生活的不愉快：那些重新適應一個城市的心緒，簡直是一場倒帶重來的費時曠日，幾週下來，伊總覺得心境老了好幾回。

儘管如此，伊還是經常想起太太房間裡的那個塑膠假人（它是一個男人）——身上的皮膚光澤與彈性如斯眞實，稍稍觸及竟顫抖回應——那究竟意味著什麼呢？

路上的人車漸漸多了起來，夕陽尚未隱沒，月亮已經迫不及待掛在天際。伊停下腳步，望向各式各樣的攤販、人、商店，對面偌大的電影看板閃起霓虹燈，看板上的男人因而一會青、一會白，緊緊摟住女人似乎有話想說——伊打量許久，終於認出那是年輕時頭髮濃密（而今禿頭）的一位美國男明星，是伊和丈夫巴力雅初識時，第一次去城裡約會的影片……片名呢，欸，片名……伊惱怒著：最近的記性怎麼這麼差？

時間被拉長了。伊站在那裡，回想從前之種種：和巴力雅躲在空屋裡的激情、結婚之後的爭吵、離鄉前孩子們的哭泣——影像流轉遞嬗，又混亂又清晰——眞奇怪，置身在五顏六色的路口，腦海中卻不斷浮現那些近乎黑白畫面的不愉快。難道是可資快樂的回憶太少嗎？

伊摸摸手肘，厭惡自己這樣悲觀的性格。抬起頭，聞到越來越濃密的油蔥，猶豫著是否要進去市場吃一碗豆菜麵？淋上肉沫、拌入豆芽菜與辣椒，純粹的辣與鹹，是這個鎮上帶給伊最深刻的味覺，也是伊當初苦勸阿公少食的一道料理（畢竟他總是加入許多醬油），不意此時此刻竟是伊朝思夢想的滋味？

許是伊和阿公在這裡共同度過了許多個悠閒的黃昏吧。天空橘金帶藍，市場入口的拱門招牌同樣映出淡藍色光度，越往內走，燈泡是陰闇裡團團的雲朵，揭露出腳下何其髒污與腥澀。彼時阿公花襯衫筆挺，找到攤位坐下，不一會，圓胖的老闆娘端上來兩碗豆菜麵和魚丸湯，間或一碟菜脯炒蛋，一面吃，一面聽著人潮散去後，窸窣窸窣下水道私語，還有王公廟埕前裊裊不絕的梵音，玉蘭花總是發出楚楚可憐的香氣。

而伊覺得安心無比——當然，那是後來的事了，如果不是先生和太太返回古厝長住，伊也不會感到那一刻有什麼不同吧？

伊想，還是算了，下次再來吃豆菜麵好了。買杯珍珠奶茶沿著人行步道往外走，行經圓環前，伊注意到一面翻動的旗子，掌旗的紅衣老人一會走到左、一會走到右，腳步緩慢、面無表情。反倒是幾個揮舞小旗幟的婦人：眉眼皺得像團包子，神情激動聽不清楚嚷些什麼？嚷一嚷，大概也累了，席地而坐喝起飲料來，三三兩兩的身影伸得老長，很具寂寥的意味。

寂寥是突然湧進嘴裡的一連串粉圓——伊險些岔了氣，劇烈咳起來。

伊依稀記得這一場抗議。抗議政府，抗議總統——其實不管怎樣都好，都不是伊能夠決定的事，倒是伊牢牢記得工作合約上的年限：三年期滿後，須出境復返，方能續約。一千多個日子啊。伊盤算著：一天三餐，也等於吃了三千多餐了，到時候，孩子還記不記得伊？巴力雅呢，會不會愛上那個街角賣香料的女人？

無以名狀的恐懼。對於即將返鄉的時刻，竟沒有想像中快樂。雖然經常寫信給巴力雅，空閒時撥電話回家，終究隔了一層距離，怎麼說都顯得不夠踏實——尤其巴力雅本就寡言，僅單調反覆：要忍耐啊，忍耐。

伊伸手摸摸腰際，覺得非常沮喪。一千多個日子像水一樣淅瀝殆盡，餘下一雙濕潤的手，和這只始終陪伴伊的腰包。而今，鑲邊的紅線全起了毛球，拉鍊也有些故障了，但伊仍捨不得丟，裡頭除了皮夾、零錢，還有伊的日記、信件、照片，全都是破舊得很的東西，而伊攜帶著它們、牢牢惦記，像拖拉著從前蹣跚而行……

幾個小孩回過頭來打量著伊。

他們的眼神有一種澄澈的好奇。

伊咧嘴扮了個鬼臉，他們又驚又叫跑開了。

有什麼好看？伊忿忿地，不願意再忍耐下去，卻沒有膽量像烏蒂那樣理直氣壯，還是不放心地低下頭去看看自己，特別是臀部——並沒有什麼不一樣，沒有尾巴、也沒有破了的小洞，除了手臂微微發癢外，伊的樣子一如其他人。

雖然伊知道，「和其他人一樣」是無論如何也無法迄及的想像，畢竟一望即知伊是深目黝黑的外鄉人——甚至聽伊說話的腔調：「阿公阿公，你ㄅㄨ要生氣啦，我幫你弄『一隻』蘋果……」「阿弟，你的臉，不太好喔？」太多太多的嘲笑，以致伊漸漸沉默起來，日記裡因而生出許多凌亂的字——事實上，照顧阿公並不需要伊多話：每日晨起拂拭閣樓裡的佛堂、泡牛奶、洗衣，間或去市場買菜，然後作飯、吃飯，陪阿公至公園裡度過整個下午，然後回家作飯、吃飯——

一日終了。

伊朝著那些已經看不見的小孩身影瞄了一眼，繼續往前走，突然有人自身後喊住伊：「啊妳不是那個……」

伊警戒地凝視對方：一名戴眼鏡的老人跨坐於摩托車上，背後載有冰桶與甜筒餅乾——叭哺！叭哺！——懸在車頭的球狀喇叭發出刺耳音響，嚇了伊一大跳，也惹來老人呵呵笑。

「啊妳當時轉來欸？」老人擦了擦冰淇淋勺：「要呷一支冰否？」

伊遲疑著往後退了一步。

「這天氣唷，燒得不輸在煨鼎，呷一支冰好否？」老人嘆：「妳以前攏和阿公來啊，妳攏嘛呷芋仔口味欸……」

老人俐落地將冰淇淋球疊於餅乾筒上：「免驚啦，冇幾現錢——啊恁阿公最近哪攏沒看到？」

伊接下老人遞過來的甜筒，不知怎麼回事。怎麼在伊的印象中，全然不記得這個老人呢？

「阿公最近啥款？好否？」老人又按了兩下喇叭，像要將伊驚醒那樣。

直到老人離開，伊仍舊不明白對方爲什麼和伊這般熟稔？倒是在意著老人的疑問：「妳最近較有肉唷？」

伊捏捏手臂、捏捏肚子，怎麼可能胖了？在台中，伊可是每天要做好多事哩——大部分是清潔工作：從廚房到客廳、從臥室到書房，幾乎是大掃除的狀態——怎麼能夠這麼髒？那一陣子，伊經常陷入滿是污黑的夢境之中，口鼻皆灌入黏膩的浮塵，而伊拚命叫喊，終究遭到滅頂。醒來之後，發覺自己睡在行軍床上，而太太的鼾聲變成夜裡碩重的召喚，一隻黑蛾拚命衝撞著她發亮的額頂。

因爲子宮腫瘤必須開刀，太太遂強行將伊帶走，說是希望在伊返回菲律賓前，能夠幫忙打掃家裡，根本用意在於省下昂貴的看護費用。伊初始未曾聯想到這一層面，日後生出心眼，甚不是滋味，但又如何？再怎麼說，太太發起脾氣時，那一連串的抱怨與擰人的手勁，簡直像一場觸電——伊輕輕撫摸著手臂外側的瘀傷：它們正由青轉灰轉紫，獸似的眼睛靜靜往外窺探，所見不外是從這個房間到另一個房間、從這座厝到另一個厝，以及公園裡一具具的輪椅和老人——

老人——伊掛記著老人臨去時的話語：怎麼可能胖了呢？肯定是對方看錯了。伊想。從伊此刻的背影看起來，裸露的手臂在逆光中浮現薄金似的汗毛：長而濃密，奇異地一寸一寸增長，越往前走，越覺到衣服與褲子的緊繃，彷彿伊的身體正膨脹著。伊抹抹汗，抱怨天氣實在太熱了，汗都流到褲腳哩，也難怪走起路來有些彆扭。撢撢領口，瞧見路的盡頭，山勢環抱，峰頂時隱時現，雲靄圍攏於山腰之間，一陣風過，又游移幻化成一縷輕絲了。

走進公園時，賣香腸的阿伯瞥了伊一眼，好幾名正在打籃球的年輕人也停下動作，目光紛紛投向伊這邊。

伊不去理會他們，兀自往墊了假山的矮丘走去。那是此處視野絕佳的制高點，丘頂栽種了好幾株阿勃勒，從底下望上去，葉尖翻飛，金黃色的花穗晃動如癲。對於此地的整體印象，除了和阿公相處的時光外，恰是來自這一朵一朵黃澄澄的小花：從前還在老家時，伊經常摘取它們的種子而食，帶有一絲絲甘甜與清香，而伊的母親則說：阿勃勒是你們回家的指引。

伊真的好久好久沒來這兒了啊。張開雙臂，衣襬被風輕輕掀起，攤平，再掀起，攤平——堆堆疊疊的雲層像一蓬一蓬熱浪，風被浸潤於天際深處；地界上有長條狀的光痕紊亂交錯，青草與泥土的氣味沉悶覆蓋——伊未嘗料到，從旅社走到這裡，天空還是這般明亮，因而伊能夠看清楚公園底的一草一木，以及旁人有意無意的窺探。

伊將手撐在身後，稍稍往後靠：想起從前的日子——先生與太太還願意支付阿公的生活費的那段日子——厝裡只有伊、阿公、阿弟幾個人（阿嬤住院去了）。每至傍晚，伊陪著阿公散步到此，可以看見廣場上圍成半圓形的一具具的輪椅緊密併排，其上的老人動也不動。而阿公同樣動也不動，食指與中指的香菸好幾次險些燙著了手，但他不疾不徐，捻捻指尖，將菸含進嘴裡，再吐出時，菸蒂已然熄滅。

那時候，伊與同鄉女孩烏蒂踢毽子正踢得開心，兩個人哇啦哇啦的語調引來阿公念了句：「不輸烏仔在噪噪叫咧！」然後拍拍手，自顧往菜市場走去了，逼得伊撇下烏蒂和毽子，快步跟上阿公的背影。

伊好喜歡待在公園的時刻啊。總是想像著：那些金黃色的阿勃勒從矮丘上凌空起來，帶伊穿越鎮的街景、海濱，不見得要去哪裡，純粹地優遊與閒盪——伊困在機械化的例行工作太久了，多麼希望能夠有這麼一天，什麼事也不做，看那一團又一團的雲層聚攏逸散，任由陽光在伊身上一寸一寸低下去，回到家不必動手，有人作一頓熱騰騰的晚餐——

伊微微一驚：今天不正是伊所想像的，無所事事的一天嗎？爲何伊始終沒有放鬆的感受呢？從台中搭上列車那一刻起，伊就這樣心神不寧，難道是因爲阿公病倒的緣故嗎（據說是心臟病）？抑或彼時先生與太太惡聲惡氣的嘴臉（他們說：妳想回去就回去吧，愛去哪就去哪）？還是這個數週不見的小鎮（這地方和伊的故鄉有那麼一些些相似之處呢）？

伊閉起眼，聆聽風吹動樹梢，小草起伏，一隻黃金獵犬追逐著紅色飛盤，經過泥濘的窪地時，孩子們驚呼：「小心啊，米可！」好幾朵木棉緩緩墜落，落到蜷縮的貓背上，落到小女孩飛揚的髮梢間，一張稚氣的臉龐躲在樹幹後，怯怯喊：媽媽……媽媽……伊猛然睜開眼，眼前的天色一層一層暗下去，整座公園沉浸在冰灰底，浮現更爲明顯的地氣與青草味，小蟲盈繞，寂寥漸漸沉降，一架老是盤旋於上空的遙控飛機眼看就要翻墜了，嘩地再度騰升！

無限的疲憊自腳底湧上來。伊試著躺到草地上，突然被什麼卡住的不舒爽——伸手到臀下一摸，竟是那粉紅色的尾巴！**尾巴**！柔軟而具有彈性的倒勾，毛茸茸拂過伊的指尖，伊反射性地縮回手，站起身來抖了抖腳，側過頭去，瞥見長長的尾巴生命力十足，一會向左一會朝右小蛇似游動——確確實實的尾巴！不是夢！

伊幾乎要尖叫起來。

一名小孩欺近身，握住伊的尾巴道：「嘻嘻嘻，山羊伯伯的鬍鬚耶。」

小孩嚷：「媽媽妳看！是山羊伯伯的鬍鬚！」

那位母親見狀衝上來，大聲斥責：髒髒！不是叫你不要亂跑嗎？萬一生病了怎麼辦？

那位母親帶著驚恐的神情，拉著小孩走遠了。

那位母親一直盯著伊。

伊現在才發覺，手臂及後頸皆覆蓋了濃密毛髮！那一條尾巴繼續甩動著，越來越暗的深藍底，伊依稀分辨出掌心同樣生出了大量毛髮——伊說不出話來，只聽見沙沙沙的瘖啞，那低沉的嗓音更接近於動物性的發聲——伊正變身成一隻獸！雖然意識清楚，但投射於草地上的影子卻有尖銳的角蹄，張牙舞爪很具侵略性。

伊跌坐草地上，摸摸臉、摸摸手，完全不若之前平滑的模樣!?無論如何想不出一個確切的理由，腦海中盡是上回電話裡，兒子哭哭啼啼喊媽媽，以及這些年來流轉遞嬗的全部。伊究竟在害怕什麼？防衛什麼？想起阿公平時常說的，一貓、二矮、三捲毛、四啄鼻、猿頭鳥鼠耳——伊笑起來，那不正是指稱現在的自己嗎？

也許是伊太緊張了，在這個小鎮生活了近三年，還有什麼好緊張的呢？母親說：外面是人吃人的世界啊。不單人吃人，就連人也不像人了哩。甚至變成機器吃人的世界——伊在一個冬季的早晨，發現伊出現在阿弟的電腦裡：伊打掃、伊洗衣、伊為阿公按摩——伊遲疑著，對於返回阿公家的這件事……

也許一切都是徒勞。伊發出乾澀的笑，抓抓腋下、搔搔後腦。

伊平躺下來（壓著尾巴的），看見一輪紅得不像真實的月亮，月光讓伊想起那個空屋裡的激動：巴力雅冰冷的掌心自身後攀過來，像蛇，濕濡的、躁鬱的、神祕，月色露出森森的末梢勾住伊蜷曲的雙腿，巴力雅在耳邊輕輕吹氣——那一刻，大王椰子樹窸窸窣窣，樹影於地板上逐漸傾斜，一下一下，悠緩的移動，焦急的移動，伊半夢半醒，目睹自己裸裎的胯下多出一條黑茸茸的腿，像多出一條黑色尾巴……

伊跳起來，轉念一想：變成這個樣子，說不定能夠飛啊？

因而遙遠的鏡頭上，可以目睹矮丘上有一枚影子支起單腳，張開雙臂（毛茸茸的手臂），一上一下揮舞著，越來越快、越來越快，鳥禽式的銳利的目光直直望下丘底，預備俯衝的姿態！

伊真的相信，飛翔並不是那麼難以迄及的高度。

伊也知道，就算飛起來那又如何呢？在菲律賓的巴力雅會感激伊這些年來外出拚搏的犧牲嗎？孩子呢，會不會忘了叫媽媽？阿公……阿公的心臟病還好嗎？再過幾天伊就要返回故鄉了啊，伊究竟爲什麼還要回到這一小鎮呢？

離開公園的途中，伊拿起霹靂腰包遮遮掩掩，專挑窄巷而行，深怕驚嚇了路人。

又一名小孩望向伊。

伊對他輕輕一笑，發覺經過的路上，到處是一撮一撮散落的毛髮，它們隨風飛得極高極高，彷彿黑夜裡，一抹詭魅而無光的闇影，而伊的手腳正恢復成光滑的模樣，在伊越來越接近那幢熟悉的古厝前——

親愛練習

然後，我爸爸伸伸懶腰說：「怎麼樣？很有家的感覺吧？」

那時候，我母親正專注地望向窗外：大片大片的薄霧穿過樹梢、草坪，似有若無地湧進屋內，以致屋裡充滿了一種潮濕的、野草被攔腰拔起的地氣，糅雜著四壁新刷的油漆味，令我忍不住打了個噴嚏。

「這間小木屋怎麼好像有一個味道？」我弟弟抽了抽鼻子：「好像很久沒有人住過了喔？」

「廢話嘛，剛剛開幕的渡假村，當然沒人住過啊。」我爸爸不太高興。

「可是……」我弟弟仰起頭：「味道真的很重耶。」

「你現在到底怎麼回事？」我爸爸皺起眉來：「就是新房間的味道嘛，你之前去的那些什麼網咖，你怎麼不嫌它們臭？」

「我又沒說臭！」

噓。

我試著保持冷靜，耳孔卻嗡嗡奏響，我父親和我弟弟的身影極其模糊，只剩下我母親的背影不斷在我面前擴大、擴大，像一張沒有五官的面孔——表情看得出來是陰鬱的——肩胛骨微微凸起，腰身平板而沒有變化，動也不動的姿態不知凝視些什麼。

我以爲是我母親慣例地漠然。

但很快的，我發現我母親正輕輕顫抖著，不確定的光痕在肩頭一起一伏，連帶屋內充滿了不確定的恍惚感——恍惚的聲音、恍惚的人影、恍惚的牆面——這時候，我姊姊從廁所跑出來大喊：

「血啊！有血！」

一切就靜止在那個驚恐的畫面底。

●

一切就靜止在那個荒誕的畫面底。

我爸爸離家出走那天，我依稀聽見有公雞咕咕啼叫的寂寥，然後是空氣中揮之不去的，又苦又澀、近乎樹幹紋理被雨淋濕的古老氣味。

我記得那股味道。一個初春的早晨，霧氣曚曖，我爸爸穿著一件汗衫蹲在玄關，牢牢盯住眼前咕嘟咕嘟的瓦罐，將那黑色汁液倒進碗底，引起一陣刺耳的聲響。

我母親說，他怕冷。

我母親又說，他把瓦罐帶走了。

我母親還說，他連菜刀和砧板也一起帶走了。

也因此，我想像著關於我爸離家出走時，究竟像個什麼樣子？他的背包裡是否發出菜刀與砧板匡啷匡啷的碰撞聲？手上呢，是否曾經拎著砧板和菜刀？或者那個黑漆漆的瓦罐，從那裡面不斷向外逸散的，一寸一寸宛如燃燒的泥土、玻璃碎片被融化的氣息，它們如影隨形地跟著他，人們會不會以爲他其實是一個江湖郎中呢？

那砧板呢？

「沒辦法啊，」我爸爸說，「把菜刀拿走是怕你們想不開，亂來啊。」

「就順手嘛，想說要切東西的時候比較方便！」我爸爸舔舔舌：「九尾草燉烏骨雞——雞總是要剁的嘛。」

那是我爸爸第一次離家出走，往後的第二次、第三次、第四次……他分別帶走了不同物品，最終又將那些物品帶回家裡，它們通常完好如初，只是多了一份陌生感，彷彿沾染了一層薄薄的浮塵，因而當我母親將它們一一放進沸水中滾燙時——那些鬧鐘、電話當然除外——它們全在鍋底發出焦急的哀嚎，胡亂奔移的塵粲載沉載浮。

我母親悻悻然：「誰知道上面沾了多少女人的口水？」

我母親說：「誰不知道……」

「誰不知道他愛女人，就像他愛吃那樣……」

關於我父親所認識的女人，我其實理解有限。

她們的形象多半呈現毛玻璃般的模糊感：極少出現，卻又清楚存在；宛如倒映的影子，一旦缺少，又難免令人驚愕——好幾次，我母親不在家的夜晚，我接到女人的電話，對方詫異著：「你就是他兒子？」然後笑起來：「你的聲音好低沉哩，好像他……」或者另外一個女人：「不要騙了，林世新！你這個大騙子！」其他比較溫柔的女人會問我：「今年讀幾年級啦？有沒有交女朋友？需不需要姊姊幫你介紹啊？」

姊姊。

我默念著。那些訕笑的女人。憤怒的女人。活潑的女人。輕佻的女人。她們面對我爸爸的時刻，臉上的表情也掛著電話筒裡所傳達的那些情緒嗎？她們會怎麼向我爸爸提起，關於我——「你兒子」——她們會加重音調說：你兒子長得像不像你？有沒有你兒子的照片？怎麼樣，我為你生一個兒子吧？

（為什麼她們總是將我和我爸爸的聲音弄錯呢？）

她們像暗黑裡沒有面目的生靈，只能從我爸爸身上所沾染的氣息，揣度她們各自的模樣：比方紫羅蘭代表婉約；大理玫瑰象徵熱情，還有柑橘香，它的味道始終充滿了不羈的野性——到後來，她們連家裡的電話也不打了，她們直接打手機給我爸爸，或者要我爸爸留下來，「不要回家」。

她們幾乎一致地，稱呼自己爲「姊姊」。

姊姊……我姊姊沒好氣地對我說：「你少在那邊發春了啦！」她告訴我和弟弟：「要『保衛』媽媽，知道嗎？」

對啊，那時候，我母親究竟跑去哪裡了呢？

●

我姊姊說：「媽媽很快就回來了。」

她說：「只要把那個『怪獸』殺死，就沒有什麼好怕了。」

我弟弟則說：「姊，妳瘋了！」

我姊姊沒有說話，她舉起手來，用力往下一劃，眼前出現一陣炫麗的爆炸！彷彿慢動作播放，四周的景色跌落、飛升，浮塵緩緩散開，新的廢墟在眼前生成，而我姊姊振臂吶喊，成爲那個世界唯一的「王」。

唯一的公民。

我姊姊說：「我要重建『我的家庭』！」

那是一款叫作城市公民的電腦遊戲，在遊戲裡，你可以把自己的家蓋在摩天大樓上，也可以選擇原始人的茅草屋——最重要的，你將面對家人的背叛、傷害，以及隔壁鄰居的挑撥離間、外遇、誘惑……最終你必須竭盡所能，建立一個屬於你「理想中」的城市與生活。

那時候，我剛升上國中一年級，唇上的小髭又黑又軟，偶爾裸身面對鏡子時，很難不去注意到兩胯間逐漸黑密的深邃——那讓我想到我姊姊從國小四年級起，四肢開始像植物藤蔓般拚命抽長，開始拒絕和我們一起洗澡、一起共用房間，並且變得晚睡早起，喜歡在書包上塗立可白，偶爾看著喜劇突然流下淚來，或者聽見王傑的「一場遊戲一場夢」便整個人陷入憂鬱。

我母親說，我姊姊正處於青春期前夕的暴風期，也就是要「轉大人」啦。

在當時，「大人」對我和我弟弟來說，是那樣遙遠的抽象世界，它意味著某些被允許、被賦予的權力，而權力是巨人手臂上的肌理。為此，我和我弟弟在經過我姊姊房門前，皆敬畏地張望她的背影，或者幫忙晾衣服的時刻，面對那一套白色緞面的胸罩癡癡發獃……倒是我爸爸有感而發地對我姊姊說：「唉啊，那時候妳才那麼小一個，」他比了一個手勢說：「想不到，現在居然也要買衛生棉、買內衣啦。」

我姊姊瞪了他一眼。

那陣子，我姊姊正和一個大她十幾歲的男人「談戀愛」——也許不算戀愛，而是他們肩並肩、手牽手，像一對戀人在城市公民的世界底，互相支援對方、為彼此的家庭與城市抵禦「外來入侵者」，一如許多個夜晚，我姊姊在電話裡對那些自稱是我爸爸的女人咆哮：

我是誰？我是他的情婦！

我姊姊和那個男人很快就打造了一個健康、積極向上的家庭，他們甚至打算相約見面——然而到了約定當天，我姊姊突然猶豫起來——不是她不信任對方，而是她覺得整個過程似乎哪裡出了問題？

「哪裡？」我小心翼翼地問。

「就是啊——欸，」我姊姊嘆口氣：「他的家庭從來沒有媽媽，而我的家庭從來沒有爸爸，你說，這不是很奇怪嗎？」

「還好吧，只不過是一個線上遊戲嘛。」我試著安慰我姊姊。

「才怪！」我姊姊說：「難道你沒聽說過，只有『眞實的心』，沒有虛擬的網路世界嗎？」

我搖搖頭。

「算了，反正說出來你也不懂，你們男生都一個樣子！」

我姊姊恨恨地，再次在螢幕裡高舉右手，用力劃下——

●

「啊？啊啊啊啊……」我弟弟表情誇張地大喊。

我放下手中的報紙。

我弟弟把耳朵貼到牆上說：「我在監聽隔壁有什麼動靜。」

「你有病啊！隔壁就是老爸老媽的房間，有什麼好聽的？」

「就是他們的房間才要聽嘛！」

我弟弟說，我爸爸和我母親已經待在房間裡超過好幾個小時囉。

「那又怎麼樣？」我覺得我弟弟此刻的行爲「很變態」。

「難道你都不好奇嗎？」我弟弟說：「他們兩個人那麼久沒見面了，現在卻一直在房間裡不出來，而且沒有半點聲音，難道你不覺得很奇怪嗎？」

「他們是夫妻啊，有什麼好奇怪的？」

這根本不是什麼新鮮事嘛——我爸爸和我母親，他們這一刻就算和平重逢，下一秒終究還是要分開的——像這一次，相隔三個禮拜之後，我爸爸突然毫無預警地歸來，如同往常那樣朝我們笑了笑，兀自將手中那袋早餐擱在桌上說：「不要餓到囉。」然後就這麼走進房間了。

我聞到他身上散發出來的一股香氣，無從想像曾經和他膩在一起的女人長得什麼樣子？

「哥，你聽！」我弟弟仍不死心地將耳朵抵住牆。他的表情極其曖昧，以致我無法將他的年紀和十七歲聯想在一起——纖瘦的肩頸裸露在背心之外，蒼白的手臂貼附在白色的背景裡，往下看去，寬鬆的黑色西裝褲顯得更加寬鬆，褲襠似乎有什麼不同？

曾幾何時，他對於「大人的世界」這般關注？他何時開始注意到「性」這回事？

我想起我弟弟在網誌上這麼寫著：「我。愛。男。生。」當時我詫異不已，豈知他並不否認，甚至說，爲了嘲笑異性戀男生，拍下女網友的網路視訊自慰照片，將照片張貼在自己的網站上佯裝成女性，藉以吸引異性戀男生瀏覽網頁，最終再表明身分……

「你都不知道那些臭男生，當他們發現我是男生時，他們的表情啊——」我弟弟輕笑。

我望著他瘦小的身形，尖削的表情那樣堅定地期待著隔壁的聲響——他會感到痛苦嗎？會有想大聲吶喊、想尋找出路的衝動嗎？當他牢牢盯著那些跳動不已的電腦螢幕，那些閃爍不定的滑鼠游標，他究竟在想些什麼呢？

「哥，你有完沒完啊？」我弟弟不耐煩起來，豎起食指抵住唇。

但，不管過了多久，隔壁的房間始終沒有動靜。

●

沒有動靜。

我母親將雙腳屈拗至胸前，雙手緊緊環抱著膝蓋，整個人蜷縮成一團。

一團不起眼的影子。

突然地，下起雨來了，蒸騰的地氣穿過窗口，潮濕很快佔據了床鋪、牆、桌腳，夜的薄涼貼附於我母親光湛湛的腿脛上，淡藍色的房間湧起一股淡藍色的哀傷。

隔著棉被，我爸爸躺在床的一角，身體一陣沒一陣地顫抖。

他說：「我好冷。」

他同樣把雙腳屈拗到胸前：「我真的好冷。」

但我母親並沒有欺過身去，她的腳掌在月光中顯得那樣透明，更接近於漸層性的藍。而我爸爸的手臂也發出淡淡的藍光。他們彼此背對背，像互不相干的兩個胚胎，房間裡流動的靜默比起羊水更具阻隔感，使得他們無法碰觸、無法理解——有一片刻，他們把棉被捲得更緊、更緊。

「我們……」一陣低低的、細細的鼻音像動物性挫敗的呢喃，隱約可以聽見男人近乎哭腔的聲音反覆說：

「怎麼辦怎麼辦？」

「我們……」

「好煩啊！」

再度靜默下去的黑暗。不知從哪裡裂開的隙縫，房間裡發出嗚嗚嗚的哀鳴，像永遠無法填滿的破洞，夜色一點一滴陷落到那個無以名狀的角落底，我母親的肩胛骨透散出微微光澤，忍不住令人想伸出手，輕輕地以指尖抓撫……

好瘦好瘦的身體啊。

好瘦好瘦的情感。

「我們……」

我爸爸說：「我們還是離了吧。」

突然劈進房內的雷電，青一道、白一道，照得房間倏地亮起來、又倏地暗滅，像電影裡刻意加進的特殊效果——我母親翻過身去，從背後緊緊摟住我爸爸，她摟得那樣用力，幾乎要把自己的身體嵌入對方身體似的——巨大的雷聲爭相奏響，而我母親和我爸爸凝塑不動地，腿脛貼附著腿脛，腳掌如鐵冰涼。

「我們……無法再愛了……」

「我不知道怎麼愛了！」

我爸爸將身體縮得更小更小，像床鋪的一部分。

接下來是很長很長的無聲無息。

再接下來，我爸爸輕輕地、輕輕地發出了鼾聲。

只有我母親鬆開手，盯著天花板，看了好一半晌，話也沒說，起身，走出房門，留下床鋪平坦的空白，宛如未嘗有人在那裡待過。

宛如房間裡從來就只有我爸爸一個人。

●

我母親推開喀啦喀啦的鋁門，對著天空打量了一會，似乎下定決心，挽起菜籃和雨傘，出去了。

她沿著我們家門前那條馬路往前走，一旁是未加蓋的大圳，因爲剛下過雨，裡頭的水流又急又濁，我母親歪歪斜斜地經過一處路口時，有一度，我還以爲她就要這樣跌進水裡了！

那是我們鎮上重新拓寬的大馬路，因此常常奔馳著砂石車、大卡車，司機們色迷迷地在檳榔攤前停下來，和身穿薄紗的女人互相調情，有些大膽一點的甚至將手伸進了女人的胸口。

但我母親沒有多看他們一眼。她只是頭低低地，直直朝前走。

這時候，馬路中央突然出現一大群水牛，牠們緩緩地、緩緩地自我母親面前經過。灰色的尾巴啪啪甩動，不時傳來嬰兒低泣般的叫聲，引起旁人一陣側目。

我母親注視著牠們濕潤的目珠。其中有幾隻公牛，要表達什麼地，牢牢盯著我母親，並且慢慢提起前肢，像人類那樣站立起來，灰色的肩頭變成毫無遮攔的白皙，白皙的胸口在陽光底下閃閃發光，頭上依舊頂著鈍化的牛角往前行，表情一如送葬隊伍哀淒。

我母親甚至看見我父親夾雜於牛群中，低頭移動。

是夢境嗎？我母親揉了揉眼，眼前赫然出現一排低矮的樓房，一條狹仄的小巷——那一群水牛呢？我母親低喃著，牠們跑去哪了？

沒有人知道。

我母親又張望了一會，然後往巷子裡走去。她背著手，像在瀏覽一處熟悉得不能再熟悉的街道——一條顯得冷清的街道——好幾棟房子的窗戶都破了，欄杆也生鏽，只有門牌號碼還標示著這一帶曾經擁有的生氣。

我母親數算著，最後在一間漆了紅色大門的房子面前停下腳步。

灰色的磚牆、牆上的碎玻璃、大門、紗窗……除了顏色更爲黯淡之外，這間房子一如其他房子，並沒有什麼特別之處。但我母親久久打量著它，甚至用手輕輕撫摸著門板，細微凸起的木屑冷不防刺進她的指尖裡。

有人推門出來，是一個年輕男人，工整的西裝頭散發著淡淡古龍水，襯衫筆直——模樣似乎在哪裡見過？男人的身後跟著一名女人，女人手上抱著眼睛黑亮的小孩。

「冬冬，」女人抓起孩子的小手：「跟爸爸說再見唷，爸爸要去國外，要很久很久才會回來喔。」

他們無視於我母親的存在，自顧自地親吻彼此。

年輕的自己……我母親注視著那個返回屋裡的女人，她不知道這是怎麼一回事？爲什麼「過去的自己」會在這一刻出現？爲什麼她能夠與「過去的丈夫」相遇？她只不過是想要回來看看從前的老房子嘛——她沒有想到，自己已經離開這個地方將近二十年了！

也就是在我母親準備流下淚來之前，一名阿婆走過來問：「小姐，啊妳係要找誰？這間厝早就搬沒囉！」

阿婆繼續說著：「之前是一對尪仔某啊——講起來也是冤仇，嗐，倆個相殺哇，陰氣眞重咧！妳查某人，莫靠太緊。」

我母親眞的哭起來了。

●

我母親天天以淚洗面。

我爸爸習慣離家出走。

我姊姊迷上了網路遊戲。

我弟弟是嘲笑異性戀的同性戀。

這是一個傾斜的家。

我把紙揉掉，一股腦丟進垃圾桶——我不願意讓任何人知道，這就是我的家庭……我問我姊姊，我們是不是有病？否則爲什麼一家人都很疏離？

「你才有病！」我姊姊照樣盯著電腦螢幕。

「對啊，哥，我們都很健康好不好？」我弟弟說：「反而是你，你有沒有發現你最近瘦了很多？」

「就是說啊，你知道爸爸、媽媽的生日嗎？」

「你知道我喜歡什麼嗎？」

「拜託，哥，眞正不熟的人是你啦！」我弟弟笑起來：「我們家沒什麼問題啊，老爸老媽他們——唉喲，他們只是比較愛吵架而已嘛。」

我返回房間，感覺到一切正扭曲著——是我太敏感了嗎？或者疏離已經成爲我們生活的一部分而渾然不知？每天吃飯、睡覺、洗澡；每天上網、交友、偷情；每天爭吵、冷戰、塞錢——這個家，難道沒有什麼地方出現問題嗎？難道他們沒有感覺到，一種逐漸的、逐漸往下墜的緊張感？

我對著鏡子，撫摸臉頰，鬆垮的胸口在脫下衣服的瞬刻，顯露出曝白的顏色，連我也吃了一驚!?我這麼注視著那一裸體，他看來如斯孱弱，臂膀削瘦，肚子又軟又皺，黑茸自肚臍一路蔓伸至兩胯，瘻縮的雄性隱匿於黑墨之中……

這原來就是我？

像是要被鏡子吸納進去那樣，我突然感覺到鏡中的那個人，他其實不是我，而是我爸爸年輕時的模樣！他抓著胯下，不知所措的表情正苦惱著什麼？有幾分鐘，他消失在我的視線底，再度出現時，手上拿了一條繩子，在脖子上比劃一下，然後又惡戲似地往自己的生殖器測量了一會，接下來他就跑出去，從鏡子裡消失了！

「喂！」我喊著，忍不住用力拍打鏡面。

「喂！」

關於我能夠穿透鏡子與牆面看到對面的人影，或者感知家人行動的去向，這樣的能力，大約起於我國中二、三年級的時候。那時候，我爸爸每個月固定消失幾天，我母親也經常不在家，而我姊姊的世界永遠是閃動的電腦螢幕，至於我弟弟——他的年紀還輕，他還在學唱「我的家庭眞可愛」——我能夠輕易看到他們，包括他們沐浴、如廁的樣子，我甚至知道我爸爸的臀部下方有一顆小得不能再小的黑痣。

但，後來這樣的能力就消失了。

我弟弟說：「看穿行動又怎麼樣呢？你能看穿我在想什麼嗎？」

我覺得相當沮喪。我甚至連自己在想什麼都搞不清楚。

我只是渴求一個，一個「不疏離的家」。

●

我只是希望我爸爸和我媽媽相親相愛，我姊姊不再沉迷於網路遊戲，我弟弟的性向變得「正常」起來……這時候，我爸爸大喝一聲：「做夢啊？」

他對我姊姊嚷：「早就告訴過妳了嘛，不要打那麼多電動玩具啊。」

「那不是電動玩具！」我姊姊氣呼呼地反駁。

她的樣子看來有些狼狽，當她喊著「血」的時候，我們全愣住了，我弟弟倒退一大步、我也是，只有我爸爸一個箭步推開浴室的門，朝裡頭張望了好一會兒，然後笑罵起來。

「我就說這間剛蓋好的小木屋，怎麼可能會有血嘛！」我爸爸說：「根本就是妳的幻覺！」

「誰知道？」對於我爸爸的話，我弟弟格外不耐。事實上，他原本就不打算和我們一家人來這個小木屋渡假。

「你少講幾句！」我爸爸指著我弟弟：「從現在起，我不會和你大小聲，我們一家人要和和氣氣——這個渡假村不是標榜說：只要一住進來，就能擁有『家』的感覺嗎？」

「而且，我們不是說好，大家要拋開過去的不開心，重新來過？」我爸爸微笑著對我母親說：「秀雲，妳說是不是，嗯？」

「你們看，這裡有一張紙，上面寫著『如何重建親子關係』的步驟……第一條，不准抽菸……」我爸爸興奮地說：「你看、你看，阿弟——對家裡長輩要有禮貌，聽到沒？」

我弟弟撇過臉，不領情地嘟著嘴。

我母親的眼神依舊越過窗外，直直望向薄霧之後的某一點，她的表情那樣平靜而不帶感情，使我錯覺地以爲，她其實已經無法再與我父親同處於一個空間了。

「反正啊，我們來這裡渡假，就是要把大家的『心』找回來，讓一家人更親愛、更親密，了了嗎？」

我母親還是沒有任何表情。

久久久久，她才細聲細氣道：「牛……」

「好多好多的牛……」

「有好多好多的牛啊。」

這時候，那張「如何重建親子關係」的說明書被風吹離桌面，聲音儘管輕微，但它脆薄的碎裂姿態竟如此令人心驚，以致我們聽見也聞見了，由遠而近的，砰咚砰咚，砰咚砰咚，奔騰的蹄踏與，獸氣——

九歌文庫 1053

親愛練習

著　　者：張　耀　仁
責任編輯：胡　琬　瑜
發 行 人：蔡　文　甫
發 行 所：九歌出版社有限公司
臺北市八德路3段12巷57弄40號
電話／02-25776564・傳眞／02-25789205
郵政劃撥／0112295-1
九歌文學網：www.chiuko.com.tw
登 記 證：行政院新聞局局版臺業字第1738號
印 刷 所：晨捷印製股份有限公司
法律顧問：龍躍天律師・蕭雄淋律師・董安丹律師
初　　版：2010（民國99）年1月10日
初版2印：2010（民國99）年6月10日

財團法人｜國家文化藝術｜基金會 National Culture and Arts Foundation 贊助創作暨出版

定　價：280元

ISBN：978-957-444-653-7　　Printed in Taiwan
書號：F1053

國家圖書館出版品預行編目資料

親愛練習／張耀仁著. -- 初版.--
臺北市：九歌， 民99.01
面： 公分. --（九歌文庫：1053）

ISBN 978-957-444-653-7（平裝）

857.63 98023472

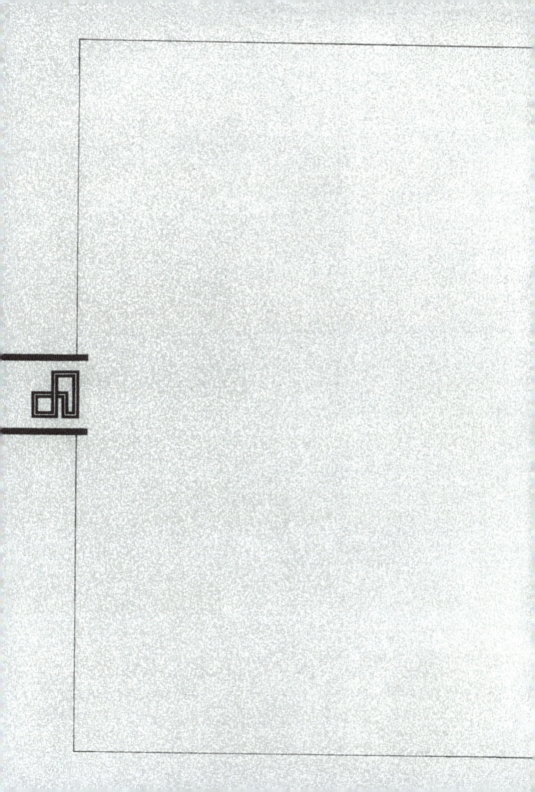